U0096211

古典文學研究輯刊

三　編

曾永義 主編

第2冊

中國古典詩論中的寫實概念
——以現代詮釋為研究進路

廖啓宏 著

國家圖書館出版品預行編目資料

中國古典詩論中的寫實概念——以現代詮釋為研究進路／廖啓宏 著—初版—新北市：花木蘭文化出版社，2011〔民100〕

目 2+152 面；19×26 公分

（古典文學研究輯刊 三編；第 2 冊）

ISBN：978-986-254-544-7（精裝）

1. 中國詩 2. 詩評

820.8　　100014994

ISBN-978-986-254-544-7

古典文學研究輯刊

三 編 第 二 冊　　ISBN：978-986-254-544-7

中國古典詩論中的寫實概念
——以現代詮釋爲研究進路

作　　者　廖啓宏

主　　編　曾永義

總 編 輯　杜潔祥

出　　版　花木蘭文化出版社

發 行 所　花木蘭文化出版社

發 行 人　高小娟

聯絡地址　新北市永和區中正路五九五號七樓

電話：02-2923-1455／傳眞：02-2923-1452

網　　址　http://www.huamulan.tw 信箱 sut81518@ms59.hinet.net

印　　刷　普羅文化出版廣告事業

初　　版　2011 年 9 月

定　　價　三編 30 冊（精裝）新台幣 48,000 元

中國古典詩論中的寫實概念
——以現代詮釋爲研究進路

廖啓宏 著

作者簡介

廖啟宏，臺北市人，國立中央大學中國文學博士。大學教師。研究專長以古典詩學及當代文學理論爲主，古典詩集、現代散文亦曾獲教育部文藝創作獎。另有短篇小說、書評等散見報章雜誌。

提　要

就文學研究來說，文學理論、文學批評和文學史乃是其中主要的範疇。當這些範疇都論及寫實詩歌時，它們的存在便獲得了證明；而作為一個「典型」研究者／讀者，則應深入該論題的語境，對其重要性和存在樣式提出解釋。

中國藝術雖自古即有寫實的元素，但它卻與西方「寫實主義」的涵蘊略有差異。故本文將之區分為「（西方）寫實主義傳統」、「寫實概念傳統／概念系統」以利探討。另外，儘管論者屢稱中國文學的榮采多在抒情（小詩）傳統；不過，受到壓抑的敘事傳統仍值得關注。從西方文學的統緒來看，史詩（Epic）、戲劇與小說可謂血脈相連，敘事（長篇）更被視為寫實的充分條件。中國的寫實詩歌裏當然不乏敘事佳作，但它們無關 Epic ——無論是解作史詩、故事詩或敘事長詩——，且不勞冗長地鋪述文字來營造寫實效果。凡此思維亦反映在相關的現代批評上。故按其呈現的性質趨向，本文二、三章即以「摹形寫實」、「諷諭寫實」之名整合兩大類批評資料，分別進行研究。

而對「寫實論題」中詩論涉及的「出位之思」（藝術門類間跳出本位的企圖）——『摹形』指向繪畫，『諷諭』指向小說——，本文也將在第四章予以廓清。接著，再從後設層面省察中國文學批評加諸「寫實主義」的種種誤讀與誤判。至於本文的詮釋效力，和研究上可能的限制、發展性等問題，則在終章一併檢討，以期為「中國古典詩論中的寫實概念」提出可受檢驗的闡釋。

目次

第一章　緒　論

第一節　寫實論題的證立

韋勒克等人在《文學論》一書中曾將文學研究分成三大範疇：文學理論、文學批評和文學史〔註 1〕。而劉若愚在其《中國文學理論》提出的文學研究的理論框架中，「文學的研究」的範疇下也有文學史、文學批評等分類〔註 2〕。暫且不論這些範疇間彼此滲透、相互作用的情況，從某種認知意義來看，文學史可說是箇中相對基礎的學門。因此，當研究對象設定爲中國文學時，梁容若便宣稱：「文學史在研究中國文學的人，是一門最主要的科目」〔註3〕。

然而一般文學史的編寫目的（不必然明言），多半如同郭預衡《中國古代文學史長編》的序文所言，是爲了滿足教師、學生和自學者的多方需求而作〔註 4〕；猶有進者，根據陳國球的觀察，文學史的敘事體往往具有強勢地啓蒙、指導後學的特徵〔註5〕。如果上述的省察屬實，那麼我們對中國文學的認

〔註 1〕參見〔美〕韋勒克、華倫著，王夢鷗、許國衡譯：《文學論》（臺北：志文出版社，1990 年 5 月），頁 19～27、59～69。

〔註 2〕劉若愚著，杜國清譯：《中國文學理論》（臺北：聯經出版事業公司，1991 年 10 月），頁 2～3。另外，爲求行文方便，本文對諸位學界前輩及師長概未加尊稱，特此説明。

〔註 3〕梁容若：《中國文學史研究》（臺北：三民書局印行，1990 年 2 月），頁 1。

〔註 4〕郭預衡主編：《中國古代文學史長編》（上海：上海古籍出版社，2007 年 4 月），序言頁 1～2。

〔註 5〕説詳陳國球：〈導言：文學史的探索〉，收入氏編《中國文學史的省思》（臺北：

知，恐不免受到文學史（特別是權威的）某種程度的影響。於是，當我們從較具代表性的文學史著作中讀到「（偉大的）現實主義詩人杜甫」、「（偉大的）現實主義詩人白居易」等稱謂〔註6〕，或發現中晚唐文學的特徵是「浪漫主義精神衰退了，現實主義得到了進一步的發展與成熟」〔註7〕、並產生了「晚唐現實主義詩派」時〔註8〕，這些敘述是否也左右了我們對中國文學的基本認知——比方說，認爲中國文學史上出現過偉大的「現實主義」詩人和詩派？

其實，早在中國文學史風行之前，梁啓超即結合了理論和批評的進路對此論題作過研究。梁氏的《中國韵文裏頭所表現的情感》雖然只是授課講義，卻頗足以反映其一貫的文學思想。在他看來，中國韵文裏原本就有一系列出色的「寫實派」詩歌——他指稱的「寫實」內容完全同於「現實」，僅有譯名之別（說詳後文）——；而且這些不同時期的「寫實」詩歌還體現了某種類演化歷程〔註9〕。

在梁啓超之後，當代學者對中國「寫實」詩歌的存有和形式問題有了更深入的探索。高友工認爲，由中國的敘事傳統中理當發展出一個「敘事美典」，且因其具有模仿外象的特質，故可稱之爲「模擬美典」或「寫實美典」〔註10〕；這是對「寫實」詩歌存有的理論肯定。同樣從模擬（多樣性的寫實手法）談起，廖蔚卿分析了六朝「巧構形似之言」的詩，以及文學現象與思想的關係〔註11〕；而林文月則揭示了六朝宮體詩人正統的寫作態度——寫實精神〔註12〕。此二者是以實際批評爲依據，對「寫實」詩歌的表現形式和思

書林出版有限公司，1994年12月），頁1～14。

〔註6〕二詞散見於游國恩等主編：《中國文學史》上冊（臺北：五南圖書出版公司，1990年11月），頁475～498、515～539；北大中文系主編：《新編中國文學史》第二冊（高雄：復文圖書出版社，此版署名許仁圖編著，1989年11月），頁136～168、197～244。

〔註7〕劉大杰：《校訂本中國文學發展史》（臺北：華正書局，1991年7月），頁485。

〔註8〕北大中文系主編：《新編中國文學史》第二冊，同註6，頁269～308。

〔註9〕梁啓超：《中國韵文裏頭所表現的情感》，《飲冰室專集》第五冊（臺北：臺灣中華書局，1978年4月），頁57～70。以下引用皆同此書，故僅標明頁碼，不另作註解。

〔註10〕語見高友工：〈中國文化史中的抒情傳統〉，《中國美典與文學研究論集》（臺北：國立臺灣大學出版中心，2004年3月），頁105。以下引用皆同此書。

〔註11〕廖蔚卿：〈從文學現象與文學思想的關係談六朝巧構形似之言的詩〉（上、下），收入鄭騫等著：《中國古典文學論叢冊一：詩歌之部》（臺北：中外文學月刊社，1985年3月），頁39～70。

〔註12〕林文月：〈宮體詩人的寫實精神〉，文收同上書，頁99～114。

想背景進行多面向的考察。

在初步整理前述幾個研究範疇的資料後，我們發現：（一）中國「寫實」（主義）詩歌的存有，或即被當做一項文學史知識來傳遞和接受；（二）在理論和批評方面，關涉「寫實」詩歌的論題已獲得多種指標性的研究成果。據此，則在中國古典詩學的研究上，「寫實」論題的成立自有一定程度的保證。只是隨著這個論題的證立，底下有必要對其涵蘊和用義等作更明確的闡釋。

第二節　「概念」的釐清——從「寫實主義」談起

檢視當代的文學術語，「寫實」通常是納入「寫實主義」（Realism）的脈絡被人理解和使用的；不過「寫實主義」一名，卻是近代翻譯自西方的術語——在台灣的學術傳統中大抵以「寫實主義」相稱，中國大陸則多譯爲「現實主義」〔註 13〕。從一個近代比較自覺的文藝思潮和運動來看，「寫實主義」在各種人文範疇（特別是繪畫、文學和哲學）裏具有多元的涵義。而對文學上的「寫實主義」，西方傳統的解釋大致如下：首先在創作方面，它指一種客觀、忠實記錄或反映人類對存有的各種印象的書寫，並以十九世紀中葉以降的小說爲主文類；另外在觀念上，它反對浪漫主義一味逃避眞實生活的問題、或予以理想化的傾向〔註 14〕。

縱觀世界各國的文學藝術，自始即在不同程度上涵具寫實主義的元素和特色，並隨著社會歷史條件而發展變化。檢視近代引介的初期，中國學者就對它有了某種理解並加以活用；例如梁啓超《中國韻文裏頭所表現的情感》便說：

> 寫實派作法，作者把自己情感收起，純用客觀態度描寫別人情感。

〔註 13〕 較具代表性者，前者如 Damian Grant 著，蔡娜娜譯《寫實主義》（Realism）收入〔英〕John D. Jump 主編，顏元叔主譯：《西洋文學術語叢刊》上冊（臺北：黎明文化事業公司，1978 年 2 月），頁 413～507；後者如劉寧編寫：「現實主義」（Realism）詞條，收入姜椿芳總編：《中國大百科全書・外國文學Ⅱ》（北京：中國大百科全書出版社，2004 年 8 月），頁 1120～1124。

〔註 14〕 說法歸納自 Chris Baldick: *The Concise Oxford Dictionary of Literary Terms*. (New York: Oxford University Press, 1990), p.184～185 以及 M. H. *Abrams: A Glossary of Literary Terms. Seventh Editon.*（北京：外語教學與研究出版社，2004 年 8 月），頁 260～261。

作法要領，是要將客觀事實照原樣極忠實的寫出來，還要寫得詳盡。……簡單說，是專替人類作斷片的寫照。（1978：65）

由此觀點顯見，在不違背寫實主義要旨的前提下，它很早就被移用到小說以外的詩歌批評上了——儘管去掉「主義」之名，且偏重於創作方法的探討。而這項移用之所以可能，且不至於觸犯「仙蒂拉玻璃鞋的謬誤」（硬套規格化的理論而產生詮釋謬誤）的原因，全在中國古典詩歌裏原本即具有豐富的寫實風格的作品。

未見外在的「寫實」定名，並不代表現實上缺乏寫實的精神或風格之作；況且，古代中國自有與其意義相近的用例。按許愼《說文解字》：「寫，置物也。」整理段玉裁的注解是：（一）「謂去此注彼也」，解作移置；（二）引《詩經・小雅・蓼蕭》：「既見君子，我心寫兮。」並依毛傳云「輸寫其心」訓爲傾吐、發抒，然後引伸說「故作字作畫皆曰寫」，將書法、繪畫都看成是一種個人情感的抒瀉〔註 15〕。此外尚有作描摹、模仿解者，如《史記・秦始皇本紀》：「秦每破諸侯，寫放其宮室，作之咸陽北阪上。」〔註 16〕或釋爲抄錄者，見《漢書・藝文志》：「於是建藏書之策，置寫書之官。」〔註 17〕這些釋例雖非窮盡，但「寫」字的傳統涵義主要如是。

其次關於「實」字。《說文解字》：「實，富也。」段玉裁注曰：「引伸之爲草木之實。」〔註 18〕是則財富爲其原始義，果實是屬性雷同的引伸義。但它亦有充滿（與空虛相對）之義，如《詩經・小雅・節南山》：「節彼南山，有實其猗。」〔註 19〕也作眞實（與虛假相對）解，見《墨子・尚賢中》：「此非中實愛我也，假藉而用我也。」〔註 20〕或意指事實、事跡，如《北齊書・崔暹傳》：「歲餘，奴告暹謀反，鎖赴晉陽，無實，釋而勞之。」〔註 21〕以上

〔註 15〕〔漢〕許愼著，〔清〕段玉裁注：《圈點段注說文解字》（臺北：書銘出版事業有限公司，1992 年 9 月），頁 344。

〔註 16〕〔漢〕司馬遷撰，〔日〕瀧川龜太郎注：《史記會注考證》（臺北：洪氏出版社，1986 年 9 月），頁 118。

〔註 17〕〔漢〕班固撰，〔唐〕顏師古注：《漢書・志三》第六冊（北京：中華書局，1987 年 12 月），頁 1701。

〔註 18〕〔漢〕許愼著，〔清〕段玉裁注：《圈點段注說文解字》，頁 343。

〔註 19〕〔漢〕毛亨傳，鄭玄箋，〔唐〕孔穎達等正義：《十三經注疏・詩經》（臺北：藝文印書館，南昌府學本，1989 年 1 月），頁 394。

〔註 20〕〔清〕孫詒讓撰，孫啓治點校：《墨子閒詁》上冊（北京：中華書局，2010 年 5 月），頁 54。

〔註 21〕〔唐〕李百藥撰：《北齊書・傳二》第二冊（北京：中華書局，1983 年 10 月），

是「實」字的主要解釋。

「寫」字因具有描摹、模仿的涵義，是以古代摹畫人物肖像稱爲寫眞、寫照，描繪草木蟲魚鳥獸等實物則叫寫生。再者，從這些詞語所屬的脈胳來看，它們往往連結著創作有成（肖似、傳神）的敘述〔註 22〕；可見當前人語及寫眞、寫生時，多半不只是單純的行爲描述，乃更指涉了忠實反映對象的效果——故未見寫眞不似、不傳神等用言方式。而同樣訴諸「忠實反映」，它與西方的寫實主義在精神上自有某種共通處。

是則古代中國藝術裏的確存在著寫實主義的元素，它藉寫眞、寫照、寫生等名目使用於繪畫領域；同時，它尚且以一種未術語化的創作概念，紛呈在各式文學體裁當中。至於近代複合「寫」、「實」（描摹——眞實／事實）作爲術語的譯名，也是在詞義涵蘊內合理的使用。

由於種族、環境、時代條件的差異，文藝中寫實元素的演變亦自不同。故本文將十九世紀歐洲領導的思潮稱爲「寫實主義傳統」；而獨立於此思潮之外——即不爲抗衡浪漫主義或侷限於小說體類——的系列創作和批評，稱爲「寫實概念傳統」，並依其內容區分爲「概念文本傳統、批評傳統」。至於個別批評者提出的相關理論和實際批評，則稱作「寫實概念系統」。所謂傳統，意謂「歷代相遞嬗的風俗、習慣、宗教信念、道德價值想法和文化常例」〔註 23〕；準此，則文學傳統指涉的作者和作品群體，自當顯示出某種共同的創作、批評趨向及風格特徵〔註 24〕。另外，概念指的是最基礎的思想形式（先於判斷和推論），它跟隨事物的存有而描繪出其本質（不同於觀念）；故本文論述的寫實概念，亦即表現「寫實是什麼」的一種思想或抽象思維〔註 25〕。

頁 406。

〔註 22〕典型的表現，如蘇軾〈書鄢陵王主簿所畫折枝二首〉所云：「邊鸞雀寫生，趙昌花傳神。何如此兩幅，疏淡含精勻。誰言一點紅，解寄無邊春。」詩見〔宋〕蘇軾著，〔清〕王文誥輯註，孔凡禮點校：《蘇軾詩集》（北京：中華書局，1987 年 10 月），頁 1525～1526。

〔註 23〕參見〔德〕布魯格編著，項退結編譯：《西洋哲學辭典》（臺北：華香園出版社，1992 年 8 月），頁 542～543。

〔註 24〕關於文學傳統的闡論，另可參考陳國球：《文學史書寫形態與文化政治》（北京：北京大學出版社，2004 年 3 月），頁 98。

〔註 25〕〔德〕布魯格編著，項退結編譯：《西洋哲學辭典》，頁 124～126、263～265。另參〔英〕安東尼·弗盧主編，黃頌杰等譯：《新哲學詞典》（上海：上海譯文出版社，1992 年 1 月），頁 101。

第三節　中西寫實文學的敘事表現

關於中國文學的特質，陳世驤曾提出「抒情傳統」這個觀點。他認為相較於西方文學長期以史詩、戲劇為主流，中國文學的榮耀則體現在抒情（小）詩造就的「抒情傳統」上〔註26〕。按照高友工簡要的說明是：「專指中國自有史來以抒情詩為主所形成的一個傳統。」（2004：105）以此觀點為前提，遂引發學者們從不同進路——包括比較文學、文學史、美學、傳統詩學乃至於發生學與本體論等——作更深入的研究〔註27〕。

然而中國文學絕非僅有抒情傳統，它的榮耀或許尚可藉著不同的文體來呈現。高友工於〈中國文化史中的抒情傳統〉一文曾說：「兼有兩種美典（按指抒情和敘事）是可能的」（2004：108）、「中國文化中並不會沒有客觀外向的敘事傳統，只是其發展是受壓抑而已」（2004：123～124）。蔡英俊在分析中國古典詩論時表示，如何處理「現實」材料、並且解決「抒情與寫實這兩種書寫形式之間的衝突」，一直是詩歌創作必須面對的重要問題〔註28〕。陳平原〈說「詩史」〉認為在傳統抒情與敘事觀的交相作用之下，「中國人不斷地誤讀、不斷地限制、不斷地改造中國的敘事詩」，而且這一脈敘事詩「不乏頗具神韵的佳作」〔註29〕。楊牧論證說「《詩經》（按即陳世驤所謂抒情傳統的源頭）大雅裏有五首詩顯然包含一部史詩的構成特質」，並稱之為「周文史詩」〔註30〕。踵隨胡適，邱燮友《中國歷代故事詩》直指我國不但有敘事詩，還有為數不少的「故事詩」（Epic）〔註31〕。但這些代表性的說法有必要再作檢討。

〔註26〕陳世驤：〈中國的抒情傳統〉，《陳世驤文存》（臺北：志文出版社，1972年7月），頁31～37。

〔註27〕關於這些不同進路的研究，詳參張淑香：〈抒情傳統的本體意識——從「理論」的演出解釋「蘭亭集序」〉，《抒情傳統的省思與探索》（臺北：大安出版社，1992年3月），頁41～42。

〔註28〕蔡英俊：《中國古典詩論中「語言」與「意義」的論題——「意在言外」的用言方式與「含蓄」的美典》（臺北：臺灣學生書局，2001年4月），頁229～230。

〔註29〕陳平原：〈說「詩史」〉，《中國小說敘述模式的轉變》（北京：北京大學出版社，2004年7月），頁288。

〔註30〕楊牧：〈周文史詩——詩經大雅之一研究〉，《隱喻與實現》（臺北：洪範書店，2001年3月），頁206～306；引文見頁266。

〔註31〕邱燮友：《中國歷代故事詩》第一冊（臺北：三民書局股份有限公司，1985年3月），頁1～14。

猶如各國文學藝術多少都涵有寫實主義的元素，作爲具有文化普遍性的敘事（narrative）行爲和敘事文體，亦當爲中國所固有。根據楊義《中國敘事學》的研究，中國敘事文類的發展雖然沒有西方那種鮮明的階段性，但卻表現出豐富複雜的文體在「並存中求繁榮」的獨特狀態——歷史、小說、戲曲三大系統約莫齊頭並進〔註 32〕。而對照前文引述，我們容或質疑中國文學是否存在敘事詩？或者是史詩、故事詩？另外，敘事與寫實的關係爲何？

Epic，主要是（且譯作）史詩。一般來說，所謂史詩是種長篇的敘事詩體，它歌頌傳說中（部落、民族或具有神性）的英雄在各種鬥爭中（對抗自然或神怪）建立的豐功偉績，並因超人的描寫對象而展現出莊嚴、崇高的敘事風格〔註 33〕。而黑格爾則在內容上進一步強調：只有戰爭、只有民族戰爭、只有正義的民族戰爭才「眞正有史詩的性質」〔註 34〕。其次，Epic 泛指長篇（必要條件）的敘事詩。但以這些基礎認知爲前提，學者們對中國有無史詩卻產生迥異的判斷。

楊牧〈周文史詩——詩經大雅之一研究〉曾將〈大明〉、〈緜〉、〈皇矣〉、〈生民〉及〈公劉〉合稱爲「周文史詩」。該文中他輪番採用神話、英雄、戰爭、儀式等詮釋角度，試圖證明這五首詩「以美麗的色彩追述」了周代歷史。他的論述確實有精采的說明效果。然而，拋開史詩觀念先於選詩行爲可能牽涉的問題，他對這些詩的詮釋是否基於一致的複合條件，似可再作商榷。另外，一個更直接的質疑是，「周文史詩」的篇幅和風格滿足長詩的標準了嗎？

其實詩篇的長短無法藉自身得到判斷，它必須出自比較。相對於《詩經》中的作品，楊牧例舉的詩或許篇幅較長，但和西方龐大複雜的敘事詩體相比——如荷馬《伊里亞德》全篇長一萬五千六百九十三行——，它就很難達到長詩的標準了；更何況，它們並無意將神怪作祟、民族爭戰的場景加以故事化的鋪陳，並在情節上營造戲劇張力，一如西方傳統史詩筆法。故呂正惠在〈中國文學形式與抒情傳統〉便直言：「中國是『沒有』史詩的。」

〔註 32〕詳參楊義：《中國敘事學・導言》（嘉義：南華管理學院，1998 年 6 月），頁 11～17。

〔註 33〕見 Chris Baldick: *The Concise Oxford Dictionary of Literary Terms*, p.70～71; M. H. Abrams: *A Glossary of Literary Terms. Seventh Editon*, p.76～78.

〔註 34〕〔德〕黑格爾著，朱孟實譯：《美學》第四冊（臺北：里仁書局，1983 年 3 月），頁 117～130。

〔註35〕至於邱燮友將 epic 譯為「故事詩」的解釋是：

> 而故事詩，在詩中便具備了一個完整的故事。因此這類客觀鋪述故事的詩歌，便得用較長的篇幅，來講述故事中的人物和動人的情節。〔註36〕

這項強調故事、情節的說法，儼然在指涉徘徊於戲劇、小說之間的西方史詩。而最後，他索性稱蔡琰〈悲憤詩〉、嵇康〈幽憤詩〉和杜甫「三吏」、「三別」等作品為「歷史性的故事詩」，也就是「史詩」。但此處有些邏輯上的問題。根據他的觀點，故事詩（Epic）包括樂歌性、歷史性（史詩：Epic 的普遍解釋）和寓言性三種類型。按照羅素（Bertrand Russell）的集合論，任何集合都屬於一種類型，而該集合的每一成員則屬於較低一層的類型；因此，Epic 怎能既是故事詩本身，又是它下轄的史詩呢？除非他的解釋是個人化的。但這麼一來，稱 Epic 為故事詩就不具備普遍的認知意義了〔註37〕。

猶有進者，龔鵬程在《詩史本色與妙悟》中認為藉史詩、敘事詩、故事詩之名來詮釋中國詩歌，往往是忽略西方史詩生成的文化背景，而「類比格義」的謬誤。他總結道：

> 史詩（或敘事詩）這個觀念，與中國詩歌，有基本的枘鑿之處。……要在中國敘述事件的詩歌中尋覓「Epic」（故事詩），乃是徒勞無功的。〔註38〕

在他看來，中國詩歌的抒情與敘事是「結合難分」的，其所謂敘事，也與西方文類劃分下的敘事長篇不同。

我們大致同意龔先生的觀察，但其中尚有值得辨析之處。所謂現實上「結合難分」（語義稍嫌含混），並不代表「完全無法約略區分」；也就是說，我們仍能從作品大概的風格傾向，判斷它究竟是抒情、抑或敘事的元素較為顯著。其次有如前述，中國自有各類敘事文體；而在詩歌部分，雖然未見西方敘事長篇的規模和風格，卻也體現出某種相對簡約的敘事面貌。如此，則前引學

〔註35〕呂正惠：〈中國文學形式與抒情傳統〉，《抒情傳統與政治現實》（臺北：大安出版社，1989年9月），頁160。

〔註36〕邱燮友：《中國歷代故事詩》第一冊，頁5。

〔註37〕詳參〔英〕安東尼・弗盧主編，黃頌杰等譯：《新哲學詞典》，頁474～475，「set 集合」、「set theory 集合論」等詞條。邱燮友此處犯的邏輯謬誤（『羅素悖論』〔Russell's paradox〕），是將 Epic 從屬於 Epic 的涵範。

〔註38〕龔鵬程：〈論詩史〉，《詩史本色與妙悟》（臺北：臺灣學生書局，1993年2月），頁27～50；引文見頁42～43。

者們所謂中國「敘事」詩歌的認知意義，只能建立在片面地使用敘事（narrative）詞義——作為單純的動賓詞組，指講述事件——，卻不必然承襲西方敘事詩（Epic）的傳統涵蘊之下。

總之，中國詩歌或許沒有 Epic——如同西方的史詩、敘事詩（故事詩之名純屬多餘）；但不妨自具簡賅地講述事件、篇幅較短的敘事詩。

寫實一詞，按上節解釋為描述眞實。至於如何描述，梁啓超說：「要將客觀事實照原樣極忠實的寫出來，還要寫得詳盡。」（1978：65）即為了達到寫實的效果，需秉持忠實的態度再加上詳盡的描寫。從讀者的角度來看，詳盡的描述的確容易產生寫實的感受，而小說以其書寫書篇幅的彈性，自然成為較典型的表現文類。如同艾柯（Umberto Eco）所謂對（不可考）細節的加強描繪，和內在思維的插入，讓小說取得連歷史報導也無法比擬的「寫實效果」〔註 39〕。故詳盡描寫／敘事可說是寫實的充分條件。

但此處也不排除別有他種訴諸直覺、直探本質以至於敘述相對簡賅的途徑，來提供寫實效果。例如要讓讀者對某個人物產生寫實——宛然在目、栩栩如生——的經驗，細緻繁複的外貌和行為描述是慣常的手法，而利用精鍊文字透顯人格特質也可以是有效的方式；前者以小說為最理想的體製，後者則給了短詩揮灑的空間。試看底下兩段：

> 沙勒驚訝於她的手指之潔白。她的手指甲尖端很細，修成杏仁形，又亮又白，比迪葉浦城的象牙還乾淨。可是她的手並不漂亮，也許不夠白。指骨部份也是乾乾的。同時她的手也太長，沒有柔軟的線條構成美好的輪廓。她身上最美的部份是眼睛。雖然是棕色的，但由於睫毛的顏色，棕色眼睛看起來像黑色的。她的目光坦率而又大膽，直直地射向所有的人。（福樓貝《波法利夫人》）〔註 40〕
>
> 手如柔荑，膚如凝脂。領如蝤蠐，齒如瓠犀。螓首蛾眉。巧笑倩兮，美目盼兮。（《詩經・衛風・碩人》）〔註 41〕

引文首段為女主角艾瑪初登場時的外貌描繪，相較於次段對衛莊公夫人莊姜

〔註 39〕〔義〕安貝托・艾柯著，黃寤蘭譯：《悠遊小說林》（臺北：時報文化出版企業股份有限公司，2000 年 11 月），頁 166～167。

〔註 40〕〔法〕福樓貝著，胡品清譯：《波法利夫人》（臺北：志文出版社，1990 年 1 月），頁 38～39。

〔註 41〕〔漢〕毛亨傳，鄭玄箋，〔唐〕孔穎達等正義：《十三經注疏・詩經》，頁 129～130。

姿色的形容——（她的）手指像茅草的嫩芽，肌膚如凝凍的脂膏，頸脖似蝤蠐般柔軟，牙齒好比瓠瓜子那樣潔白整齊。寬廣的前額配上彎彎的眉。嫣然一笑多俊俏啊，美麗的眼睛一眨一眨（黑白分明）——；很難說後段喚起「宛然在目」的美感經驗必然不如前段。再如巴爾扎克的小說《高老頭》。作者嘗試用全知觀點設定「絕對時間」（1819 年 11 月底至 1820 年 2 月 20 日），以及「絕對空間」（巴黎塞納河左岸，聖・日內維新街下段的伏蓋公寓），從高空鳥瞰到細部檢視，從遠景、中景一路描寫到近景，並不無巧思地援引莎士比亞《亨利八世》：「一切都是眞情實事。」（"All is true"）之語〔註 42〕；然而，這種精微刻劃的寫實效果，是否一定勝過《詩經・豳風・七月》（採取「相對時間／空間」）中詩語言營造的生活場景？答案恐怕也是見仁見智的。

所以，藉由長篇敘事提供寫實效果的小說，走的是西方傳統路數；但以文字精鍊為尚的中國詩歌，也能另闢谿徑呈顯寫實風貌。而這種不同可再從思維模式作後設的研究。

第四節　中國寫實詩歌的類型

梁啓超在《中國韵文裏頭所表現的情感》中曾以「類演化」的觀點來闡論中國的寫實詩歌，其要點可歸納如下〔註 43〕：

一、寫實的定義：純用客觀、冷靜的態度來描寫他人情感。作法要領是要將外在事物照原樣極忠實地刻畫出來，並儘可能詳盡。

二、首篇寫實詩歌：無名氏〈孤兒行〉。

三、最具結構性的寫實詩歌：無名氏〈孔雀東南飛〉（〈焦仲卿妻〉）。

四、寫實詩歌的創作要訣及典範：以左思〈嬌女詩〉稱第一。

五、寫實風格的代表詩人：杜甫。而杜詩更有純寫實派、半寫實派之分。

六、寫實傳統壁壘的完成：白居易。以其將理論與創作結合，並藉大量的作品群將寫實詩歌推向高峰。

〔註 42〕〔法〕巴爾扎克著，傅雷譯：《歐也妮・葛朗台／高老頭》（杭州：浙江文藝出版社，1991 年 12 月），頁 169～388，引文見頁 170。

〔註 43〕相關研究見廖啓宏：〈論中國詩歌的寫實傳統——從梁啓超「中國韻文裏頭所表現的情感」談起〉，《長庚科技學刊》第五期（桃園：長庚技術學院，2006 年 12 月），頁 53～66。

這裏權稱爲「類演化」觀點，是指梁啓超雖嘗試對寫實詩歌的殊異面貌給予歷時性、階段性的安排，而對作品間可能的影響、發展等問題，卻未提出足資佐證的詮釋。然而，無論表格內牽涉的問題（以及後設史觀的自覺程度）如何解答，至少他透露了一項訊息，即中國寫實詩歌涵蘊不同的風格和表現層級。而寫實詩歌的風格類型，可從他對杜詩「純寫實派」、「半寫實派」的鑑別中略見梗概。

關於「純寫實派」杜詩，梁啓超舉〈後出塞〉、〈麗人行〉、〈遭田父泥飲美嚴中丞〉來說明。他認爲前兩首詩「沒有一個字批評，只是用巧妙技術把實況描出，令讀者自然會發厭恨憂危種種情感」（1978：67～68），這類筆法是「一般寫實家通行作法，專寫社會黑闇方面。」（1978：68）但寫實家還有別種（意即較不通行的）筆法，如他所謂第三首「是寫社會光明方面」（1978：68），該詩可令人感覺到優美的鄉村生活、田父的率眞性格，以及他對社交的親切、對國家義務的認眞。另外，他以〈羌村〉三首與〈北征〉部分詩句來闡釋「半寫實派」，其結論是：

> （杜甫）不寫自己情感，專寫別人情感；寫別人情感，專從極瑣末的實境表出。……所寫的事實，是用來做烘出自己情感的手段，所以不算純寫實。他所寫的事實，全用客觀的態度觀察出來，專從斷片的表出全相，正是寫實派所用技術，所以可算得半寫實。（1978：45）

他特別標舉諸如〈北征〉裏「平生所驕兒，顏色白勝雪。見耶背面啼，垢膩腳不襪」、「瘦妻面復光，癡女頭自櫛。學母無不爲，曉妝隨手抹。移時施朱鉛，狼藉畫眉闊……」〔註 44〕等描述生活細節的詩句；而這類詩句在風格上實與左思〈嬌女詩〉（「吾家有嬌女，皎皎頗白皙……」）〔註 45〕一脈相承。

比對梁啓超的「純寫實派」、「半寫實派」論述，二者在寫作技巧上都是藉由客觀的觀察，並從斷片表全相（以個殊、典型指涉普遍、群體），主要的區別似乎只在純粹客觀或主觀情感的涉入而已。不過，完全的客觀、冷靜是否可能？從梁啓超補充解釋寫實派大作家無非是「冷眼熱腸」（1978：68～69），顯見這個命題大可懷疑。而根據韋勒克（Rene Wellek）「主觀經驗是唯一客觀

〔註 44〕〔唐〕杜甫著，〔清〕仇兆鰲注：《杜詩詳注》第一冊（臺北：里仁書局，1980年7月），頁 399～400。

〔註 45〕逯欽立輯校：《先秦漢魏晉南北朝詩》上冊（北京：中華書局，2006年1月），頁 735～736。

的經驗」〔註46〕的當代觀點，「純寫實派」、「半寫實派」之分更屬無謂。

梁啓超犯的訛誤是時代環境使然——過度強調文學的社會功能，而未細察西方文藝理論的眞義〔註47〕，無須苛責；重點是他的論述透顯了中國寫實詩歌潛在的兩大表現類型。首先是反映世間黑闇或人心幽怨的詩歌，本文稱爲「諷喻寫實」類型；其次是細膩描繪事物情態的作品，本文謂之「摹形寫實」類型。舉上表爲例，〈孤兒行〉、〈孔雀東南飛〉、杜甫〈後出塞〉、〈麗人行〉與白居易的諷喻詩等屬於前者，左思〈嬌女詩〉之類則屬後者。

値得一提的是，此處將「摹形寫實」與「諷諭寫實」並列，不代表它們服膺笛卡兒式的二元論思維——將身與心視爲全然異質的事物，且分別遵從不同的規律、呈現迥異的特徵——；借用現代分析哲學日常語言學派的吉爾伯特・萊爾（Gilbert Ryle）的說法，我們只是權宜地以兩種「邏輯口吻」來探討寫實論題，不強調雙方的對立性，故亦多少消弭了範疇錯誤的疑慮〔註48〕。而以此二類型爲基礎，底下即能對中國詩學中的寫實概念擬定相應的研究方式。

第五節　研究範圍與進路的擬定

首節提及中國寫實詩歌的存在，已有眾文學史家和批評家們的背書，並曾深入地作過探討。此處則可再借用劉若愚的理論框架，來說明本文的研究綱領：

（一）文學的研究

A. 文學史

B. 文學批評

1. 理論批評（Theoretical criticism）

a. 文學本論（Theories of literature）

〔註46〕〔美〕雷內・韋勒克著，張金言譯：〈文學研究中的現實主義概念〉，《批評的概念》（杭州：中國美術學院出版社，1999年12月），頁228。

〔註47〕如陳燕便直指：「梁啓超等人大肆提倡『寫實』的文學……最多不過是主題上要求配合『警世』、『救國』的現實需要罷了。」參見氏著：《清末民初的文學思潮》（臺北：華正書局，1993年9月），頁74。

〔註48〕另外，萊爾雖試圖以「範疇錯誤」來否棄笛卡兒的心物二元論（譏之爲『機器中的幽靈說』），但卻未能扭轉多數人（無論哲學家抑或普通人）對舊說的信奉。詳參〔英〕吉爾伯特・萊爾著，劉建榮譯，余國良校閱：《心的概念》（臺北：桂冠圖書股份有限公司，1993年7月），頁5～19。

b. 文學分論（Literary theories）

2. 實際批評（Practical criticism）

a. 詮釋（Interpretation）

b. 評價（Evaluation）

（二）文學批評的研究

A. 文學批評史

B. 批評的批評

1. 批評的理論批評（Theoretical criticism of criticism）

a. 批評本論（Theories of criticism）

b. 批評分論（Critical theories）

2. 批評的實際批評（Practical criticism of criticism）

a. 詮釋（Interpretation）

b. 評價（Evaluation）

本文處理的對象，大致著重在文學研究的範疇裏。原因是長期以來，寫實並未成爲一項充分自覺的批評概念；直到接受近代西方思潮的影響，批評家才移用此一概念來詮釋性質相類、且爲中國本具的文學資產。而我們處理的原則如下：

（一）一 A 部分：由於書市可見的文學史多有「因襲舊作、率爾成帙」之弊〔註 49〕，故底下擬採具有史觀、富涵原創觀點，或能在實際批評上提出更佳詮釋的著作——主要包括劉大杰《中國文學發展史》、北京大學中文系文學專門化 55 級集體編著《中國文學史》、游國恩等主編《中國文學史》、袁行霈主編《中國文學史》以及裘斐主編《中國古代文學史》等——，剖析其間關涉寫實的論述。

（二）一 B 部分：鎖定標舉寫實論題的代表性批評——這些批評爲了佐證其說，往往兼具一 B1 和一 B2 的成分——，分析箇中的寫實概念。除卻梁啓超的著作，內文將以廖蔚卿〈從文學現象與文學思想的關係談六朝巧構形似之言的詩〉、林文月〈宮體詩人的寫實精神〉、蔡英俊〈「情景交融」的理論

〔註 49〕語出顏崑陽對文學史作品群體的省察，參氏著：〈論「典範模習」在文學史建構上的「漣漪效用」與「鍊接效用」〉，文收輔仁大學中國文學系、中國古典文學研究會主編：《建構與反思——中國文學史的探索學術研討會論文集》下冊（臺北：臺灣學生書局，2002 年 7 月），頁 791。本文贊成這項評判，故不另作辨析。

基礎（下）：「物色」與「形似」〉、洪順隆《從隱逸到宮體》和王力堅《由山水到宮體》中的相關章節爲主線。

（三）一 A、一 B 的論述將視其性質，納入「諷喻寫實」、「摹形寫實」分屬的章節，並從文學現象及後設層面，乃至與其它寫實藝術（繪畫與小說）作比較研究。

（四）參照必要的二 B 批評資料（例如「詩史」、「史傳傳統」等研究），以深化本文的論述層級。

至於章節的安排，本文的第二、三章將分別闡釋「『摹形寫實』詩歌類型的批評」（一 B）及「『諷論寫實』詩歌類型的批評」（一 A），第四章從「出位」的視角來探索寫實詩歌與繪畫、小說之間的關係；最後，則以研究成果的統合與詮釋效力的檢討收結全文。

小　結

總括本章所述，我們獲得一些初步的結論：

（一）根據書林習見文學史的知識建構，以及代表性文學批評的研究保證，中國寫實詩歌的存在當無疑義。

（二）中國藝術自古即存有寫實的元素，故在西方「寫實主義傳統」的論域之外，中國古典文學的系列創作和批評可稱爲「寫實概念傳統」（下轄概念文本傳統／批評傳統），個別文論家的思想則名爲「寫實概念系統」。

（三）中國沒有 Epic：無論它解作史詩、故事詩或敘事長詩。但在抒情傳統之外，它尚有一發展受壓抑的、客觀外向的敘事傳統；同時，也不乏以「敘事」（不全同於 narrative 詞義）爲簡單動賓詞組，指講述事件的短篇詩作。這即是中國式的敘事詩。

（四）西方文學從史詩、劇劇到小說，往往以長篇敘事來營造寫實效果；如此，則敘事可說是寫實的充分條件。但崇尚言意精鍊的中國詩歌，也能藉其它途徑來呈顯寫實風貌。而這也反映了中西兩種不同的思維模式。

（五）經由梁啓超對中國韻文（特別是「集大成」的杜詩）研究的啓發，我們可將中國寫實詩歌分爲兩大類型：(1)「諷喻寫實」：反映世間黑闇或人心幽怨的作品；(2)「摹形寫實」：細膩描繪事物情態的作品。

以這些結論爲基礎，接著，我們即可開展關於「中國古典詩學中的寫實概念」的研究。

第二章　「摹形寫實」詩歌類型的批評

第一節　摹形寫實風格的商略

梁啓超《中國韻文裏頭所表現的情感》曾說：「魏晉寫實的五言，以左太沖〈嬌女詩〉爲第一。」（1978：66）左思〈嬌女詩〉全詩如下：

吾家有嬌女，皎皎頗白皙。小字爲紈素，口齒自清歷。鬢髮覆廣額，雙耳似連璧。明朝弄梳臺，黛眉類掃跡。濃朱衍丹唇，黃吻瀾漫赤。嬌語若連瑣，忿速乃明㦤。握筆利彤管，篆刻未期益。執書愛綈素，誦習矜所獲。其姊字惠芳，面目粲如畫。輕粧喜樓邊，臨鏡忘紡績。舉觶擬京兆，立的成復易。玩弄眉頰間，劇兼機杼役。從容好趙舞，延袖象飛翮。上下絃柱際，文史輒卷襞。顧眄屏風畫，如見已指擿。丹青日塵闇，明義爲隱賾。馳騖翔園林，果下皆生摘。紅葩掇紫帶，萍實驟抵擲。貪華風雨中，倏忽數百適。務躡霜雪戲，重綦常累積。并心注肴饌，端坐理盤槅。翰墨戢函按，相與數離逖。動爲鑪鉦屈，屣履任之適。心爲茶荈劇，吹噓對鼎䥶。脂膩漫白袖，煙薰染阿錫。衣被皆重池，難與沉水碧。任其孺子意，羞受長者責。瞥聞當與杖，掩淚俱向壁。〔註1〕

他認爲左思「用極冷靜的態度忠實觀察他忠實描寫他，所以入妙。」（1978：

〔註 1〕逯欽立輯校：《先秦漢魏晉南北朝詩》上冊，頁735～736。

67）更表示後代模仿此詩者雖然不少，卻都趕不上它。同時爲了對照，他舉了李商隱〈驕兒詩〉當負面教材，其詩云：

> 衮師我驕兒，美秀乃無匹。文葆未周晬，固已知六七。四歲知姓名，眼不視梨栗。交朋頗窺覯，謂是丹穴物。前朝尚器貌，流品方第一。不然神仙姿，不爾燕鶴骨。安得此相謂？欲慰衰朽質。青春妍和月，朋戲渾甥姪。繞堂復穿林，沸若金鼎溢。門有長者來，造次請先出。客前問所須，含意不吐實。歸來學客面，闒敗秉爺笏。或謔張飛胡，或笑鄧艾吃。豪鷹毛崱屴，猛馬氣佶傈。截得青篔簹，騎走恣唐突。忽復學參軍，按聲喚蒼鶻。又復紗燈旁，稽首禮夜佛。仰鞭罥蛛網，俯首飲花蜜。欲爭蛺蝶輕，未謝柳絮疾。階前逢阿姊，六甲頗輸失。凝走弄香奩，拔脫金屈戌。抱持多反倒，威怒不可律。曲躬牽窗網，衉唾拭琴漆。有時看臨書，挺立不動膝。古錦請裁衣，玉軸亦欲乞。請爺書春勝，春勝宜春日。芭蕉斜卷箋，辛夷低過筆。爺昔好讀書，懇苦自著述。顦顇欲四十，無肉畏蚤虱。兒愼勿學爺，讀書求甲乙。穰苴司馬法，張良黃石術。便爲帝王師，不假更纖悉。況今西與北，羌戎正狂悖。誅赦兩未成，將養如痼疾。兒當速成大，探雛入虎窟。當爲萬户侯，勿守一經袠。〔註2〕

梁氏說此作讀來只讓人覺得「那位衮師少爺頑劣得可厭」（1978：67）；但它最大的敗筆還在於：「詩中說旁人對於他兒子怎樣批評，又說他自己對於兒子怎樣希望；還把自己和兒子比較，發一段牢騷。這是何苦呢？」（1978：67）而他的結論是，只要拿這兩首詩作比較，就能「悟出寫實派作法的要訣」（1978：67）。

無論梁氏對這兩首詩的愛憎如何，在他看來，二者最顯著的差異有如馮浩箋注〈驕兒詩〉所云：「全仿左太沖〈嬌女詩〉，而後幅綴以感慨。」〔註3〕而正是這些附加的感慨，違背了寫實詩歌的創作要訣——極冷靜的態度、忠實觀察與忠實描寫。猶有進者，倘若〈嬌女詩〉可視爲寫實詩歌創作上的典範，它的筆法就需要被更客觀、深密地探討。

〈嬌女詩〉的內容大體可從兩個層面來檢視。首先是小部分靜態的、外

〔註2〕〔唐〕李商隱著，〔清〕馮浩箋注：《玉谿生詩集箋注》（臺北：里仁書局，1981年8月），頁413～414。

〔註3〕同上，頁419。

在容貌的描繪，另外是動態的、藉以呈露內在性情的一系列特寫；而後者顯然是左思著墨最多，也是這首詩最精采動人的部分。

雖然在全詩中，靜態的外貌描繪僅佔開頭一至六句和第十七、十八句；但這些爲數不多的詩句，卻恰如其份地提示了女兒們姣好的面容——從白皙膚色到精巧的五官。這可說是「嬌」字的一個基礎意義：嬌美。以視覺上的嬌美爲第一印象，讀者自然容易對後繼的敘述產生更大的包容，乃至審美的心理。另外，關於呈露性情的系列詩句，我們可以移用結構主義語言學（特別是雅克愼）表義二軸的觀點試加詮釋〔註4〕。

倘若將語言的基本運作分爲「選擇」（直線式／替代性／比喻的）與「合併」（水平式／接連性／換喻的）兩軸，詩歌的功能即是把對等原理從選擇軸投射到合併軸。以〈嬌女詩〉爲例，作者提供了一連串的生活畫面，包括女兒們在梳妝、紡績、藝文、嬉遊、庖廚……等各方面的舉止，讓讀者（在水平軸）自行接連、疊印出人物的性情神態。當然，上述畫面中的舉止，從素材到主要的形容詞都是事先（在垂直軸）經過選擇的；而選擇的方針，全爲了呈露一副天眞爛漫的、時或近乎嬌蠻的女兒脾性。如同明代鍾惺所言，正是在一些成人正經事務上，左思綴以「不安詳，不老成，不的確，不閑整」的生動形容，才使得詩中「女兒一段聰明，父母一段矜惜，筆端言外，可見可思」〔註5〕。在選擇軸到合併軸的運作下，〈嬌女詩〉那一對受父母嬌寵的、既嬌美又嬌蠻的女兒形象，教所有讀者同感愛憐。

據是，梁啓超把〈嬌女詩〉視爲極端「冷靜、客觀、忠實」的創作典範，這點恐怕值得商榷。事實上，作者不時流露「心乎愛矣」的情愫〔註6〕，並以之遣詞組織，才是此詩入妙的原因。導論所引韋勒克「主觀經驗是唯一客觀的經驗」的論點，可再作此處的註腳。另値一提的是，按照蕭滌非的考察，〈嬌

〔註 4〕Roman Jakobson: "Two Aspects of Language and Two Types of Aphasic Distubances," in Krystyna Pomorska and Stephen Rudy, ed. *Language in Literature*. (London: The Belknap Press of Harvard University Press, 1987), p.95～113.

〔註 5〕〔明〕鍾惺、譚元春合編：《古詩歸》，收入四庫全書存目叢書編輯委員會：《四庫全書存目叢書》集部第三三七冊（臺南：莊嚴文化事業公司，1997 年 6 月），頁 765。

〔註 6〕語見蕭滌非：〈我國詩歌史上的一顆明珠——談左思的《嬌女詩》〉，文收人民文學出版社編輯部編：《漢魏六朝詩歌鑒賞集》（北京：人民文學出版社，1985 年 7 月），頁 259。

女詩〉的成功引發了後代仿效的風氣——隨著書寫對象的多元化，這類作品無形中塑造了一系「以幽默詼諧，令人忍俊不禁爲基調的傳統寫法。」〔註 7〕

儘管〈嬌女詩〉恐非出自梁氏所謂「冷靜客觀」的筆法，但藉由以上的闡釋，它仍對「摹形寫實」詩歌展現了一定的規範意義。其要點可歸納如下：

（一）寫實詩歌在純然描寫之外，不應添加個人的情緒語言。

（二）完全冷靜客觀的描寫是一種虛妄的設想。所謂的客觀經驗，無非是主觀意志選材的結果。

（三）「摹形」不光是外在的、「形」的描繪，它的精采處，還在於對象本質的、「神」（態）的呈露。

（四）「摹形寫實」詩歌以〈嬌女詩〉爲首，創生了一系「幽默詼諧」的筆法傳統。

當然，「摹形寫實」詩歌的內涵不止於此，它們有待底下更完整的探究。

第二節　摹形寫實前期的典範

梁啓超認定中國文學史上首篇寫實詩歌是漢人樂府〈孤兒行〉（1978：65）。這項判斷有待駁正；不過它應納入「諷喻寫實」的類型作探討。至於「摹形寫實」類型的源頭，同樣可追溯到《詩經》。

《詩經・衛風・碩人》可說是「摹形寫實」詩歌早期的代表作品。如清人姚際恆即謂：「千古頌美人者無出其右，是爲絕唱。」〔註 8〕這首詩的第二章全用來描繪衛莊公夫人莊姜的容貌，詩曰：

> 手如柔荑，膚如凝脂。領如蝤蠐，齒如瓠犀。螓首蛾眉。巧笑倩兮，美目盼兮。〔註 9〕

若用表義二軸的模型，此章可大略釋爲（『　』表示垂直軸的比喻替代，「　」爲形容詞的選擇；＋指水平軸的意象接連、疊印）：

> （她的）雙手：『茅草的嫩芽』——（以下靜態描寫）
>
> ＋肌膚：『凝凍的脂膏』

〔註 7〕同上，頁 267～268。

〔註 8〕〔清〕姚際恆：《詩經通論》（臺北：河洛圖書出版社，1980 年 8 月），頁 83。

〔註 9〕〔漢〕毛亨傳，鄭玄箋，〔唐〕孔穎達等正義：《十三經注疏・詩經》，頁 129～130。

＋頸項：『長而白的天牛幼蟲』
＋牙齒：『潔白整齊的瓠瓜子』
＋額頭：『寬廣的蟬額』
＋眉毛：『細長彎曲的蛾鬚』
＋「嫣然」一笑多「俊俏」啊——（以下動態描寫）
＋「美麗的」眼睛一眨一眨（或謂「黑白分明」）。

不論在心理現象上「整體是否等於部分之和」，本詩的作者顯然具有整體性的觀點。所以，作品羅列了巧妙的五官比喻和三兩筆儀態點染（而非冗長的細節白描），期待讀者在意識中召喚、組構這些意象，從而獲得一副生動的美人圖像。

如前所述，「摹形寫實」是用細膩的筆觸再現事物情態（representation），以提供寫實效果的詩歌類型。〈碩人〉第二章再現人物的主要方式是連綴比喻。而讀者對這些文學比喻的認知能力，則與草木蟲魚等博物常識息息相關。同時，它更待讀者運用想像力，去組織連串意象——轉化異質爲同構，由部分合成整體——，讓莊姜的美貌再現眼前。面對如此的閱讀門檻，恐怕不是人人都能輕易地依循、抉發文本的提示，成爲一個艾柯（Umberto Eco）所謂實際參與創作的「典型／標準讀者」（the Model Reader）〔註10〕——如萊辛《拉奧孔》便認爲從西方美學史來看，此類以詩代畫的嘗試鮮能奏效〔說詳後章〕。其實對一般讀者而言，即使博物常識容或不足，他們還是能從雙手、肌膚、頸項、牙齒、額頭到眉目等排比句式，以及韻腳之外雙聲（螓首、美目）、疊韻（巧笑）的音響效果，藉詩的形式感染力去揣想莊姜出眾的美貌。當然，這份想像取決於個人的學養；而凡此進路也不盡能徹底地傳達原詩的藝術效果。例如陳子展除了盛讚本詩對莊姜的描寫「好像傳神寫照，把一個美人的形象很生動地呈現在人眼前」，且進一步分析箇中對衛國風物的經營說：

（四章）前六句連用了六個表現動態鮮明的疊字，同時又是表現調子諧和的疊韵；末一句又特用一個表態跳動、發聲響亮的單字（朅）頓挫煞尾。這就使人一面覺得風物之美如在目前，一面覺得聲調之

〔註10〕Umberto Eco: *The Role of the Reader*. (Bloomington: Indiana University Press, 1984), p.7～11. "Model Reader"一詞譯作「典型讀者」或「標準讀者」，指在閱讀行爲中能遵循、揭發文本所提示的訊息，在意義的外延內參與創造，並成就「典型／標準作者」（Model Author）的讀者。

美如在耳畔。〔註11〕

即便如此，陳氏最後仍不忘表示：「自恨鈍根，所作直解無法完全表達原文所具有的這種美」〔註12〕。值得注意的是，陳氏「傳神寫照」的形容，原爲晉顧長康自道畫藝之語，而他的引用多少隱含著詩、畫合流的意識。

《鄘風・君子偕老》也是《詩經》中以贍切描述著稱的作品。這首詩除了首章「子之不淑，云如之何」二句稍涉譏刺外，通篇都在讚歎衛夫人宣姜儀容與服飾的美盛。試舉其第二章爲例：

玼兮玼兮！其之翟也。鬒髮如雲，不屑髢也。玉之瑱也，象之揥也，揚且之皙也。胡然而天也！胡然而帝也！〔註13〕

詩的第一、三章與此章筆法雷同，首尾營構了三組輪替展現「服飾之盛」和「儀容之美」的形式。與〈碩人〉相較，〈君子偕老〉在「如山如河」、「胡然而天／帝」等被姚際恆評爲「奇語」的比喻之外，多以直陳作修辭手段。而此詩偏重於描繪服飾，也與〈碩人〉專從形貌神采去摹狀人物本質之美的筆法有別〔註14〕。因此，按照姚際恆的看法，〈君子偕老〉雖可視爲後代〈神女賦〉、〈洛神賦〉的濫觴，但在頌揚美人的寫實效力上，究竟不如〈碩人〉。〔註15〕

經由上述二首範型作品的比較，可歸納出早期「摹形寫實」詩歌的幾項特點：

（一）運用連串的比喻或形容詞，並以排比句式作爲手法。寫實感是由部分組構的整體印象——預設讀者同樣具備了把握作品整體的組織能力。

（二）比喻和形容詞往往汲取博物知識；因此，讀者亦有深入通解詩義（「典型／標準讀者」的必要條件），或從形式欣賞詩文之美等不同的類型。

〔註11〕陳子展撰述：《詩三百解題》（上海：復旦大學出版社，2001年10月），頁198～199。

〔註12〕同上，頁199。

〔註13〕〔漢〕毛亨傳，鄭玄箋，〔唐〕孔穎達等正義：《十三經注疏・詩經》，頁111～112。

〔註14〕或謂〈君子偕老〉的形容多爲反諷，指宣姜的內行穢亂，與外在的容飾之美全不相稱。譯文可參考馬持盈註譯：《詩經今註今譯》（臺北：臺灣商務印書館，1991年10月），頁77～80。

〔註15〕詳參〔清〕姚際恆：《詩經通論》，頁72、83。

（三）單純外觀的刻畫，不如形、神（直覺／本質的）俱寫來得高妙。

（四）「摹形寫實」詩歌濫觴於《詩經》；而〈碩人〉、〈君子偕老〉等詩對後代描繪美人的作品更有深遠的影響〔註 16〕（後文續作辨析）。

第三節　揭櫫「巧構形似」特點的研究

當代關涉「摹形寫實」論題的研究，可舉廖蔚卿、林文月和蔡英俊等學者的專文為代表。

廖蔚卿〈從文學現象與文學思想的關係談六朝巧構形似之言的詩〉（後文簡稱為〈巧構〉）認為，六朝「巧構形似之言」的詩是一個文學趨向的階段成果，並對之前的「形似」文學傳統進行反省。我們可借助表格，並從「本體論」（本質、功能的）和「表現論」（物色的描繪）兩方面來解說他對《詩經》、《楚辭》與漢賦的論述要點：

	本　體　論	表　現　論
詩經	1. 詩篇來自個人就所屬社會群體的觀察，動情的對象只限於人生社會現象的層面。 2. 詩的內容不外乎對人類社會政治結構的共鳴。 3. 政教良窳才是動情的終極因素。	1. 自然物色在詩中的份量既輕，又居於陪附地位。 2. 它僅作為主題情境上的映襯，而非主題的內容結構。 3. 雖有「興」的起情作為感物見意的方法，但它借助於感情的聯想作用超過對物象的多樣性描寫。
楚辭	1. 屈原的「憂愁幽思」及辭賦家的「賢人失志」都激生於政教的反映，於是有詩「緣事」而發的觀念。 2. 不曾認知「感物」是詩歌產生的基本因由，在現實人生的事象之外不看重自然之「物」。	1. 「寫物」手法偏重於譬喻的象徵性（藉以達成諷刺抒怨的目的）。 2. 情緒的想像成份超過物象的客觀性。
漢賦	1. 大賦的主旨是「體國經野，義尚光大」，詠物小賦也講求「象其物宜，則理貴側附」。 2. 鋪陳描繪僅可由上述大義去「寫志」，而不能情景交融地「詠志」，亦不便詩人抒發一時的感懷。	1. 自然物色仍非展示主題的基本材料或主要內容。 2. 描寫對象不盡是作者親見之景物。 3. 「工為形似」的「寫物」（誇飾）手法大抵是客觀的造象技巧之運作——它的「巧構形似」僅是「麗淫」的文辭之美巧。

〔註 16〕除了姚際恆所指之外，袁愈荽在為〈碩人〉解題時也明言〈洛神賦〉、〈長恨歌〉、〈艷歌行〉等名篇，皆學此而來。參見氏著：《詩經藝探》（貴陽：貴州人民出版社，1998 年 5 月），頁 193～194。

根據表列的省察〔註17〕，〈巧構〉以一種演化（實近進化論）的觀點，指證六朝「巧構形似之言」詩作的形成是水到渠成的事。這一系列論斷鞭辟入理，不過些許細節仍值得再作辨明。

例如在表現論方面，〈巧構〉認爲《詩經》中的山水物色只是主題情境上的映襯而非內容結構，不重視對物象的多樣性描寫。但這項說法也只限於描寫山水物色。至少不適用於前引的〈碩人〉——它以整整一章來刻畫容貌神情（此詩的主要內容），且羅列了博物式的多方比喻。因此，儘管《詩經》的「巧構形似」不曾實踐在模山範水上，卻已藉〈碩人〉一併展現了藝術性、及文學史性價值——它既是頌讚美人的千古絕唱，又影響了後世摹形作品（包括容色和物色）的表達方式。

然後，〈巧構〉直言「巧構形似的詩風肇始於魏晉而盛於宋齊」（1985：46）；我們可將其研究分成結構基型、描寫技巧、本體思維三個層面來探討。

一、結構基型的分析

〈巧構〉開頭即援引南朝梁劉勰《文心雕龍》兩段文字作爲論據。首段出自〈物色〉篇：

> 自近代以來，文貴形似。窺情風景之上，鑽貌草木之中；吟詠所發，志惟深遠；體物爲妙，功在密附。故巧言切狀，如印之印泥；不加雕削，而曲寫毫芥。故能瞻言而見貌，即字而知時也。〔註18〕

次段則屬〈明詩〉篇：

> 宋初文詠，體有因革：莊老告退，而山水方滋。儷采百字之偶，爭價一句之奇；情必極貌以寫物，辭必窮力而追新，此近世之所競也。〔註19〕

從這兩段對當時文風的綜述，作者初步歸納出「巧構形似之言」對六朝詩而言，在整體結構上統攝了三個要素：

（一）題材：巧構形似的對象——以日月、風雲、草木、山水等自然物色爲主。

〔註17〕內容歸納自廖蔚卿：〈從文學現象與文學思想的關係談六朝巧構形似之言的詩〉（上、下），收入鄭騫等著：《中國古典文學論叢冊一：詩歌之部》，頁39～70。以下引用僅於內文標示頁碼。

〔註18〕〔梁〕劉勰著，詹鍈義證：《文心雕龍義證》下冊（上海：上海古籍出版社，1994年9月），頁1747。

〔註19〕同前上冊，頁208。

（二）技巧：巧構形似的手法——密附，曲寫；這不單指儷語、奇句或新辭，而是藉比興誇飾等去描寫形容的修辭技巧。

（三）題旨：巧構形似的作用和目的——吟詠其志（詩人一時的感懷）。

準此，則「巧構形似之言」的詩，大抵以「體物」、「寫物」與「感物詠志」三要素組合而成（1985：40）。試觀以下例證：

江南倦歷覽，江北曠周旋。 懷新道轉迥，尋異景不延。 亂流趨正絕，孤嶼媚中川。 雲日相輝映，空水共澄鮮。	體物 寫物
表靈物莫賞，蘊眞誰爲傳。 想像崑山姿，緬邈區中緣。 始信安期術，得盡養生年。	感物 詠志

（謝靈運〈登江中孤嶼〉）

高柯危且竦，鋒石橫復仄。 複澗隱松聲，重崖伏雲色。 冰閉寒方壯，風動鳥傾翼。	體物 寫物
斯志逢凋嚴，孤遊值曛逼。 兼塗無憩鞍，半菽不遑食。 君子樹令名，細人效命力。 不見長河水，清濁俱不息。	感物 詠志

（鮑照〈行京口至竹里〉）〔註20〕

這三要素的組合被視爲該類詩作的必要條件：體物＋寫物＋感物詠志＝巧構形似之言的詩。透過對張協、謝靈運、顏延之、鮑照詩例的分析（1985：40～44），〈巧構〉將這項關係大致詮釋成：以「寫物」手法建構詩語言的藝術形象，藉此去溝通並完成自然萬物與詩人心志的統一，最終呈現作品主題的精神特質——詩的語言藝術與內容精神一併體現。〈巧構〉認爲，「巧構形似之言」詩作的「寫物」所以能「鑽貌草木之中」，通過「瞻言而見貌，即字而知時」的摹形筆致達到「體物」密附的妙功，乃是主、客觀融合的結果。它藉由對自然物象極盡客觀的觀察，運用多樣性的寫實手法、或雜揉象徵性的

〔註20〕分見逯欽立輯校：《先秦漢魏晉南北朝詩》中冊，頁1162、1292。又，謝詩第五句「正絕」亦作「孤嶼」。

筆觸，融合客觀物貌與主觀情感，而以「隨物宛轉」、「與心徘徊」的境況去狀氣圖貌儷采附聲。故〈巧構〉謂其兼具詩騷漢賦等描寫自然物色的手法，構創了一種形式、內涵俱新的詩體。

二、描寫技巧的分析

除了構創一種詩體的結構基型，「巧構形似之言」的詩在描寫技巧上也顯示了創建性。〈巧構〉謂其手法大抵出自《楚辭》和漢賦的誇飾、比喻和及容，但更富多樣性的變化。這些新變表現在客觀的摹形求眞之外，多元運用了人的生理感覺如視覺、聽覺、觸覺、嗅覺和行止等經驗，以激發主觀的、心理的聯想與想像來鍊句謀篇。此處略引斷句權作檢證。

（一）豐冰憑川結，零露彌天凝。（陸機〈梁甫吟〉）
（二）餘霞散成綺，澄江靜如練。（謝朓〈晚登三山還望京邑〉）
（三）澤雉登壟雊，寒猿擁條吟。（張協〈雜詩〉之九）
（四）鳥還暮林諠，潮上水結洑。（鮑照〈還都道中〉之二）
（五）雲日相輝映，空水共澄鮮。（謝靈運〈登江中孤嶼〉）
（六）岡澗紛縈抱，林障沓重密。（鮑照〈從庾中郎遊園山石室〉）
（七）崩沙雜水去，臥樹擁槎來。（庾信〈和李司錄喜雨詩〉）
（八）水白澄還淺，花紅燥更濃。（庾信〈喜晴詩〉）〔註21〕

這些描繪自然物色的詩句疊組了色彩、聲響、明晦、寒燥、動靜等多重感官經驗，且借助了比喻、襯托、誇飾等修辭技巧。此外，〈巧構〉也指出它們在語法結構上的新創。例如既往五言詩通常只用一個動詞，但（三）、（四）卻有兩個動詞，（五）、（六）的形容詞則揉合了動詞的性質，而（七）、（八）更使用三個動詞及形容詞來描寫景物；由此可見，唐詩的語法多是六朝的餘緒。至於「巧構形似之言」詩篇的寫物特點，〈巧構〉謂其利用對偶句來構造景物形象的同位與對比，藉偶句獨立呈現一個生動、完整的景象，從而在抒情言志的詩語之外強化了物色的感染力，使其更便於展示主題。

三、本體思維的分析

〈巧構〉認爲六朝文學創作上的「巧構形似」詩風，應是當時文學思想的實踐。這些思想的要義約可歸納如下：

〔註21〕詩句分錄同前，上冊：661、中冊：1430、上冊：747、中冊：1290、1162、1283、下冊：2380、2394。

（一）具有詩、賦的本體結構合一的觀念。所以詩的修辭技巧不妨從賦中借取。而文論家亦據此對詩的賦、比、興三義提出個人的詮釋，以確立「體物密附」詩風的正當性和必然性。

（二）六朝文論家以爲詩是緣情感物而生，但「緣情」與「感物」在創作的心理活動過程中實難截然劃分；猶有進者，此一觀念亦涵攝了人的主觀之情、自然界的客觀之物二者互相投射，乃至於情景交融的問題。

（三）從陸機、蕭子顯到劉勰，他們共同的文學觀念是：四季景致的多樣性變化完全是自然生命的呈露；而自然生命既以其面貌投射於人的耳目，與人的情性產生一體的共鳴，故人也當以一種文學創作的面貌，表現自我生命的特性與感受作爲回應。

（四）因爲自然與個人的生命特質及形貌要求作一致的表現，故必須以「體物」、「寫物」去結合「感物」、「詠志」完成詩的體構，同時藉「窺情風景之上」、「鑽物草木之中」的摹寫以達致情景交融的詩的藝術——所以要巧構形似之言。

（五）由原道論推衍到「緣情」說、「感物」說，「體物」、「寫物」終成溝通及展現情物間交互投射的必要條件。而在創作原理上，「巧構形似之言」的詩毋寧是以「緣情」說爲基礎的——它不僅建立了文學精神特質即個人生命質性的觀念，也擴充了舊有「言志」的內涵，不以美刺政教善惡爲限。

上述各層面的論述可謂深中肯綮，只是部分觀點仍有追探的空間。下面試以三點來說明。

（一）〈巧構〉謂由「體物＋寫物＋感物詠志」三要素組成的「巧構形似之言」的詩，大致經歷了客觀、主觀到主客（情景）交融的創作流程。這是一項奠基於作品分析的合理推論。然而，〈巧構〉所舉詩例中讓讀者身歷其境的物色描寫，果眞是以「極盡客觀的觀察」、「運用多樣性的寫實手法」開頭的創作流程所獲得的成果嗎？其實，根據當代文藝思想的新解，上述客觀的觀察與寫實只能是主觀經驗的產物（說詳前章）。我們在「巧構形似之言」的詩中所見的景致，無非是作者主觀選取、再造的「感象」（image）——它們已從當初出現和存在的時空被抽離出來，而體現爲一種感受的方式。值得注意的是，「巧構形似之言」的詩絕非措心於描寫「眼前景口頭語」；試舉杜詩一首爲例：

熟知茅齋絕低小，江上燕子故來頻。銜泥點污琴書内，更接飛蟲打

著人。（〈絕句漫興九首・其三〉）〔註22〕

相較之下，〈巧構〉所引例詩除了「窮力追新」的辭彙外，「極貌寫物」的對象也往往是綺麗的山水景色。競逐麗辭的現象如劉勰所述乃是時代文風，但刻意尋幽訪勝作爲書寫前景，則另有一層後設意義。

謝靈運的山水詩向來被視爲宋齊間同類作品的典範。不過他入詩的風景，絕非尋常可見的田園或低丘淺流，而是走訪高山深谷，欲求人所未睹的佳景奇觀。白居易〈讀謝靈運詩〉云：

> 謝公才廓落，與世不相遇。壯志鬱不用，須有所洩處。洩爲山水詩，逸韻諧奇趣。大必籠天海，細不遺草木。豈唯玩景物，亦欲攄心素。……〔註23〕

雖然這首詩旨在抒發對謝靈運「不遇」的同情共感，但它似乎也能解釋後者何需「巧構形似」地表現訪得的山水草木。謝靈運之所以「上嶔崎而蒙籠，下深沉而澆激」（〈山居賦〉）並予以寫實摹畫，或即此等物色與其人格具有某種同質性：同樣格調卓異，但知音闕如。於是，他藉「巧構形似之言」讓讀者如履其境的景致，不但是經過選擇的「感象」，也可說是他精神面貌的投射。自然物色與人格特質至此一體呈現，所有乍似客觀的觀察與寫實手法，全在主觀心念的涵範之下。故就「體物＋寫物＋感物詠志」的組合而言，每項元素、各個階段都是由作者情志（不以政教美刺爲限）來主導的。這點〈巧構〉似未提及。

（二）在描寫技巧部分，〈巧構〉所引例句可說是唐代詩法的先聲。若以表義二軸的觀點來看，它們雖使讀者的注意力聚焦於合併裏的替代性，但兩詩句間的關係卻是個別獨立的。如杜甫「星垂平野闊，月湧大江流」（〈旅夜書懷〉）、王維「白雲迴望合，青靄入看無」（〈終南山〉）等即承繼六朝餘緒，除了偶句明顯對等之外，在描寫上也同樣自成兩個單元，呈現兩組不同的畫面。這是表義二軸說基本的運作模式——「基本」的定義，是假設「複雜化」爲必然的發展。

所以在某種類同性（similarity）的修辭思維下，合併軸與選擇軸也可略具比喻化、換喻化的傾向。例如李白「浮雲遊子意」（〈送友人〉）一句，字面上

〔註22〕〔唐〕杜甫著，〔清〕仇兆鰲注：《杜詩詳注》第二冊，頁789。
〔註23〕〔唐〕白居易著，朱金城箋校：《白居易集箋校》第一冊（上海：上海古籍出版社，2003年10月），頁369。

分指兩項事物，並藉彼此接連性的組合產生意義；而由於「浮雲」、「遊子」往往都是孤獨和漂泊的，故兩者間自有其類同性。此即爲合併的比喻化傾向。猶有進者，因兩者的共存只是接連性的並置，沒有類同性的詞語來聯綴（異於「澄江靜如練」之類的句式），最後意義的接連性便凌越了類同性。再如唐無可上人詩句：「聽雨寒更盡，開門落葉深。」釋惠洪《冷齋夜話》評曰：「唐僧多佳句，其琢句法比物以意而不指言某物，謂之『象外句』。」並解釋此聯是「以落葉比雨聲」〔註 24〕。雨聲和落葉聲在聽覺上具有某種類同性，構成可能的替代關係；但另一方面，兩句又分別是不同的意義單元，接連組合爲更大的意義載體〔註 25〕。這種表面合併卻暗藏隱喻性替代的手法，可用簡單的程式來示意：甲與乙（詞組／句子）前後爲鄰，甲與乙部分重疊（具類同性），甲爲乙所替代。只是從「巧構形似之言」的詩來看，如上述顯露表義二軸「出位」傾向的筆法——將合併比喻化，或在對等原理中置入相異性，以追求「理殊趣合」的效果——，卻難得窺見。

據此，「巧構形似之言」的詩固然以豐富的修辭技巧和創新的語法結構影響了後代（如〈巧構〉所言）；而試觀其內在結構，卻大抵遵循著表義二軸的基本模式。雖然劉勰《文心雕龍．麗辭》中早有「言對、事對、反對、正對」的區別〔註 26〕，但將此四對運用自如（特別是反對），還要等到唐代近體詩發展完熟以後〔註 27〕。故「巧構形似之言」的詩唯見「水白澄還淺，花紅燥更濃」——兩句實寫二物——，而非「雨中黃葉樹，燈下白頭人」〔註 28〕或「聽雨寒更徹，開門落葉深」〔註 29〕等——聯句暗藏象外意。

〔註 24〕收入吳文治主編：《宋詩話全編》（南京：江蘇古籍出版社，1998 年 12 月），頁 2451。

〔註 25〕相關研究可參考鄭樹森：〈結構主義與中國文學研究〉，收入周英雄：《結構主義與中國文學》（臺北：東大圖書股份有限公司，1992 年 8 月），頁 1～32。

〔註 26〕〔梁〕劉勰著，詹鍈義證：《文心雕龍義證》中冊，頁 1304～1309。

〔註 27〕詳參張夢機：《近體詩發凡》（臺北：臺灣中華書局，1975 年 8 月），頁 56～58、61～69。

〔註 28〕句出〔唐〕司空曙：〈喜外弟盧綸見宿〉：「靜夜四無鄰，荒居舊業貧。雨中黃葉樹，燈下白頭人。以我獨沉久，愧君相見頻。平生自有分，況是蔡家親。」收入〔清〕康熙御製，王全等點校：《全唐詩》（北京：中華書局，1992 年 10 月）第九冊，頁 3334。

〔註 29〕句出〔唐〕無可：〈秋寄從兄賈島〉：「暝蟲喧暮色，默思坐西林。聽雨寒更徹，開門落葉深。昔因京邑病，併起洞庭心。亦是吾兄事，遲迴共至今。」收入同上第二十三冊，頁 9152。

（三）根據〈巧構〉，以劉勰居首的文學觀念在六朝間具有特出的代表性。文章推斷他具有「應物斯感」、「感物吟志」的詩論及「覩物興情」的賦論；而這都與當時「詩、賦本體結構合一」的觀念密不可分。但〈巧構〉只強調六朝詩從漢賦中借取修辭技巧，對漢代思想可能給予的影響卻未及深入考察。

《文心雕龍．原道》以「文之爲德也大矣，與天地並生者何哉？」肇始，小結於「夫以無識之物（案指自然萬象），鬱然有彩，有心之器，其無文歟？」〔註30〕開宗明義地強調了人位列「三才」的價值所在。儘管劉勰此處涉及「範疇錯誤」，「把客觀存在的自然之文和作爲意識形態的文章或文學的『人文』相混淆」〔註31〕；猶如前述〈巧構〉的詮釋：自然生命以其面貌投射於人的耳目，與人的情性產生一體的共鳴，故人也當以文學創作的面貌，表現自我生命的特性與感受作爲回應。其實，相彷的「天人相應」思維早在漢代就大行其道了。

「天人相應」是西漢儒學巨擘董仲舒的核心思想。他在《春秋繁露》中探討的「天人相應」大致包涵三種意義〔註32〕：

（一）人的構造自然地與天相應。〈人副天數第五十六〉說：

> 天地之精，所以生物者，莫貴於人。……觀人之體一，何高物之甚，而類於天也。……天地之符，陰陽之副，常設於身，身猶天也。〔註33〕

（二）人的行爲活動應該效法天。〈陰陽義第四十九〉說：

> 天道之常，一陰一陽。……天人同有之，有其理而一用之；與天同者大治，與天異者大亂。〔註34〕

（三）人（尤其是治國者）的任何行動，都必須與天相應，否則天就會以「災異」向人示警（此項與本文無涉，茲不贅引）。這些受到漢初氣化宇宙

〔註30〕〔梁〕劉勰著，詹鍈義證：《文心雕龍義證》上冊，頁2～11。

〔註31〕語見〔梁〕劉勰著，周振甫注：《文心雕龍注釋》（臺北：里仁書局，1984年5月），頁13。

〔註32〕說法參考岑溢成：〈董仲舒的「天人相應」與陰陽五行〉，收入王邦雄等編著：《中國文學史》第十二章（臺北：國立空中大學印行，1995年8月），頁257～282。

〔註33〕〔漢〕董仲舒著，蘇輿義證，鍾哲點校：《春秋繁露義證》（北京：中華書局，2002年8月），頁354～356。

〔註34〕同上，頁341。

論影響的思想，某種程度泯消了先秦對天人關係的道德化詮釋，人的行止從「心、性、天爲一」主觀的精神履踐，轉向客觀現實的文化創制。董仲舒關於「天人相應」的認知，無疑也是自然與人文範疇混淆的結果。此外，試取其（一）、（二）項觀點與劉勰「原道」的論述相較，兩人的思想特質可一體示意爲：天有表現，人與天同構／同位（並列），人亦當有所表現。當然，指劉勰全盤接受影響太過武斷；但說彼此具有關連，則不僅是合理的推測，更是顯而易見的事實。

準此，六朝詩除了修辭技巧借自漢賦，文學的本體觀也與漢代思想有一定的淵源。循著「天人相應」的思路，人的行爲既然應效法天，故在文學藝術上摹仿自然萬物，乃至創作「巧構形似之言」的詩，就更加是「水到渠成」的事了——如〈巧構〉所論。

總括本節內容，從「摹形寫實」的觀點來看六朝「巧構形似之言」的詩，略可得出下列結論：

（一）六朝開創了詩歌緣自「感物」之說；而寫實刻畫的自然物色，也成爲作品主題的內容結構。

（二）「巧構形似之言」的詩以「體物＋寫物＋感物詠志」爲基型。但在創作過程中，這項組合的各個元素實由作者主觀情感（無涉政教美刺）來統御。

（三）「巧構形似之言」的詩在摹形求眞方面：(1)從《楚辭》和漢賦中繼承並發揚比喻、襯托、誇飾等修辭手法；(2)更多元地運用人的感官經驗；(3)創新了語法結構——對後代詩風產生一定的影響。

（四）承上，就內在結構來分析，作品大抵遵循著表義的基本模式。以詩中的句組爲例，上下句多明寫二事，不像唐代近體詩發展成熟後，或藉聯句夾藏象外之意。

（五）依據「詩、賦本體結構合一」的觀念，故詩的修辭技巧頗取法於漢賦。此外，「巧構形似之言」後設的本體論，與漢代「天人相應」的思想也有一定程度的淵源。

第四節　標舉「寫實精神」特點的研究

林文月的〈宮體詩人的寫實精神〉（以下簡稱〈宮體〉）揭示了「寫實」

於中國古典詩學裏的既存形態；而其另作〈中國山水詩的特質〉一文，因內容具有相關性，亦可作爲輔助資料〔註35〕。

與上節的〈巧構〉相同，〈宮體〉引用了《文心雕龍‧物色》作爲六朝詩風的主要論據；但對於「巧構形似之言」的表現，後文則用「寫實」一名來代替。而〈宮體〉對「寫實」的解釋，是詩人「以肉眼觀實物，且以肉眼所觀得者入詩」（1985：100），故能造成栩栩如生的效果；又說宮體詩細膩刻畫人體各部分的詩句，「情形正如今日電影之特寫鏡頭」（1985：108）。顯然，〈宮體〉所謂的「寫實」相對偏重於視覺的表現（說詳後文）。以下我們擬依循〈宮體〉的脈胳，自三方面來闡釋它的主要論點。

一、宮體詩產生的思想背景

根據〈宮體〉與〈山水〉，六朝接替山水詩——特別是謝靈運派寫實風格（追求逼眞酷似）的作品——成爲當時詩歌主流的，是詠物詩和宮體詩。這種發展的思想背景可從兩階段來掌握：（一）儒家功用主義崩毀的消極結果；（二）老莊自由思想發揚的積極表現。〈宮體〉指出，由於漢末政紀敗壞、社會紊亂以及儒家學派的寖衰，動搖了文士對既有傳統的信念，間接促成老莊哲學的復興。老莊思想雖然在行爲上消極地逃避現實，但在意識上卻積極地批判現實，宣揚本眞的尊貴，迥異於儒家傳統的道德功用觀。於是，隨著世道變遷，魏晉士人掙脫了儒學末流虛矯的窠臼；而卸下道德禮法羈絆的結果，是讓他們好好地觀察了宇宙人生，乃至建立起純粹的審美觀念。猶有進者，這種鑑賞眼力不僅聚焦於自然物色，更擴及人身之上。前者如《世說新語‧言語第二》所載：

> 顧長康從會稽還，人問山川之美。顧云：「千巖競秀，萬壑爭流，草木蒙籠其上，若雲興霞蔚。」
>
> 王子敬云：「從山陰道上行，山川自相映發，使人應接不暇；若秋冬之際，尤難爲懷。」〔註36〕

〔註35〕林文月：〈宮體詩人的寫實精神〉、〈中國山水詩的特質〉，收入鄭騫等著：《中國古典文學論叢冊一：詩歌之部》，頁99～114、115～142。以下引用僅標示頁碼。

〔註36〕二則分見〔南朝宋〕劉義慶撰，〔南朝梁〕劉孝標注，余嘉錫箋疏，周祖謨等整理：《世說新語箋疏》修訂本（上海：上海古籍出版社，1996年8月），頁143～144、145。

可見當時文人已能對大自然採取無爲的、純粹的審美心理。後者如《世說新語・容止第十四》所錄：

潘安仁、夏侯湛並有美容，喜同行，時人謂之「連璧」。

裴令公有儁容儀，脱冠冕，粗服亂頭皆好。時人以爲「玉人」。

王右軍見杜弘治，歎曰：「面如凝脂，眼如點漆，此神仙中人。」〔註37〕

由此顯示了對男子儀表的欣賞，異乎既往「魁偉」、「堂皇」之類陽剛的體貌；反倒是，諸如「連璧」、「玉人」等形容，或者何晏面若傅粉、王衍手如白玉等帶有陰柔的、原屬女性美的容態〔註38〕，獲得魏晉文士的青睞。在老莊思想暢遂發皇的氛圍下，六朝文人不再顧忌諷諫、美刺等文學衍外性的問題，導致作品流於扭捏虛矯；他們只要將山水自然、宮苑器物與人本身（尤重女性）之美，按所見逼真細膩地描摹入詩，即能滿足內心表現的需求。而依照取材的不同，故創生了謝靈運派的山水詩、詠物詩以及宮體詩。

透過上述分析，〈宮體〉主張六朝人士崇尚女性美的具體表現，「便是以『巧構形似』的寫實態度賦出的宮體詩了。」（頁103）

二、宮體詩的風格特點

按照〈宮體〉的說法，六朝「巧構形似」的「寫實詩篇」（從山水、詠物到宮體），乃是「純粹的審美態度與客觀而逼真的寫作技巧相配合」（頁103）獲得的成果。其次，論及以文字描繪女性美的濫觴，〈宮體〉同樣追溯到《詩經・衛風・碩人》。但是文章也觀察到，〈碩人〉之後類似的詩作並不多見；在一段長時間內，唯有無名氏的〈陌上桑〉詩中女角羅敷的描寫稍能接踵前緒。詩曰：

青絲爲籠係，桂枝爲籠鈎。頭上倭墮髻，耳中明月珠。緗綺爲下裙，紫綺爲上襦。行者見羅敷，下擔捋髭鬚；少年見羅敷，脱帽著帩頭。耕者忘其犁，鋤者忘其鋤。……〔註39〕

此詩先以直接描寫的筆法，表現了羅敷採桑用的籃子、髮式、裝飾和衣裳的華美；而對關鍵的容貌部分，則改採側面、反襯的方式，從目睹羅敷者神不

〔註37〕同上，各見頁609～610、611、619。

〔註38〕同上，頁606、609。

〔註39〕〔宋〕郭茂倩編撰：《樂府詩集》（臺北：里仁書局，1981年3月），頁410～411。

守舍的情態，間接烘托出她的美——爲讀者保留了自由想像的空間，讓詩中主角的美得以恣意延伸。〈宮體〉認爲從〈碩人〉到〈陌上桑〉，本來可以順理成章地發展出一脈摹寫女性美的傳統；但事實上，除了司馬相如的〈美人賦〉、宋玉的〈神女賦〉、〈登徒子好色賦〉及曹植的〈洛神賦〉諸篇「誇張的賦」以外，眞正用寫實筆觸歌詠女性美的詩，卻要等到二百多年後的宮體詩才大量產生。

專務歌詠女性美和男女情愛的宮體詩濫觴於齊代，經梁、陳二朝的發展——特別是蕭氏父子與陳叔寶君臣的迭相唱和——而臻於極盛，且流風所及直達隋代與初唐時期。而宮體詩的典型風格大致如下：

> 北窗向朝鏡，錦帳復斜縈。嬌羞不肯出，猶言粧未成。散黛隨眉廣，燕脂逐臉生。試將持出衆，定得可憐名。（簡文帝〈美人晨粧〉）
>
> 麗宇芳林對高閣，新粧豔質本傾城。映户凝嬌乍不進，出帷含態笑相迎。妖姬臉似花含露，玉樹流光照後庭。（陳後主〈玉樹後庭花〉）〔註 40〕

相較於〈碩人〉及〈陌上桑〉，〈宮體〉指出以例詩爲代表的作品群有了兩項進展：（一）從分量上看，已不像莊姜、羅敷的摹寫僅佔全詩的部分；（二）就寫作技巧而言，因歌詠美人姿色之外不含其他（美刺）意圖，純屬娛樂遊戲性質，故於表面的形容上亦有競逐文字冶麗的趨向。

在這種情況下，宮體詩遂大量湧現描繪女性姿容與服飾的詩句。其中寫實的極致表現，前者直接就人體的各個部位作具象而細膩的刻畫，同時摻揉或動或靜的筆觸——〈宮體〉謂之如同電影的特寫鏡頭——；後者則幾乎包羅了女性所有的服裝與飾物，文字不僅富含鮮明的色彩，也兼具音響和嗅覺的效果。試各舉一詩爲例：

> 含嬌腥已合，離怨動方開。欲知密中意，浮笑逐笑迴。（劉孝綽〈詠眼〉）
>
> 纖手製新奇，刺作可憐儀。縈絲飛鳳子，結縷作花兒。不聲如動吹，無風自移枝。麗色儻未歇，聊承雲鬢垂。（沈約〈領邊繡〉）〔註 41〕

故宮體詩的特色可說是：「以極肉感之形態美，配合此極豔麗之服飾美，遂能產生十分逼實的人物寫照。」（頁 109）猶有進者，這兩項要素的配合乃經常

〔註 40〕二詩見逯欽立輯校：《先秦漢魏晉南北朝詩》下冊，頁 1953、2511。
〔註 41〕同上，下冊：1843、中冊：1652。

運用到歌姬舞女身上，把握她們在宴樂場面的音響歌聲及舞姿動態；但即使非詠歌舞，六朝詩人也總能細緻地疊印、刻畫對象的情致（〈宮體〉舉沈約〈少年新婚爲之詠〉爲最佳範例）。藉由上述分析，〈宮體〉小結云：「這種客觀極寫實的手法，正是文心雕龍及詩品所稱『巧言切狀』或『巧構形似』了。」（頁 111）

三、山水詩、宮體詩與詠物詩的異同

〈宮體〉表示，儘管劉勰與鍾嶸言下的「體物爲妙，功在密附」主要是指山水詩對自然物色的刻畫；而宮體詩將創作主題轉向女性，鑽研其容貌姿態與服飾器物之美，欲求達到「如印之印泥」般切狀、形似的效果，就寫作態度來看，這與山水詩人的「窺情風景之上，鑽貌草木之中」並無二致。故〈宮體〉各引一詩來作比較：

> 朝旦發陽崖，景落憩陰峰。舍舟眺迴渚，停策倚茂松。側逕既窈窕，環洲亦玲瓏。俛視喬木杪，仰聆大壑淙。石橫水分流，林密蹊絕蹤。解作竟何感，升長皆丰容。初篁苞綠籜，新蒲含紫茸。海鷗戲春岸，天雞弄和風。撫化心無厭，覽物眷彌重。不惜去人遠，但恨莫與同。孤遊非情歎，賞廢理誰通。（謝靈運〈於南山往北山經湖中瞻眺〉）
>
> 山陰柳家女，莫言出田墅。丰容好姿顏，便僻工言語。腰肢既軟弱，衣服亦華楚。紅輪映早寒，畫扇迎初暑。錦履並花紋，繡帶同心苣。羅繻金薄廁，雲鬢花釵舉。我情已鬱紆，何用表崎嶇。託意眉間黛，申心口上朱。莫爭三春價，坐喪千金軀。盈尺青銅鏡，徑寸合浦珠。無因達往意，欲寄雙飛鳧。裾開見玉趾，衫薄映凝膚。羞言趙飛燕，笑殺秦羅敷。白顧雖悴薄，冠蓋耀城隅。高門列騶駕，廣路從驪駒。何慚鹿盧劍，詎減府中趨。還家問鄉里，詎堪持作夫。（沈約〈少年新婚爲之詠〉）〔註 42〕

〈宮體〉指出二詩的起首方式、對眼見客體（自然物色／豐容新婦）細緻而逼實的堆砌手法，以及末段導向相應的結尾等，在形式上是類同的。

然而，除了篇章形式和寫實筆觸之外，山水詩和宮體詩在精神內涵上卻頗異其趨。上節〈巧構〉一文曾指出，「巧構形似之言」的詩以「體物＋寫物＋感物詠志」爲基型；這點〈宮體〉也有同樣的認知。論及謝靈運派的山水

〔註 42〕二詩分見同上中冊，頁 1172～1173、1639～1640。

詩，〈宮體〉謂其在客觀寫實的物色描繪之後，結尾「總是表現著由賞景所悟的道理，或由景物所興的慨歎」、「在翫景物之中，實蘊藏著詩人攄心素的意圖」（頁 112）。而宮體詩雖然也具備成功的寫實手法，但內容「率皆後勁不足，沒有什麼深刻的內涵。」（頁 112）

至於詠物詩與宮體詩之間的關係，可謂僅有一線之隔，其相異處只在題材是詠物或寫人而已。試舉謝朓的詠物詩、宮體詩各一首作爲參照：

> 杏梁賓未散，桂宮明欲沉。曖色輕幃裏，低光照寶琴。徘徊雲髻影，灼爍綺疏金。恨君秋月夜，遺我洞房陰。（〈雜詠三首・燭〉）
>
> 上客光四座，佳麗直千金。掛釵報纓絕，墮珥答琴心。蛾眉已共笑，清香復入襟。歡樂夜方靜，翠帳垂沉沉。（〈夜聽妓〉之二）
>
> 〔註 43〕

饒是歌詠的對象不同，但無論就細膩寫實的筆觸、人格化（女性化）陰柔玲瓏的口吻、乃至結尾透露的思維模式來看，這兩首詩並無明顯的差別。若擴大觀察這個現象（〈宮體〉以謝朓爲箇中典範），則詠物詩與宮體詩不管在形式結構，或內涵情調上都是相同的。

由模山範水進而歌詠女性容態與周遭器物，六朝人士可謂將「巧構形似」的表現手法發揮得淋漓盡致。究其原因，〈宮體〉認爲主要是「狂熱的崇美觀念，與浪漫的文藝思潮」（頁 113）爲作者營造了自由摹仿所見所聞的氛圍。而宮體詩中的人物能栩栩如生，逼眞貼切，其實只是承襲並拓展了既有的寫作技巧和範圍而已。故〈宮體〉文章最後斷定，從六朝的詩歌發展演進來看，「宮體詩人的寫實精神乃是理所當然，且是不得不然的結果。」（頁 113～114）

〈宮體〉以上的論述誠然深具啓發性；但其中幾項要點似可進一步加以辨析。

（一）〈宮體〉將六朝文藝的思想背景歸因於：(1)儒家功用主義崩毀的消極結果；(2)老莊自由思想發揚的積極表現。除了稍嫌忽略佛教的影響，這項觀察大致允當。不過，這畢竟只是時代思潮的總體性、或鳥瞰式的掌握而已。對文章所討論的詩歌，實有待添補更具針對性、更透澈的思想分析。

牟宗三《才性與玄理》曾指出魏晉時代的風氣與特徵是「藝術的」（境界）

〔註 43〕同上，頁 1453、1451。

與「智悟的」（境界）；前者爲「美學原理」，後者屬「心智領域」〔註44〕。而鑒識才性的價值標準，端看美的品鑒與具體智悟之間的混融程度——因爲，「智悟融於美的品鑒而得其具體，品鑒融於智悟而得其明澈」〔註45〕。而開出此二境界的成果是：

故一方於文學能有「純文學論」與「純美文之創造」，書畫亦成一獨立之藝術；一方又善名理，能持論，故能以老莊玄學迎接佛教，而佛教亦益滋長其玄思。〔註46〕

這是一項詮釋六朝詩歌演變的有效論據。

前述「巧構形似之言」的詩以「體物＋寫物＋感物詠志」爲基型，而魏晉山水詩與宮體、詠物詩最大的差別，在於有無「感物詠志」此一元素。謝靈運派的山水詩在物色的寫實描繪後，總以賞景所悟的道理或興歎收尾。若按牟宗三的觀點，這或可視爲混融藝術境界與智悟境界的表現——儘管這項混融顯得生硬。猶有進者，要是智悟不融於美趣，即非具體品鑒上的智悟，而流於淺薄的世智和抽象乾枯的知解；相反地，美趣失去智悟的支撐，則易沉淪爲有表無裏的空皮囊。〈宮體〉謂宮體詩（及同質的詠物詩）的內容「率皆後勁不足，沒有什麼深刻的內涵」，究其根本原因，不外乎它們缺乏「感物詠志」的要素，僅有藝術（美趣）而無智悟境界——但絕非全無思想內容——所致。據此，對山水詩來說，寫實刻畫是爲了涵融個人的智悟；至於宮體詩，則卓越的寫實手法只是美趣的表現而已。

（二）「感物詠志」要素的有無，固然是山水詩與宮體詩之間最關鍵的分別；但它們的差異卻不止如此。這尚可自兩個層面來探討。

1. 視界的廣狹

山水詩以大自然爲主要的摹寫對象，且往往採作者遊歷的經驗入詩。同樣出自親身經驗，宮體詩與詠物詩卻每將目光聚焦於閨閣內，就單一物事作細膩寫實的描繪。試取「餘霞散成綺，澄江靜如練」等以遠距離捕捉的開闊景致，相較於「麗色黛未歇，聊承雲鬢垂」之類近在咫尺，甚至能信手把玩的飾物，雙方的視界顯然不同。而若將作品產生的時序併入考量，這大抵可

〔註44〕說詳牟宗三：《才性與玄理》（臺北：臺灣學生書局，1993年2月），頁62～66。

〔註45〕語見同上，頁65。此處牟氏認爲劉邵《人物志》的品鑒才性，即是美的品鑒與具體智悟混融的示範。

〔註46〕同上，頁66。

看作由廣趨狹的轉變。

2. 對應的心理

山水詩人摹寫的對象往往要「尋山陡嶺，必造幽峻。巖嶂千里，莫不備盡」(《宋書・謝靈運傳》)〔註47〕，或「渡泝無邊，險徑遊歷。棧石星飯，結荷水宿」(鮑照〈登大雷岸與妹書〉)〔註48〕才能訪得。這些必要的、辛勤冒險的旅程紀實，取代了漢賦那種憑經驗和想像造設的「案前風景」，也迥異在阡陌間浪跡，不期「悠然見南山」之類的風景。但他們的詩句僅云「雲日相輝映，空水共澄鮮」、「鳥還暮林諠，潮上水結洑」，而非「會當凌絕頂，一覽眾山小。」(杜甫〈望嶽〉)〔註49〕由此可見，即便通過環境嚴苛的考驗，山水詩人亦不至在文字上流露馴服大塊，或自覺高人一等的心態。他們與萬物的關係是和諧共生的。而宮體詩的創作心理卻頗異於此。

如果與外物和諧共生是山水詩書寫的常態，相較之下，六朝的宮體詩則不免沾帶欲求的色彩——無論經營何種題材。以山水詩爲例，置身於廣袤的大自然中，個體不過是滄海一粟，在正常的情況下很難激起俗世的欲念。詩人可將胸壑比擬山水以求其宏闊，藉筆墨取其形(神)似，卻無法、也無心據爲己有。至於宮體詩詠歎麗人、歌舞妓、領邊繡，或詠物詩謳吟鏡臺、落梅、竹火籠，它們細膩刻畫特定對象(山水詩則多屬泛指)的創作表現，其實也是出於情感的需要。

根據亞里士多德的觀點，人類的模擬天性與自模擬中獲得快感，正是產生詩的兩大因素。任何事物(即使是令人苦痛的)只要「通過藝術十分寫實地表現出來」，則不但能讓創作者感到愉悅，也將帶給讀者欣賞之樂——它被比作求知的過程〔註50〕。猶有進者，亞氏認爲優秀的肖像畫家，應該「在描摹一個人的容貌特徵時，在無損於相像的情況下，使他顯得比本人更美。」〔註51〕故藝術家的模擬不僅是再現對象的原型；他們把原型美化，使人從而產生快感。宮體詩與詠物詩在某種程度上也可作如是觀。試看沈約的〈腳下

〔註47〕〔梁〕沈約撰：《宋書・傳三》第六冊(北京：中華書局，2003年10月)，頁1775。

〔註48〕〔明〕張溥輯：《漢魏六朝百三名家集》第四冊(臺北：文津出版社，1979年8月)，頁2740。

〔註49〕〔唐〕杜甫著，〔清〕仇兆鰲注：《杜詩詳注》第一冊，頁4。

〔註50〕說詳〔古希臘〕亞里士多德著，姚一葦譯註：《詩學箋註》第四章(臺北：臺灣中華書局，1993年8月)，頁52～61，引文見頁52。

〔註51〕同上，第十五章，頁127。

履〉：

丹墀上颯沓，玉殿下趨鏘。逆轉珠珮響，先表繡袿香。裾開臨舞席，
袖拂繞歌堂。所歎忘懷妾，見委入羅牀。〔註52〕

此詩全篇不見履字，僅言鞋履的主人（當是歌舞伎）穿著它翩舞於宴席之間，呈露視、聽、嗅覺的誘人美感；而結句則物我雙寫，道出唯恐不被憐惜的心情。這種對女子鞋履的謳歌，當然是愛屋及烏，將原型美化以自娛娛人的表現。不過，亞氏認爲詩所引發的快感等同於求知——在此「美」與「眞」結合成更普遍、具有理想的眞知——；反觀宮體詩與詠物詩，卻近乎全然地耽於美趣，甚至沾帶欲求的色彩。而六朝詩人將對象「美化」的用意，除卻娛樂遊戲之外，或許還爲了轉化、昇華內心高漲的感官（包括佔有的）欲求。這是一項常見的解釋，例如：

可以使縱欲的要求昇華一下，使由生理的滿足提高爲心理的滿足，
以文學來做精神生活的一種寄託——這便是宮體詩。〔註53〕

（宮體）詩的主題不外是美感意識在肉欲上的昇華……。〔註54〕

宮體詩人將生活引入詩中時，便對生活原型做了藝術的「昇華」處
理。〔註55〕

猶需補充的是，宮體詩與詠物詩只是作者審美心理的極致表現，絕非「戀物癖」（症）可比〔註56〕。所謂「戀物癖」（症）（fetishism），指的是把無生命的物品、或異性身上的非性感部份作爲性活動的主對象，以引起性興奮的一種心理疾病〔註57〕。只是當此變態心理藉性活動爲排解管道時，便不足作爲藝術創生的根源。舉〈孌童〉詩爲例，簡文帝再怎麼誇言對象的嬌麗善舞，結句但止步於「足使燕姬妬，彌令鄭女嗟。」〔註58〕這是宮體詩習用的筆法。作者除了直接鋪寫、疊用譬喻，亦援引其他美女典型作比較判斷；而後二者

〔註52〕逯欽立輯校：《先秦漢魏晉南北朝詩》中冊，頁1653。

〔註53〕王瑤：《中古文學風貌》，《中古文學史論》（臺北：長安出版社，1986年6月），頁104。

〔註54〕洪順隆：《從隱逸到宮體》（臺北：文史哲出版社，1984年7月），頁143。

〔註55〕王力堅：《由山水到宮體》（臺北：臺灣商務印書館，1997年12月），頁190。

〔註56〕例如王力堅便指陶淵明〈閑情賦〉所用的手法是「『戀物症』般的表述」。同上，頁219。

〔註57〕歸納自朱賢智主編：《心理學大詞典》（北京：北京師範大學出版社，1991年1月），頁396。

〔註58〕逯欽立輯校：《先秦漢魏晉南北朝詩》下冊，頁1941。

更有賴替代性聯想的發揮。故作品實際上是費心經營的。將宮體詩與詠物詩說成變態性心理、乃至性衝動的實踐，恐有詮釋過當之嫌〔註 59〕。儘管其間的情色意味既大膽又暴露，但那畢竟有別於「戀物癖」之類的心理疾病。

（三）〈宮體〉謂簡文帝蕭綱〈詠眼〉（案：實爲劉孝綽詩）之類的作品，因特別集中於肉體局部的描寫，手法恰如今日電影的特寫鏡頭。這毋寧也是宮體詩與山水詩的一項差異。

根據前節〈巧構〉的分析，謝靈運派的山水詩的寫實特點之一，在於更多元地運用人的感官經驗。除了各種視覺印象，多變的音響描繪也是它們的新創。〈巧構〉認爲張協、鮑照等人筆下「已經脫離了單純的形容，而將萬籟放置在自然景物之中，或以回聲的共鳴展現，或以流動的形象展現。」（1985：52）我們可將其論點略示如下：

(1)虎嘯。鶴鳴。急流。回風。

(2)窮山。空林。飛沫。江瀆。

(3)雉雊。猿吟。鳥喧。潮洑。

〈巧構〉指出山水詩中豐富的音響效果，往往得自上列多項元素的加乘，即：(1)＋(2)＋(3)。它創造出以多元聽覺爲主的複合感官經驗。如「澤雉登壟雊，寒猿擁條吟」之句，就是動作中的雉鳴、猿啼及寒涼感覺的集合。不過從〈宮體〉的論證來看，這項特色似未在宮體詩與詠物詩中獲得長足的發展。

〈宮體〉將〈詠眼〉的表現手法比作電影的特寫鏡頭，謂其具體細微處已臻同類作品的極致。但依照媒材的特性，電影的「特寫鏡頭」通常是沒有（或不注重）音響的。據此，可否推論宮體詩與詠物詩較偏重視覺經驗？儘管〈宮體〉認爲宮體詩在刻畫服飾的綺麗、或歌姬舞女（最常見的主題）的情態時，也兼具了音響、嗅覺等效果；但進一步分析這些逼實的描寫，則不難發現它們仍以視覺爲主要訴求。試觀簡文帝的〈夜聽妓〉：

> 合歡蠲忿葉，萱草忘憂條。何如明月夜，流風拂舞腰。朱唇隨吹盡，
> 玉釧逐絃搖。留賓惜殘弄，負態動餘嬌。〔註 60〕

〔註 59〕如王瑤《中古文學史論》述及〈孌童〉時即批評：「無論如何不能不承認這些人的變態心理和神經衰弱」，頁 115。游國恩《中國文學史》上冊也說：「他們（案指蕭綱等人）甚至還寫女人的衣領、繡鞋，寫枕、席、衾、帳等臥具，滿足他們變態性心理的要求」，頁 321。

〔註 60〕逯欽立輯校：《先秦漢魏晉南北朝詩》下冊，頁 1954。

詩從人物雙寫的「合歡」、「忘憂」（案即萱草）爲對揭開君臣夜宴的序幕，接著轉入眼前景象——明亮的月色、舞動的身段、隱現的紅唇、悠晃的玉鐲——，最後藉女子邀賓客共盡餘歡作收。雖名曰「聽妓」，但詩裏的景句卻幾乎全屬視覺的產物。這種創作傾向其實遍存於吟詠歌舞妓的詩中。例如何遜的〈詠舞妓〉：

管清羅薦合，絃驚雪袖遲。逐唱回纖手，聽曲動蛾眉。凝情眄墮珥，微睇託含辭。日暮留嘉客，相看愛此時。〔註61〕

參照簡文帝前作，此詩無論作意或形式皆與其雷同：以「管絃」屬對開端，三至六句描寫舞妓表演時的視覺印象（實爲感象），結句在留客歡宴的氛圍下收尾。至於述詠物詩，則是將題材從人替換成物而已。如前引謝朓的〈雜詠三首・燭〉（三首詩結構相仿）所示，也是利用對起破題，三至六句刻畫眼見事物（亦爲感象），最終轉以閨情的傾吐爲結。不過，相較於山水詩呈現的多元感官經驗，這些詩顯然更偏重視覺的作用。而其原因尚可自其它層面來思考。

相對於自然物色帶來的「江山之助」，當寫作範圍限定在某種人爲的情境下，感官經驗的豐富性難免隨之降低。雖然，感官信息的減少和偏重視覺表現之間並無必然關係；但論影響還是可能的。一項合理的擬測是，描寫對象的單純化、具體化讓作者較易處理美感經驗——當逢遇大塊之美時，要考慮的空氣、光線、物體、佈景、特色、描摹和風格等條件相對地複雜。再者，因人體的感官受信機能多集中於眼部，而要教讀者「瞻言見貌」，最有效的方式又莫若視覺經驗。故它就成了宮體詩人表現美時最直接的選擇。

綜理本節所述，在「摹形寫實」的範疇內檢視六朝宮體詩及詠物詩，可獲致如下結論：

（一）六朝宮體詩、詠物詩承繼了謝靈運派山水詩的寫實風格，其間的思想背景大抵可從儒家功用主義崩毀，以及老莊自由思想發揚兩方面來掌握。據是，詩人不再掛心美刺政教的問題，只要將人體（尤重女性）和宮苑器物之美依所見逼眞細膩地描摹入詩，即能滿足創作的意念。

（二）雖然〈碩人〉被視爲歌詠美人的千古絕唱，但順是以降卻未發展出一脈傳統。眞正以寫實筆觸描摹女性美的作品，要等到六朝宮體詩才大量

〔註61〕同上，中冊，頁1706。

產生；而它們的改變有：

1. 描繪對象的文字比例明顯增加。

2. 在形容上出現競逐冶麗的傾向。

（三）從山水演變到宮體、詠物詩，「寫實」的特色得自兩個層面的配合：

1. 純粹的審美態度——無關美刺，純屬娛樂遊戲性質。

2. 逼眞的寫作技巧——以極性感的容態美搭配極艷麗的服飾美，塑造出生動的人物體貌。而宮體詩與詠物詩無論在形式結構，或內涵情調上都是相同的。

（四）除了同具寫實風格，山水詩和宮體、詠物詩之間尙有幾項差異。

1. 「感物詠志」的有無：宮體詩和詠物詩所以「沒有什麼深刻的內涵」，或即缺乏此元素之故。若按牟宗三的觀點，則是因美趣（藝術境界）失去了智悟的支撐，不免淪爲有表無裏的空皮囊。

2. 視野的廣狹：山水詩每寫開闊的郊野景致，宮體詩與詠物詩則多將空間移至室內，對單一事物作細部刻畫。

3. 對應的心理：置身大塊之間，山水詩人與萬物的關係是和諧共生的；但宮體及詠物詩人對事物的描繪，卻多半摻雜著私人的欲求——除卻輕佻的遊戲性質，他們將原型美化的用意，或許也爲了轉化、昇華內心的感官（以及佔有的）欲望。

4. 山水詩的一項寫實特點，在於多元地運用感官（視、聽、嗅、觸覺等）經驗。相較之下，宮體詩和詠物詩則常側重視覺的表現——這類筆觸甚至可比擬現代電影的特寫鏡頭。

第五節　以「物色」與「形似」觀主導的研究

根據蔡英俊《比興物色與情景交融》（以下簡稱〈情景〉）的觀察，晉宋以後的文學大抵沿襲了遊仙、玄言詩的創作形態——包括生活習尙、哲學理念及詩歌本身的表現模式——；故山水詩仍瀰漫著玄遠的意蘊，缺乏抒情詩應有的旨趣。另外，齊以後聲律的探掘和運用，也使得山水詩走向競逐麗藻、諧聲的風格，形成劉勰所謂「情必極貌以寫物，辭必窮力而追新」的境況。然而，直到南宋中晚期「情景交融」成爲明確的理論架構之前，批評家對相關問題的探討，大抵是藉「物色」和「形似」觀念來表現的。這兩項觀念同出於六朝（尤其是齊梁）的批評文獻，雖然都在處理詩人主觀情志與自然景物之間「交相引發、因依含吐」的關係，但彼此運思立說的外緣情境卻有差異：

> 「物色」觀念所要闡明的論點是文學創作中描述自然景物的容貌與風姿的表現方式，而「形似」觀念所要彰顯的課題是文學創作中運用夸飾比喻手法以描寫自然物象的表現的方式……。〔註62〕

這種理論、觀念上的反省，乃是「緣於六朝文學中客觀寫實的創作手法所展示出來的特殊現象」（1990：222）。順是，〈情景〉中關涉「寫實」的論述，當可以此二觀念爲主進行疏釋。但就發生意義來看，「物色」與「形似」實皆以「緣情」說爲基礎。

一、「緣情」觀念

「緣情」說創導自陸機，並在六朝蔚爲流行。而它的重要意義，在於突破了《尚書・堯典》的「詩言志」論點，以及〈毛詩序〉藉「觀風俗，知得失，自考正」的觀點來詮釋「詩言志」意蘊的傳統。《文賦》云：

> 佇中區以玄覽，頤情志於典墳；遵四時以嘆逝，瞻萬物而思紛。悲落葉於勁秋，喜柔條於芳春；心懍懍以懷霜，志眇眇而臨雲。〔註63〕

陸機認爲，「佇中區以玄覽，頤情志於典墳」是文藝創作的動因，它們可從兩個面向來解讀：首句是指作者對所處的外在環境進行深刻的觀察，次句是由教育和閱讀經典以汲取知識及生活體驗；而這兩方面的收獲都將儲備爲寫作的資產。但關於創作理念的整體趨向，陸機仍側重在感物、觀物的模式上——如引文所示，因自然萬象的遷變觸動作者不同的情緒，進而形諸詩文。

由於陸機的影響，加上對感情要素的推重，「魏晉以後的創作理念往往固結在詩人情意與外在自然景物交會、含吐的現象。」（1990：170）當然，底下將分述的「物色」與「形似」觀念也是同一背景的產物。

〔註62〕蔡英俊：〈「情景交融」的理論基礎（下）：「物色」與「形似」〉，《比興、物色與情景交融》第三章（臺北：大安出版社，1990年8月），頁222。以下引用皆同此書。

〔註63〕〔晉〕陸機著，楊牧校釋：《陸機文賦校釋》（臺北：洪範書店，1985年4月），頁8～16。

二、「物色」觀念

（一）「物色」一詞，其字面意義是指自然景物（物）的容貌與姿色（色）；而揭舉「物色」觀念，並予以理論性闡釋者，首推劉勰。《文心雕龍・物色》云：

> 春秋代序，陰陽慘舒；物色之動，心亦搖焉。……物色相召，人誰獲安？……歲有其物，物有其容；情以物遷，辭以情發。……是以詩人感物，聯類不窮；流連萬象之際，沉吟視聽之區。寫氣圖貌，既隨物以宛轉；屬采附聲，亦與心而徘徊。〔註64〕

劉勰認為，一年四季的景物呈現了紛繁的姿貌，詩人在耳目應接之際，心中也油生不同的觸動，於是用文辭來表露這些獨特的內容和風采。但據〈情景〉的考察，劉勰提出「物色」觀念的主要原因，是想「從《詩》、《騷》的文學傳統中為當時的創作風氣尋求一種根源上的解釋，並且找出一條可行的發展方向」（1990：190）。

《文心雕龍・物色》曾在暢論《詩》、《騷》運用自然景物的方式後簡單作結，前者是「以少總多，情貌無遺」，後者是「觸類而長，……重沓舒狀」〔註65〕。但若按〈情景〉所指的嚴格標準，《詩》、《騷》中的自然景物之於作品的情感，只有消極地引發，並未積極地用來增強表現的力量——如〈巧構〉的判語：份量既輕，又居於陪附地位——；它們的關係是若即若離的。這種現象直到六朝，才有了根本性的改變，產生「巧言切狀，如印之印泥；不加繩削，而曲寫毫芥」風格的詩歌。事實上，從藝術是「自覺的創造」此一近代觀點來看，晉、宋以降「巧構形似之言」的詩，無非是作者在摹寫景物上的自覺與匠心，才讓作品脫離《詩》、《騷》中「陪附起情」的取景模式。而劉勰一方面遵循漢代經學家的進路，以政教寄託、道德寓意來詮釋「比」、「興」；另一方面，又想為當時專務「模山範水，字必魚貫」的風氣找出可行的會通途徑，故提出了「物色」觀念。

〈情景〉強調，劉勰所謂的「物色」不只是客觀的描述語（如其字面義），且具有價值判斷的內容；此外，它更與晉、宋以後萌生的「形似」一詞有著意義上的對立性。他的立論重心首先表露在「物色盡而情有餘」一句上，意即「描寫景物既要能窮形盡相，又要能讓詩中的情味含蓄不盡」

〔註64〕〔梁〕劉勰著，詹鍈義證：《文心雕龍義證》下冊，頁1728～1733。
〔註65〕同上，頁1736～1745。

（1990：190）。再者，〈物色〉篇裏作爲補充的「四時紛迴，而入興貴閑；物色雖繁，而析辭尙簡」其中的「閑」字也是一項關鍵。而「閑」字的意義，應是清代紀昀所闡釋的「有意無意之中，偶然得一二語」〔註 66〕，是種「神理湊合時自然恰得的境遇」（1990：179）。它是詩人在創作過程中，以「無意」（相對於有心）態度表現出來的「自然靈妙」（而非曲寫雕削）的藝術效果。猶有進者，〈情景〉認爲此處突顯了中國文學創作與批評之間一個弔詭的現象：

> 就文學創作活動而言，藝術的自覺越晚越深，而其對外界景物的刻劃也就越詳盡、精細；然而，就文學批評觀念而言，卻在藝術日漸走向精微、細膩之時倒轉回頭，標舉早期詩人「無心而妙」的創作方式……。（1990：178）

亦即在創作者寫實的技藝成熟之際，詩論家卻試圖從更高層、或本體論（例如崇古、復古觀）的視角，提出不儘相同的美學判準。

（二）儘管劉勰首倡「物色」觀念，藉以指稱情感與景物交會時萌生的一種獨運的匠心；但據〈情景〉的考察，除了被誤讀之外，它在往後的文學思潮中也幾乎未產生影響。拿稍後成書的《文選》爲例，「物色」雖曾用來做爲文章分類的標題——歸類「賦」體作品——，卻不易看出蕭統有何特殊命意。故〈情景〉推測「物色」在當時可能是個普遍被接受的術語，蕭統遂拿它來爲文章分類。而這種缺乏深意的用法，「可以認定蕭統已經誤解或背離劉勰的『物色』理論。」（1990：181）

入唐以後，「物色」一詞剝落成其原始義，概指外在環境中的自然景物，不再具有文學批評術語的特殊意涵。試看幾則《文鏡秘府論》中存錄的唐代詩論資料：

> 凡詩，物色兼意興爲好。若有物色，而無意興，雖巧亦無處用之（〈南卷・論文意〉）。
>
> 詩有天然物色，以五彩比之而不及。由是言之，假物不如眞象，假色不如天然（同上）。
>
> 余於是以情緒爲先，直置爲本；以物色留後，綺錯爲末。助之以質氣，潤之以流華，窮之以形似，開之以振躍。或事理俱愜，詞調雙

〔註 66〕〔梁〕劉勰撰，〔清〕黃叔琳注，紀昀評：《文心雕龍注》，收入楊家駱主編：《文心雕龍注等六種》（臺北：世界書局，1966 年 2 月），頁 162～163。

舉。有一於此，罔或孑遺（〈南卷・集論〉）。〔註 67〕

此處的「物色」只是客觀景致的代稱，並未融合主觀情感來使用。它已非劉勰所指的情、景之間「無心而妙」交會的境況。而在中唐之後，它甚至淪爲貶辭，意謂一種欠缺情感基礎的作品風格。流行的觀點有如劉冕〈與滑州盧大夫論文書〉所言：

> 夫文生於情，情生於哀樂，哀樂生於治亂。故君子感哀樂而爲文章，以知治亂之本。屈宋以降，則感哀樂而亡雅正；魏晉以還，則感聲色而亡風教；宋齊以下，則感物色而亡興致。教化興亡，則君子之風盡。故淫麗形似之文，皆亡國哀思之音也。〔註 68〕

這段對文學的本源、流變及價值的綜述，約有幾個重點：(1)文學是反映政教實況的情感表現；(2)自《詩》以降，文壇風氣每下愈況，雅正、風教、興致等儒家思維主導的價值逐代淪喪，到梁陳時期則徒剩亡國之音；(3)承前，此衰頹之音大抵是耽溺於追求淫麗、形似（即「物色」）的作品。其中「物色」被視爲貶辭迨無疑義。

有宋一代，「物色」雖然不再挾帶中唐以來的強烈否定意味，但也只是回復初盛唐之際的一般性用法，例如黃裳所云：

> 造化之辭，有感而後作，其猶萬籟之鳴風，百蟲之鳴時歟！……然而高下抑揚，皆能自有節奏，發孤館之幽，破長林之靜，而與時態物色共爲道途行客之悲傷……。（《演山集・諸家詩集序》）〔註 69〕

文章中的「物色」猶其字面意義，單純指稱自然景物，沒有做爲批評術語的跡象。另按〈情景〉的考察，及至宋代（尤其在南宋以後），「物色」一詞曾有的豐富涵蘊（特別是劉勰的）已逐漸被「情景」觀念取代，甚至因語義的模糊化而被蠲棄。

根據（一）、（二）所述，對伴隨六朝文學「客觀寫實的創作手法」萌生的「物色」觀念，可整理出以下論點：

〔註 67〕三段引文各見〔日〕遍照金剛撰，盧盛江校考：《文鏡祕府論彙校彙考》第三冊（北京：中華書局，2006 年 4 月），頁 1339～1340、1343～1345、1555～1566。

〔註 68〕參見〔清〕董誥等編：《全唐文》第六冊（北京：中華書局，1987 年 2 月），頁 5356。

〔註 69〕參見〔清〕永瑢，紀昀纂修：《景印文淵閣四庫全書》第一一二〇冊（臺北：臺灣商務印書館，1986 年 3 月），頁 154。

1. 「物色」一詞有幾個意義：(1)它的字面義是自然景物的容貌與姿色；(2)它指涉情感與景物交會時萌生的獨運的匠心；(3)它被視爲貶辭，意謂一種缺乏情感基礎的文風。
2. 出於藝術（此處重點在文學）的自覺，晉、宋詩人對自然景物的刻畫有了突破性的進展，分別是：(1)擺脫了《詩》、《騷》中陪附起情的模式；(2)表現趨向「巧構形似」（寫實）化。
3. 文學的自覺，讓詩歌能運用更詳盡、寫實的文字來描摹外界景物；但在文學批評上，卻相反地追摹早期詩人「無心而妙」的創作理念。
4. 承前，故這份自覺除了塑造「模山範水，字必魚貫」的時代文風，亦產生了一系強調「比」、「興」，且將之與漢代解經傳統（以政教寄託與道德寓意爲詮釋進路）作會通的批評——如劉勰所爲。
5. 自從劉勰提出「物色」一語，到了初盛唐時期，它已剝落成其字面義；及至中唐，它甚至淪爲貶辭；入宋之後，它也僅回復到唐初的普遍解釋，最終乃被「情景」的觀念取代。

三、「形似」觀念

（一）關於「形似」一詞字義的解釋，原指詩歌中能夠逼實描繪自然景物姿貌的表現。從現存資料來看，最早將「形似」用作批評描述語的是沈約，他在《宋書，謝靈運傳》中云：

> 自漢至魏，四百餘年，辭人才子，文體三變。相如巧爲形似之言，班固長於情理之說，子建、仲宣以氣質爲體，並標能擅美，獨映當時。〔註70〕

沈約以「巧爲形似之言」來狀述司馬相如的辭賦風格；又因辭賦重在「體物」，故此處的「巧爲形似之言」當指逼肖的形象描寫。但〈情景〉認爲，「形似」或許不專指辭賦中對自然景物的刻畫。例如左思〈三都賦序〉論其作意即曰：

> 其山川城邑，則稽之地圖；鳥獸草木，則驗之方志；風謠歌舞，各附其俗；魁梧長者，莫非其舊。……匪本匪實，覽者奚信？〔註71〕

可見諸如山川城邑、鳥獸草木和風謠歌舞等，都可以是賦裏「形似」地舖陳

〔註70〕〔梁〕沈約撰：《宋書・傳三》第六冊，頁1778。
〔註71〕〔梁〕蕭統編，〔唐〕李善注：《文選》第一冊（臺北：文津出版社，1987年7月），頁172～175。

的事物。不過，沈約的說法至少顯示了兩個重點：(1)逼實的描寫是「形似」的原始義；(2)六朝的「形似」詩風與兩漢辭賦之間有著密切的關係。

前述劉勰採用「物色」來闡釋內在情思與外界景物「相爲珀芥」的現象，而首先藉「形似」一詞提出個人積極的美學觀點者，應是鍾嶸。鍾嶸的「形似」，同樣以「貌其形而得其似」的普遍意義爲基礎——也就是劉勰在〈明詩〉、〈物色〉篇中狀述的時代文風——；此外，他更以「巧構形似之言」（完善描寫自然物象的語言藝術）做爲一項判準，來評騭當時詩人的成就。但在借取外在景物以表現詩人情思的問題上，他更提出了「直尋」的觀念：

> 至乎吟咏情性，亦何貴於用事？「思君如流水」，既是即目；「高臺多悲風」，亦唯所見；「清晨登隴首」，羌無故實；「明月照積雪」，詎出經史？觀古今勝語，多非補假，皆由直尋（《詩品・序》）。〔註72〕

在他看來，詩的語言要求「直尋」：絕對地訴諸內在情思，素材亦當取資眞切、實際的生活經驗——援引的例句多屬眼前景、口頭語——；若悖離這些條件，則只能是拼湊塡補的成品，並非創作——它們無法以奇趣、新意達到詩的語言的最高境界。故他的「直尋」大抵是爲了與「形似」風尙相頡頏而提出的。另外〈情景〉強調，「直尋」尙須與鍾嶸意下「文已盡而意有餘」的「興」的美典合觀，方能透顯他立論的旨趣。也就是說，鍾嶸重視情感的自然流露與經驗的眞實逢遇的觀念，要配合他提出的「興」以臻至「語言構造的精切濃縮而情意的飽和逸宕」〔註73〕的美感境界，才算完整。

値得另作辨析的是，《詩品》推尊五言詩「居文詞之要，是眾作之有滋味者」，論其藝術價值「豈不以指事造形，窮情寫物，最爲詳切者邪！」〔註74〕鍾嶸的說法透露了他的歷史（因應世情，文學朝複雜化演進）意識與文體（四、五言詩的「體要」）觀。而對五言詩「指事造形，窮情寫物」等四種相互關連的創造功能，廖蔚卿《詩品析論》曾將之排列成「指事（詳）→造形（切）→寫物（詳）→窮情（切）」的樣式，指涉一個「由取用素材到構成意象，進而描寫舖述以達成完全美善的表達情致的藝術過程」〔註75〕。依照廖先生的

〔註72〕〔梁〕鍾嶸著，曹旭集注：《詩品集注》（上海：上海古籍出版社，1996年8月），頁174。

〔註73〕參見廖蔚卿：《詩品析論》，收入氏著：《六朝文論》（臺北：聯經出版事業公司，1985年9月），頁228。

〔註74〕〔梁〕鍾嶸著，曹旭集注：《詩品集注》，頁36。

〔註75〕廖蔚卿：《詩品析論》，《六朝文論》，頁226。

詮釋，「窮情」顯然被當做四個辭彙最終的藝術目的。但〈情景〉卻有不同的看法：(1)鍾嶸只是將這四個辭彙相提並論，並不能讀出上述層層遞進的「涵攝」的關係或意義；(2)它們其實分屬兩個不同範疇——「指事」、「造形」屬於詩歌的創造活動，是語言層面上的操作；「窮情」、「寫物」則是詩歌描摹的對象（題材），即作品必須完成的內容。而題材（情、物）的表現（窮、寫）終須語言的實際參與才真正具備創作的意義。

歸納前述，「形似」觀念所要解釋的是在山水詩興起後「由詩底內容的改換，影響到詩底形式的考究」〔註 76〕的文學思想及現象；而「形似」所指涉的範疇，則是詩歌語言所能創造出的特殊（寫實）的藝術效果。

（二）「形似」一詞的遭遇猶如「物色」，在後世的文學批評領域裏喪失其影響力，也不再具有批評術語上的理論意義。實則早在唐代，「形似」的意義即發生了轉變，其中典型的論述可舉崔融和司空圖爲代表。

崔融《新定詩體》將「形似體」列位「十體」之首，並解釋道：「形似體者，謂貌其形而得其似，可以妙求，難以粗測者是。」〔註 77〕其中「可以妙求，難以粗測」的論點，透露了他不滿意於純粹摹寫景物的創作手法；他追求的是超越物象表層的美趣。這種追求物象之外的意興、情趣的美感表現，顯然已修正（或曲解）了鍾嶸使用『形似』一詞的意義。然而在此意義的轉變過程間，最具關鍵性的應是晚司空圖提出的「思與境偕」的美學理論。

首先，司空圖在〈與王駕評詩書〉中曾說：「五言所得，長於思與境偕，乃詩家之所尚者。」〔註 78〕不難判斷，這裏的「思」無非是詩人主觀的思想感情，而「境」則是所描繪的客觀對象。其次，《二十四詩品》中亦有兩處語及「形似」：「脫有形似，握手已違」、「離形得似，庶幾斯人」〔註 79〕。前者表示創作活動略無形跡可循，若執著於把握對象的實體，即悖離了本心；後者謂能超越「形似」而臻至「神似」的境地，才是善於形容的作手。結合對

〔註 76〕語見王瑤：〈玄言．山水．田園〉，《中古文學風貌》，收入氏著：《中古文學史論》（臺北：長安出版社，1986 年 6 月），頁 68。

〔註 77〕「十體」分別爲：一，形似體；二，質氣體；三，情理體；四，直置體；五，雕藻體；六，映帶體；七，飛動體；八，婉轉體；九，清切體；十，菁華體。說詳〔日〕遍照金剛撰、盧盛江校考：《文鏡祕府論彙校彙考》第一冊，頁 434～461，引文見頁 438～439。

〔註 78〕文收〔清〕董誥等編：《全唐文》第九冊，頁 8486。

〔註 79〕分見〔唐〕司空圖著：《二十四詩品》，收入〔清〕何文煥輯：《歷代詩話》上冊（北京：中華書局，1997 年 3 月），頁 38、43。

「韻外之致」、「味外之旨」的強調和「思與境偕」的觀念，司空圖架構出「形神皆備的藝術形象」的理論。〈情景〉認爲，這種追求詩的意境的趨向，遂與顧愷之、謝赫開展出來的崇尚「傳神」、「氣韻」的繪畫傳統匯流，形成中國藝術領域裏「超形以得神，復由神以涵形，使形神相融、主客合一」〔註 80〕的特殊表現理論（1990：216）。當然，相較於以鍾嶸、劉勰爲代表提出的「巧構形似之言」與「物色」——大抵藉自然物象以起情詠志——等理論，這可說是一大演化。

據是，超越「形似」、乃至於鄙薄「形似」的觀點，遂左右了文學和繪畫藝術的發展。〈情景〉指出，唐代以後的詩人、批評家等「不斷在詩歌中追尋圖畫式的『傳神』、『遠而不盡』」（1990：216）的趨向，即受了司空圖的理論以及繪畫領域「傳神寫照」創作觀的交互影響。而詩論的代表性說法，可略引於下：

1. 論畫以形似，見與兒童鄰。賦詩必此詩，定非知詩人。詩畫本一律，天工與清新……。（蘇軾〈書鄢陵王主簿所畫折枝〉）
2. 詩無古今，惟其眞爾。……蓋神似而非形似，恆似而非時似。形似者擬，神似者眞；時似者擬，恆似者眞。（尤侗〈吳虞升詩序〉）〔註 81〕
3. 溯古人之眞，而不襲古人之跡……詩之宗法在神理，而不在形似……東坡之超曠，放翁之淵博，不可盡沒也。（沈德潛〈與陳耻菴書〉）〔註 82〕

以上說法涵蓋了詩歌的本質、詩與畫的關係、形與神的對立、乃至於「模擬」及「辨體」（包括「時代風格」、「個人風格」的判定）等問題。而這些由「形似」一詞衍生的問題，大抵是環繞著形、神（似）之間的「相反對立」來解釋的。

歸納（一）、（二），在六朝「客觀寫實的創作手法」影響下的「形似」觀念，其要點如下：

〔註 80〕徐復觀：〈釋氣韻生動〉，《中國藝術精神》（臺北：臺灣學生書局，1992 年 7 月），頁 198。

〔註 81〕〔清〕尤侗：《尤西堂雜俎》（臺北：河洛圖書出版社，1978 年 5 月），頁 55。

〔註 82〕〔清〕沈德潛：《歸愚文鈔》卷十五，轉引自吳宏一、葉慶炳編輯：《清代文學批評資料彙編》上集（臺北：成文出版社有限公司，中央研究院傅斯年圖書館藏沈歸愚詩文全集本，1979 年 9 月），頁 408。

1. 「形似」一詞的原始義，是對自然景物寫實的描繪；準此，「形似」詩風即指涉詩歌語言創造出的、寫實的藝術效果。
2. 最早將「形似」當做批評用語的是沈約。在他看來，六朝流行的「形似」詩風與兩漢辭賦之間具有密切的關係。
3. 鍾嶸率先以「巧構形似之言」爲判準，來評騭同時代詩人的藝術成就。但他立論的終極旨趣，卻要將其提出的「直尋」理念以及「興」的美典合觀，才算完整。
4. 鍾嶸認爲「指事、造形、窮情、寫物」四種創造功能在五言詩中發揮得淋漓盡至，但它們實屬兩個範疇：「指事」、「造形」是語言層面的創作活動；「窮情」、「寫物」則是詩歌必須完成的內容。
5. 鍾嶸的美學判準，到了唐代便已產生轉變。及至司空圖提出「思與境偕」、「韻外之致」等觀念，這種「形神皆備」的祈嚮遂與崇尚「傳神」、「氣韻」的繪畫傳統匯流，形成中國藝術裏「超形以得神，復由神以涵形，使形神相融、主客合一」的表現理論。
6. 唐宋以後，超越「形似」（追求「神似」）、乃至於鄙薄「形似」的思維，則在一定程度上主導了藝術（特別是詩歌）的批評。

縱觀〈情景〉以上的論述，確實爲創作者主觀情志與自然景物間的關係提出了深入的詮釋；但其中尚有值得補充之處。下文即依其舖陳「物色」和「形似」觀念的次第再做探究。

（一）首先，爲了釐清「物色」一詞的涵蘊，可藉由下列三個層面來分析：

1. 詞語的層面：指自然景物的容貌與姿色。這是「物」、「色」二個單詞聯合爲詞組得出的普遍認知，可說是它的原始意義。
2. 個別系統的層面：指涉情感與景物交會時萌生的獨運的匠心。這層意蘊是個別詩論家對「物色」的實質內容賦予的系統決定。而此處是劉勰據其思想系統提出的個人詮釋。
3. 時代思潮或傳統的層面：意謂一種缺乏情感基礎的文風。它是文學發展史上，一群人在某段時間內遵循的創作或批評的定見，或長期承繼下的成果。這裏則是中唐至宋代之間，因奉行儒家詩教，而對「物色」抱持的負面評價。

以上的排列不等於發生秩序；至少就「物色」一詞來看，即肇端於劉勰的詮釋。值得一提的是，〈情景〉曾強調「物色」及「形似」觀念都是六朝文學中「客觀寫實的創作手法」所展示的特殊現象，並援引〈宮體〉的相關說法以資佐證；但這些內容往往偏向事實的陳述，對後設的研究則略顯不足——尤其是關鍵的「寫實」問題。

其實，檢視前引對六朝文學「寫實描繪自然景物」的批評，都挾帶了一組複式問題：包括詩歌「能否寫實」、「應否寫實」以及「如何寫實」等不同層級的問題。它們的邏輯關係可表示爲：能否寫實→應否寫實→如何寫實；「→」意指唯有滿足了前項的條件，方可討論後項。因此，當討論進行到「該不該」、乃至於「該如何」寫實地描繪自然景物時，它必然存在一項預設：以客觀寫實的手法來創作是完全可能的。也就是說，文字的寫實能力已被充分認知。故當《文心雕龍．物色》批評「近代以來」文壇「巧言切狀，如印之印泥；不加雕削，而曲寫毫芥」的現象時，劉勰對專務「巧構形似之言」的不滿，無疑地，是以文字能細膩摹寫客體爲前提。猶有進者，根據劉勰的論述，這份文字表現力的認知更普遍存在於能感物、聯類的詩人心中。而〈情景〉概以「藝術的自覺」一語爲其註解，卻未提出必要的分析。

所謂「自覺」（有／被意識）的「原始意義」，簡要地說，是人的心智在內省活動中，藉由反思自身（包括與外界事物的相對關係）獲得的自我認識〔註 83〕。「藝術／文學的自覺」做爲它的「引申意義」，則是創作主體透過對藝術／文學的省思，而掌握到它們獨立價值的意識。這種意識，跟前述對文字寫實能力的認知並不相同——兩者分屬本體論及表現論的範疇。通常提到「文學自覺」，原則上都將「文學（詩歌）是什麼、及其存有價值何在」視爲第一序的問題；而當〈情景〉指稱「物色」觀念、「客觀寫實的創作手法」皆出於「藝術的自覺」時，卻不是遵循著同樣的思考。這不免讓人產生範疇錯誤的疑慮。因此，用「自覺」來解釋六朝特殊的文學現象固然合理，但對討論的層次有似必要作清楚的界定。

至於詩歌創作和批評互相扞格的情況，主要是某些個別系統，或系統與時代思潮、傳統之間，對「詩歌是什麼」的問題提出各異的詮釋所致。例如認爲詩是抒發個人情感的媒介，與主張詩是寄託政教美刺的載體，兩者對文字「應否寫實」、「如何寫實」等問題便持有不同的觀點。

〔註 83〕論述整理自〔英〕安東尼．弗盧主編，黃頌杰等譯：《新哲學詞典》，頁 106。

（二）關於「形似」的涵蘊，亦可從三個層面來說明：

1. 詞語的層面：對客觀景物外貌逼實的描繪。
2. 個別系統的層面：最早拿「形似」當批評描述語的是沈約；但率先賦予它積極美學意義的，則是鍾嶸。而後者更進一步用「巧構形似」的時代意義——以寫實手法來描繪自然景物，並達到高度的水平——來對顯個人的價值觀。即「巧構形似之言」的詩雖好，猶不及藉「直尋」（反對用事，不煩雕鏤）的創作法則，以展現「文已盡而意有餘」藝術效果的作品。
3. 時代思潮或傳統的層面：在唐宋以降，它常用來和「形神相融」、「超形得神」對照，指涉一種「有形無神」的不完滿的狀態。

首先值得一辨的是，廖蔚卿在《詩品析論》中曾將鍾嶸所謂五言詩的四種創造功能排列成「指事（詳）→造形（切）→寫物（詳）→窮情（切）」；不過，〈情景〉卻認爲此舉毫無根據，故提出自己的區分：「指事」、「造形」是語言層面的創作活動；「窮情」、「寫物」則是詩歌必須完成的內容。但這種分法仍有問題。〈情景〉說鍾嶸「只是把這四個辭彙相提並論」（1990：196）罷了，言下之意是，對它們做因果邏輯的解釋太過武斷。然而，鍾嶸的話肯定是有邏輯的——這無疑也是〈情景〉立論的前提。從語理分析的角度來看，「相提並論」本身即是一種邏輯思維的展現。相提並論意味著彼此範疇同位、對等。以「指事、造形、窮情、寫物」爲例，四個詞組都是「動詞＋名詞」的形式。前項「指」、「造」、「寫」、「窮」詞性相同、意旨近似，皆意謂創作行爲。而後項「事」、「形」、「情」、「物」除了各自的義蘊之外，「事物」、「事情／情事」、「情形」等也是習用的合義複詞——這些都屬於作品的內容，涵括了客觀存在的物體、現象和主觀的情感。省察以上前後項的語用組合，及其所在的文意脈絡，較不易發生誤讀的選擇是採「互文見義」的方式來訓解，亦即：五言詩是描寫客觀景物與主觀情感的最佳體製。如果廖蔚卿的層遞排列被視爲過度詮釋，那麼〈情景〉的區分也冒著同樣的危險。拿「指事」、「造形」與「窮情」、「寫物」對立，恐怕會有邏輯範疇上的問題。

其次，〈情景〉對鍾嶸「形似」觀念的闡述應可再釐清。儘管鍾嶸在創作上崇尚「直尋」、並追求「興」的美典，但對「尚巧似」的文風也表示某種程度的肯定，試看以下二例：

1. 晉黃門郎張協詩：其源出於王粲。文體華淨，少病累。又巧構巧

似之言。雄於潘岳，靡於太沖。風流調達，實曠代之高手。(卷上)

2. 宋光祿大夫顏延之詩：其源出於陸機。故尚巧似。體裁綺密。然情喻淵深，動無虛發；一句一字，皆致意焉。(卷中)〔註84〕

就把尚「巧似」(「巧構形似」的簡稱)的張協和顏延之分列上、中品，且語多讚揚。由此可見，鍾嶸的美學標準不完全繫於一尊，只是高下有別。對六朝專擅描繪自然景物(特別是寫實)的文風，他能夠尊重、欣賞——畢竟那是一個「具有時代性及創建性的文學現象」(1990：199)。但他心目中寫景詠物的典範，還在於透過「即景會心，自然靈妙」〔註85〕的方式，來展現「文已盡而意有餘」韻致的詩作。這也是「形似」與「神似」優劣區判的先聲。

至於鍾嶸對詩藝極境的界義，或許就是他品評曹植時所謂的「骨氣奇高，詞彩華茂。情兼雅怨，體披文質」〔註86〕：文詞既有剛勁奇警的風格，又有豐富華麗的修辭；能用譎諭的手法表達溫柔敦厚的意旨，更能將充實的內容與工巧的形式融爲一體。「質」/「文」、「風力」/「丹彩」、「骨氣奇高」/「詞彩華茂」通常被視爲互相對立、排斥的美學範疇；但鍾嶸最高的美學理想，卻是將它們「辯證地融合」。曹植因兼具前述的風格特色，自然位列上品。而藉由此處的分析，亦可窺見六朝形似文風受重視的程度。

(三)〈情景〉指出，自司空圖以「形神皆備」做爲詩藝的最高表現後，這個觀點即與崇尚「傳神」、「氣韻」的繪畫傳統匯合，形成了中國藝術獨特的表現理論。而唐宋以降，超越「形似」(追求「神似」)、甚至鄙薄「形似」，則成爲詩歌批評的主流趨勢。以上說法可謂深得其要。但箇中形、神之間的問題仍可藉「寫實」的框架來思索。

寫實之義猶如前述，概指描述眞實。但怎樣才算成功描述客體的「眞實」？首先在判斷上，它牽涉的是效力而非眞僞問題。其次，如果客體的眞實可從內、外兩方面來掌握，那麼它最理想的狀態，應是「內在本質」(神似)與「外在形貌」(形似)完美的融合——不排除因審美觀的改變而偏重一方。再者，創作時要從內部還是外部下筆較容易達到目的？此處手法的選擇，同樣出於一種建議(不涉眞僞)。例如《世說新語・巧藝》第九則：

顧長康畫裴叔則，頰上益三毛。人問其故？顧曰：「裴楷儁朗有識

〔註84〕二段分見〔梁〕鍾嶸著，曹旭集注：《詩品集注》，頁149、270。

〔註85〕此爲許文雨對「直尋」之義的詮釋。參見氏著：《文論講疏》(臺北：正中書局，1985年8月)，頁174。

〔註86〕〔梁〕鍾嶸著，曹旭集注：《詩品集注》，頁97。

具，正此是其識具。」看畫者尋之，定覺益三毛如有神明，殊勝未安時。〔註87〕

爲了描繪裴楷的人格風儀，顧愷之刻意在他的臉頰添上三根鬚毛。他相信這個有違客觀事實的作法，能讓觀畫者覺得更爲肖似——重點不在忠實呈現對象的外貌，而是其精神特質。因此，無論創作抑或鑑賞，都是相對主觀的詮釋——但當主觀詮釋取得較大比例的支持，它便具有一定的客觀性。而這些「形似」與「神似」之間的辯證歷程，可說是對應「寫實」（描述眞實）論題衍生的。

本節將「物色」與「形似」兩個觀念納入「摹形寫實」的範疇來分析，所得的結論大致如下：

（一）「物色」與「形似」觀念皆以陸機提出的「緣情」說爲基礎。而「緣情」說的重要意義，在於它突破了美刺政教的「詩言志」傳統，將創作導向觀物、感物的直接表現。

（二）由於「緣情」說的影響，魏晉以後的創作理念，往往固結在詩人情意與自然景物間「交相引發、因依含吐」的現象之上。同時，聲律的探掘和運用，也使得詩歌走向競逐麗藻、追求寫實的風格。「物色」與「形似」觀念即產生於對它們的反省。

（三）承上，這項反省可說是出於文學（或藝術）的自覺。儘管對「詩歌是什麼、價值何在」的解答並不一致，但六朝人士對其寫實能力卻有高度的共識。

（四）「物色」、「形似」二觀念的首倡者及涵蘊可表列如下：

	物　　色	形　　似
首倡者	劉勰	沈約
詞語的層面	自然景物的容貌與姿色	對客觀景物外貌逼實的描繪
個別系統的層面	情感與景物交會時萌生的獨運的匠心（以劉勰爲代表）。	精巧地用寫實手法描繪自然物象的語言藝術；但略欠「興」的美典那種「文已盡而意有餘」的韻致（以鍾嶸爲代表）。
時代思潮或傳統的層面	一種缺乏情感基礎的文風（中唐至宋代）。	一種「有形無神」的不完滿的狀態（唐宋以降）。

〔註87〕〔南朝宋〕劉義慶撰，〔南朝梁〕劉孝標注，余嘉錫箋疏，周祖謨等整理：《世說新語箋疏》修訂本，頁719。

（五）藉由對「形似」觀念的反省，鍾嶸確立「即景會心，自然靈妙」的美學判準——「形似」與「神似」之辨的先聲。及至司空圖提出「思與境偕」、「韻外之致」的理念，它遂與崇尚「傳神」、「氣韻」的繪畫傳統匯流，形成中國藝術裏「超形以得神，復由神以涵形，使形神相融、主客合一」的表現理論。

（六）以描述眞實爲目的，若將形、神做「外在形貌」與「內在本質」的區分，無論二者的辯證歷程（主觀詮釋）如何，都可被「寫實」論題涵範。

第六節　環繞摹形寫實的其它批評——以宮體詩爲代表

第二節已藉林文月的論文爲代表檢視了宮體詩的「寫實精神」；但就宮體詩的重要研究來看，近人洪順隆的《從隱逸到宮體》（以下簡稱「洪著」）和王力堅的《由山水到宮體》（以下簡稱「王著」）當可一併在此討論，做爲前文的參照。

其實這兩本專著對宮體詩的整體評斷差異甚大。「洪著」認爲「它只是指稱梁簡文帝及其侍臣徐摛等人的某階段的詩」（1984：125），「王著」則頗「大其體」，說它不但是「南朝新體詩創作潮流中的訛變支派」（1997：170），且歷代「從來也沒有出現過梁陳宮體詩那樣的艷詩創作高潮」（1997：171）。「洪著」多次以「享樂思想／主義的色情表露」來概括宮體詩的表現，「王著」則對此觀點深表懷疑，強調它的主要目的「不是滿足肉欲刺激，而是實踐對藝術唯美理想的追求。」（1997：196）而論及宮體詩的特色，他們分別提出三項要點：

	洪　　著	王　　著
題材範圍	在題材上，它是專寫女性在閨閣中的情狀的。（1984：127）	它是文壇新變的另類產物，並以特有的宮廷女色艷情爲主要題材。
寫作技巧	在技巧上，它是細雕深琢的。	雖然時代、環境施加了諸多影響，但它絕非生活的複製翻版，而是藝術化的再現。
風格表現	在風格上，它是輕靡的。	它的創作目的不爲滿足肉欲，而是追求更高層的唯美藝術。（改易自〔1997：196〕）

由上表的比對可見，儘管兩人的問題意識指向各異，但仍有其共同處：宮體詩以細雕深琢的筆法再現宮廷的女色艷情。另外，若再把二著與〈宮體〉的關鍵論述齊觀，則前節反省的結果將能得到進一步的證明。

首先，關於「寫實」的風格，「洪著」表示宮體詩：「發揮了最高的寫實精神。簡文帝他們寫的是實際生活的抽樣，陳後主一群人寫的則是現實的全部」（1984：141）、「宮體詩既是色情的滿足，它的表現之有相當程度的寫實情神，那是由於宿命性的色彩使然。」（1984：147）「王著」則謂：「總的來說，宮體詩人都十分重視局部、細節的入微刻畫。」（1997：220）「用細緻綿密的筆法，雕鏤出一組組精巧生動的畫面，進而疊合成一幅幅形象逼眞的美女圖。」（1997：221）其次，「洪著」在分析簡文帝的〈倡婦怨情十二韻〉〔註 88〕時，從頭到尾以「鏡頭」（案指攝影的）轉移、剪接來闡釋詩文意蘊（1984：128～130）；而「王著」也舉梁朝君臣的作品爲例，說宮體詩對題材的處理「造成平面視覺的繪畫效果」（1997：213）、「大都達到一種圖畫般的視覺藝術效果。」（1997：216）這印證了宮體詩偏重視覺經驗的說法。再者，兩人都認爲宮體詩是將生活原型（「洪著」特指肉欲的）做了「昇華」的成果；並謂其一切特徵，皆可「照單全收」地套用在詠物詩上。凡此數點共識本文已有深入探討，故不贅述。值得一辨的是「王著」揭示的「審美距離」（aesthetic distance）說。

「王著」強調，宮體詩中擬「眞」、求「形似」的「詩畫合流」創作傾向，不等同於對生活的「寫實」。他說：

> 形似藝術，是排斥了作者的「情」「志」因素，只對物象作純客觀的外在形態摹繪，於是，藝術創作的主體與客體之間，就產生了距離。在藝術表現上說，這種距離就是審美的距離……。（1997：203）

又補充道：

> （宮體詩）作者的主觀情感極少被融入詩中，詩中的人物形象，也不時被抽去情感生命，只作爲欣賞對象來表現。（1997：213）

〔註 88〕詩云：「綺窗臨畫閣，飛閣繞長廊。風散同心草，月送可憐光。彷彿簾中出，妖麗特非常。恥學秦羅髻，羞爲樓上粧。散誕披紅帔，生情新約黃。斜燈入錦帳，微煙出玉牀。六安雙瑇瑁，八幅兩鴛鴦。猶是別時許，留致解心傷。含涕坐度日，俄傾變炎涼。玉關驅夜雪，金氣落嚴霜。飛狐驛使斷，交河川路長。蕩子無消息，朱唇徒自香。」參見逯欽立輯校：《先秦漢魏晉南北朝詩》下冊，頁 1941。

以蕭綱的〈詠內人晝眠〉爲例〔註89〕，「王著」宣稱詩中女子不具備鮮明的情感、生命與個性，只是件極富感官美的客觀存在「物」，提供藝術上的審美距離感。他同時指出，這類描寫一方面以其「活色生香，豔光逼人」而富含感官的挑逗性；但一方面又局限於外在形態的客觀性，因此產生某種「空間距離感與絕緣感」（1997：206）。這就是「王著」觀察到的宮體詩的美感張力所在。不過，以上論述都值得懷疑。

根據導論援引的韋勒克「主觀經驗是唯一客觀的經驗」的觀點，所謂排斥作者的情志因素，只對物象作純客觀的描繪云云，恐怕是「一種特屬於十九世紀中期的妄想」；因爲，「不受時代、環境及個人個性等種種變數影響的表意系統也不可能存在。」〔註90〕就拿「王著」主要訴求的「審美經驗」來說，法國當代美學巨擘米・杜夫海納（M. Dufrenne）在探討其眞實性時，曾謂作品除了表現形式的必然性（作品本身是眞實的）之外，還表現內部的必然性——即藝術家進行創作時內心情感的必然性。對創作者而言，完成一件作品就等於同時滿足了技巧和精神的要求，實現自己的作品並表述自己。因此，藝術家的主觀情志是完全需要的。故杜夫海納總結道：「審美對象的世界，就是一種情感範疇的世界，並且僅僅通過情感範疇又是現實對象的世界。」〔註91〕

如此一來，「王著」指稱的創作主體與客體之間的審美距離，其成立的條件就略顯不足了。〈詠內人晝眠〉裏「活色生香」的描寫，與其說是拉出一段心理距離將婦女「物化」來吟咏，毋寧更接近「洪著」所言，用濃得化不開的「色情的美感意識」（1984：144）去進行實體造象。儘管「洪著」過度強調宮體詩的享樂及頹廢色彩——相對忽視其藝術價值——；但他掌握審美經驗的方向卻是較合理的。至於「王著」披露的宮體詩美感張力所在，也因「距離感」此一前提面臨的詮釋困境〔註92〕，頗待重新探索。猶有進者，按照「王

〔註89〕詩云：「北窗聊就枕，南簷日未斜。攀鉤落綺障，插捩舉琵琶。夢笑開嬌靨，眠鬟壓落花。簟文生玉腕，香汗浸紅紗。夫婿恆相伴，莫誤是倡家。」同上，頁1940～1941。

〔註90〕語見〔美〕Linda Nochlin著，刁筱華譯：《寫實主義》（臺北：遠流出版事業股份有限公司，1998年3月），頁56、57。

〔註91〕說詳〔法〕米・杜夫海納著，韓樹站譯，陳榮生校：《審美經驗現象學》下冊（北京：文化藝術出版社，1996年8月），頁540～580，引文見頁556。

〔註92〕其實在過去的一段時期裏，「心理的距離」確實曾主導過美感經驗的分析。詳盡論述可參考朱光潛：《文藝心理學》第二章（臺北：臺灣開明書店，1994

著」對宮體詩「既能達到審美的想像快感和藝術的唯美追求，又能確保一定的道德倫理安全距離」（1997：209）的形容，他所謂的「張力」，顯然建立在兩種相異判斷的頡頏上。但唯美和道德之間的矛盾張力，恐怕不是創作宮體詩、甚至抒情詩的必要條件。以〈詠內人晝眠〉及前舉的〈孌童〉爲例，如果它們呈現出任何道德反省的意味，想必就不致招來「純粹用一雙色情眼光來觀察現實生活」、「污穢的同性戀描寫，眞是不堪入目」〔註 93〕，或「存在的就只不過是無恥」〔註 94〕等嚴厲的批評了。當然，這些論述也適用於詠物詩。

據是，則宮體詩種種逼眞的描寫，既非客觀現實的全部、亦非抽樣的再現。因爲「人是通過感覺結合到現實的——這個現實不一定是再現之物的等價物」〔註 95〕，故詩中「姝顏麗服巧態」的婦女形象，那些圖畫式的視覺美感，只能是詩人主觀情感的「表現」——說作者謹守道德藩籬，還不如說他衷心沉醉於其表現的事物上。而宮體詩「最高的寫實精神」（1984：141），也應從這個角度來理解。

小 結

省察本章各節所述，當代關涉「摹形寫實」詩歌的代表性研究，可賅括成幾個部分來說明。

一、思想背景與審美趨向

從魏晉的山水詩到宋齊以降的宮體詩及詠物詩，其間思潮的轉變是：由於儒家的功用主義漸趨崩毀，爲了逃避殘酷的現實壓力，人們開始尋找替代的精神寄託與現世出路；而談玄、佞佛和及時行樂的風氣，恰巧彌補了這層心理空缺。同時，隨著陸機提出的「緣情」說，六朝詩人下筆時不再措意政教美刺的「言志」傳統，只要專注於個人情感，並將觀察到的事物細膩寫實地表現出來——無論是山水、人體或宮苑器物——，即能滿足他們對純粹美

年 7 月），頁 15～33。惟現時此說的影響已漸趨式微。

〔註 93〕語出張松如主編，鍾優民撰寫：《中國詩歌史・魏晉南北朝》（長春：吉林大學出版社，1989 年，12 月），頁 345。

〔註 94〕王鍾陵：《中國中古詩歌史》（南京：江蘇教育出版社，1988 年 5 月），頁 738。

〔註 95〕〔法〕米・杜夫海納著，韓樹站譯，陳榮生校：《審美經驗現象學》下冊，頁 566。

的追求。另外，牟宗三《才性與玄理》曾指出「藝術」與「智悟」的境界，乃是整個魏晉時代的風氣與特徵。以此觀點來看詩體的嬗變，即是從混融美的品鑒與具體智悟的山水詩，逐漸走向一味耽於美趣境界的宮體詩。

二、寫實表現——從山水到人物

「摹形寫實」詩歌大致可分爲山水與人物兩系。論及「模山範水」的趨勢，《詩》、《騷》中對自然景物的描寫份量既輕，又處於陪附地位——只有消極地起情，而未積極地介入、增強作品的表現力。這個情形直到六朝湧現「巧構形似之言」（特別是謝靈運派）的山水詩，才有了根本性的改變。至於細膩刻畫人物的濫觴，也可溯及《詩經・衛風・碩人》；它被視爲歌詠美人的千古絕唱。但眞正以寫實手法表現女性美的作品，要等到六朝（主要是宮體詩）才大量產生。另外，以左思〈嬌女詩〉爲首，則創造了一脈以「幽默詼諧」筆法記錄兒女言行的傳統。

三、從「山水」到「宮體」

「巧構形似之言」的詩以「體物＋寫物＋感物詠志」爲基型。在摹形求眞方面，它不但繼承了《騷》、漢賦的譬喻、襯托、誇飾等修辭手法，且更多元地運用感官經驗，創新了詩的語法結構。而宮體詩與詠物詩，則延續謝靈運派山水詩的寫實風格，以純粹的審美態度，加上逼眞的寫作技巧——兼具性感的容態和艷麗的服飾之美——，塑造出栩栩如生的人物圖像。然而山水詩與宮體（包括詠物）詩仍有幾項差異：（一）宮體詩不具備「感物詠志」的要素；（二）山水詩多泛寫開闊的自然景致，宮體詩則每聚焦於閨閣內的特定事物；（三）山水詩多展現出與書寫對象和諧共生的狀態，宮體詩卻往往摻雜著個人的情欲；（四）山水詩的寫實特點在於多元地運用感官經驗，宮體詩則常偏重視覺的意象。而上述詩體的「寫實精神」，無非是作者主觀情志的「表現」。

四、從形似到傳神

六朝文學中客觀寫實的創作手法所展示的特殊現象，直到南宋中晚期「情景交融」成爲明確的理論之前，是藉「物色」與「形似」觀念來討論的。這兩個觀念的形成可說是出於文學的自覺。儘管六朝人士對詩歌的本體論問題有著不同的見解，但對其寫實能力卻頗具共識。大抵說來，「物色」指的是自然景物的姿貌，或引申為情景交會時獨運的匠心；「形似」則是對景物外觀逼肖的描繪，或表示一種駕御寫實文字的技藝——但它有時缺乏「文已盡而意有餘」的韻致。另外，從此二觀念衍伸的反省——主要是形、神（似）之間的價值判斷——，在與崇尚「傳神」、「氣韻」的繪畫傳統匯流後，遂形成中國藝術裏「超形以得神，復由神以涵形，使形神相融、主客合一」的表現理論。

第三章　「諷諭寫實」詩歌類型的批評

第一節　首篇諷諭寫實詩歌的斷定

梁啓超曾在《中國韻文裏頭所表現的情感》中指稱：「漢人樂府中有一首〈孤兒行〉，可說是純寫實派第一首詩。」（1978：65）他認爲《詩經》以溫柔敦厚爲主旨，不肯作露骨的刻畫，所以像豳風〈七月〉、衛風〈碩人〉和鄭風的〈大叔于田〉、〈褰裳〉等詩篇，都只是「有點這種意思」，不能視爲這類作品的典範。而梁氏眼中「純寫實派」的濫觴之作，全詩如下：

> 孤兒生，孤子遇生，命獨當苦！父母在時，乘堅車，駕駟馬。父母已去，兄嫂令我行賈。南到九江，東到齊與魯。臘月來歸，不敢自言苦。頭多蟣虱，面目多塵（土）。大兄言辦飯，大嫂言視馬。上高堂，行取殿下堂。孤兒淚下如雨。使我朝行汲，暮得水來歸。手爲錯，足下無菲。愴愴履霜，中多蒺藜。拔斷蒺藜腸肉中，愴欲悲。淚下渫渫，清涕纍纍。冬無複襦，夏無單衣。居生不樂，不如早去下從地下黃泉！春氣動，草萌芽。三月蠶桑，六月收瓜。將是瓜車，來到還家。瓜車反覆，助我者少，啖瓜者多。願還我蒂，兄與嫂嚴，獨且急歸，當興校計！亂曰：里中一何譊譊，願欲寄尺書，將與地下父母，兄嫂難與久居！〔註 1〕

〔註 1〕〔宋〕郭茂倩編撰：《樂府詩集》第一冊（臺北：里仁書局，1981 年 3 月），頁 567。標點另據余冠英選註：《樂府詩選》（香港：世界出版社印行，1956

這篇「血淚控訴」道盡了一個孤兒淒苦的遭遇。梁氏說此詩是「寫實派正格」（案即本文的「諷喻寫實」類型）因爲它在描寫主角時僅「將他日常經歷直敘，並不下一字批評，讀起來能令人同情心到沸度」（1978：66）。按照他對「寫實派」作法的定義——將客觀事實照原樣極忠實的寫出來，還要寫得詳盡——，前述《詩經》中的幾首詩，顯然不太符合他的標準。但這項判斷值得再作探討。

從〈碩人〉、〈大叔于田〉、〈褰裳〉到〈七月〉，它們分別是頌美衛莊姜、美善獵青年（案或曰美共叔段，但無確證）、斥男子情好漸疏，以及詠豳地風土之詩。要說它們有什麼共通點，大概是對事物較爲直率、詳盡的描寫——相對於《詩經》其他篇章而言。因此，姚際恆《詩經通論》在盛讚〈碩人〉爲刻畫美人的「千古絕唱」之外，也說〈大叔于田〉：「描摹工艷，鋪張亦復淋漓盡至，便爲《長楊》、《羽獵》之祖。」〔註2〕而今人袁愈荌《詩經藝探》則謂〈褰裳〉：「全篇語言爽直、明快，沒有隱晦，沒有猶豫。描繪出一個具有大膽、爽快、明朗性格的姑娘。」〔註3〕然而，此處的衛、鄭風例詩或許還能用「有點這種（案指寫實的）意思」一語帶過；至於「天時人事百物政令教養之道，無所不賅」〔註4〕的〈七月〉，從它既忠實又詳盡的敘述來看，就很難說只是略具寫實色彩了。試引其詩如下：

> 七月流火，九月授衣。一之日觱發，二之日栗烈；無衣無褐，何以卒歲？三之日于耜，四之日舉趾。同我婦子，饁彼南畝，田畯至喜。七月流火，九月授衣。春日載陽，有鳴倉庚。女執懿筐，遵彼微行，爰求柔桑。春日遲遲，采蘩祁祁。女心傷悲：殆及公子同歸？七月流火，八月萑葦。蠶月條桑，取彼斧斨，以伐遠揚，猗彼女桑。七月鳴鵙，八月載績，載玄載黃，我朱孔陽，爲公子裳。四月秀葽，五月鳴蜩。八月其穫，十月隕蘀。一之日于貉，取彼狐狸，爲公子裘。二之日其同，載纘武功，言私其豵，獻豣于公。五月斯螽動股，六月莎雞振羽。七月在野，八月在宇，九月在戶，十月蟋蟀入我床下。穹窒熏鼠，塞向墐戶。嗟我婦子，曰爲改歲，入此室處。六月

年6月），頁35～36。

〔註2〕〔清〕姚際恆：《詩經通論》，頁103。

〔註3〕袁愈荌：《詩經藝探》，頁286。

〔註4〕〔清〕吳闓生評注：《詩義會通》（臺北：臺灣中華書局印行，1970年2月），頁63。

食鬱及薁，七月亨葵及菽，八月剝棗，十月穫稻。爲此春酒，以介眉壽。七月食瓜，八月斷壺，九月叔苴。采荼薪樗，食我農夫。九月築場圃，十月納禾稼。黍稷重穋，禾麻菽麥。嗟我農夫，我稼既同，上入執宮功。晝爾于茅，宵爾索綯；亟其乘屋，其始播百穀。二之日鑿冰沖沖，三之日納于凌陰，四之日其蚤，獻羔祭韭。九月肅霜，十月滌場。朋酒斯饗，曰殺羔羊。躋彼公堂，稱彼兕觥：「萬壽無疆！」〔註5〕

準此，今人孫作雲〈讀《七月》〉遂以其反映西周農民生活的逼眞性，直嘆「它不但是中國上古史中珍貴的史料，也是世界史上罕有的史料。」〔註6〕另外，在審美經驗上，袁行霈的《中國文學史》認爲閱讀〈七月〉「不僅能了解到當時的農業生產和農夫的生活狀況，而且能眞切感受到他們的不幸和痛苦。」〔註7〕而北大中文系主編的《新編中國文學史》更闡論此詩說：「不是在那裏純客觀地反映現實，他們要帶動讀者一起去思索、去愛、去憎，而這正是寫實主義所應該具有的特色。」〔註8〕

據是，無論就忠實、詳盡且不露批評字語的創作手法，抑或教人產生同情的藝術效果，〈七月〉與〈孤兒行〉都具有相當的雷同性。而依照梁氏的定義，〈七月〉也更早地滿足了「寫實派」作品的條件。因此，後世文學史家每將首篇寫實的詩歌推溯到《詩經》。例如劉大杰《校訂本中國文學發展史》云：「《詩經》最大的特色，是在詩歌創作上初步建立了現實主義的優良傳統。」〔註9〕游國恩《中國文學史》：「『國風』中的周代民歌……是我國最早的寫實主義詩篇。」〔註10〕北京大學中文系《新編中國文學史》：「《詩經》中的周代民歌……是作爲寫實主義最初的源頭，被繼承和發展著。」〔註11〕袁行霈《中國文學史》也說：「《詩經》是我國最早的富於現實的詩歌，奠定了我國詩歌

〔註5〕〔漢〕毛亨傳，鄭玄箋，〔唐〕孔穎達等正義：《十三經注疏・詩經》，頁276～288。

〔註6〕孫作雲：〈讀《七月》〉，《詩經與周代社會研究》（北京：中華書局，1966年4月），頁185。

〔註7〕袁行霈主編：《中國文學史》上冊（臺北：五南圖書出版公司，2003年1月），頁76。

〔註8〕北京大學中文系編著：《新編中國文學史》第一冊，頁44。

〔註9〕劉大杰：《校訂本中國文學發展史》，頁54。

〔註10〕游國恩等主編：《中國文學史》上冊，頁37。

〔註11〕北京大學中文系編著：《新編中國文學史》第一冊，頁36～37。

面向現實的傳統。」〔註12〕同時他們一致認爲，《豳風・七月》是這個寫實源頭處最具代表性的作品。

但若要解釋梁啓超爲何判定首篇寫實的詩歌是〈孤兒行〉，則余冠英《樂府詩選・前言》的概述或可提供一些訊息，他說：「中國文學的現實主義精神雖然早就表現在《詩經》，但是發展成爲一個延續不斷的，更豐富，更有力的現實主義傳統，卻不能不歸功于漢樂府。」〔註13〕而這項詩體「發展」的成果，袁行霈等人的考察是：

> 兩漢樂府敘事詩多數具有比較完整的情節，而不限於擷取一、二個生活片段，那些有代表性的作品都是講述一個有頭有尾、有連續情節的故事。……《孤兒行》通過行賈、行汲、收瓜、運瓜等諸多勞役，突出孤兒苦難的命運。〔註14〕

藉這段文字來詮釋梁氏的「寫實派」定義，所謂寫得忠實、詳盡且不作露骨批評，最好的方式，莫過於講述一個具有連續情節的故事；而要教人的同情心「燒到白熱度」，更不妨在故事的推進中突顯對象的苦難——而非《詩經》那種「怨而不怒」的傳統表現。故直到〈孤兒行〉的創生，才合乎梁氏立論的標準。但他的論點有必要再作辨析。

首先，蕭滌非《漢魏六朝樂府文學史》曾自兩漢樂府中歸納出「敘事之類」，並云：「古詩多言情，爲主觀的，個人的；而樂府多敘事，爲客觀的，社會的也。」〔註15〕游國恩則說：「漢樂府民歌最大、最基本的藝術特色是它的敘事性。」〔註16〕但像梁啓超那樣以較完整的「情節」（按事件的因果關係排列的敘述）、「故事」（按事件的時間順序排列的敘述）來掌握敘事性，不免有文體的範疇錯誤——在詩裏尋找小說元素——的嫌疑〔註17〕。其次，〈七月〉與〈孤兒行〉對寫實詩歌的意義，可借用今人顏崑陽的一項區分來說明。顏氏認爲在理論上，某一篇、某一家或某一時代文學作品的「價值性」，往往因牽涉文學史性、藝術性以及社會性等三種不同的評價標準而異

〔註12〕袁行霈主編：《中國文學史》上冊，頁84。

〔註13〕余冠英選註：《樂府詩選》，頁14。

〔註14〕袁行霈主編：《中國文學史》上冊，頁272。

〔註15〕蕭滌非：《漢魏六朝樂府文學史》（北京：人民文學出版社，1998年6月），頁90。

〔註16〕游國恩等主編：《中國文學史》上冊，頁186。

〔註17〕故事、情節之爲小說元素，詳參佛斯特著，李文彬譯：《小說面面觀》（臺北：志文出版社，1995年12月），頁41～61、111～135；定義分見頁43、114。

〔註18〕。所謂「文學史性評價」，是指作品具有文學歷史因果序列上的「發生意義」——即展現了「創體」之功，如曹丕的〈燕歌行〉之於七言詩體——；「藝術性評價」是對作品本身的批評與鑑賞；「社會性評價」則多屬作品衍外的道德判斷。據此，儘管梁氏可依主觀的「藝術性評價」奉〈孤兒行〉爲典範；但在客觀的「文學史性評價」上，〈七月〉所屬的《詩經》毋寧才是「諷喻寫實」詩歌的源頭。不過肯定的是，從〈七月〉到〈孤兒行〉，作品的情感確實表現得更爲直率，敘事的手法也更細緻了。

第二節　兩漢樂府詩的寫實特點

本文緒論已詮明中國或許沒有符合西方體類的史詩、敘事詩（Epic），卻不妨自具簡賅地講述事件、篇幅較短的敘事詩——如明徐禎卿《談藝錄》即謂「樂府往往敘事」〔註19〕——，並呈現同樣動人的文學效果。而在作品的詮釋上，前引的〈孤兒行〉常被拿來與〈婦病行〉齊觀，其詩曰：

> 婦病連年累歲，傳呼丈人前一言。當言未及得言，不知淚下一何翩翩。「屬累君兩三孤子，莫我兒飢且寒，有過愼莫笪笞，行當折搖，思復念之！」亂曰：抱時無衣，襦復無裏。閉門塞牖，舍孤兒到市，道逢親交，泣坐不能起。從乞求與孤買餌。對交啼泣，淚不可止。「我欲不傷悲不能已。」探懷中錢持授。交入門，見孤兒啼索其母。抱徘徊空舍中。「行復爾耳！」棄置勿復道。〔註20〕

余冠英的《樂府詩選》於註釋此詩之餘補充道：「『緣事而發』本是漢樂府詩的特色，在敘事的社會詩裏，像本篇和〈東門行〉、〈孤兒行〉之類是最突出的。」〔註21〕猶有進者，清人宋長白《柳亭詩話》更直言：「〈病婦行〉、〈孤兒行〉二首，雖參錯不齊，而情與境會，口語心計之狀活現筆端。每讀一過，覺有悲風刺人毛骨。」〔註22〕所謂「口語」、「心計」概指日常會話與內在的

〔註18〕顏崑陽：〈論「典範模習」在文學史建構上的「漣漪效用」與「鍊接效用」〉，《建構與反思——中國文學史的探索學術研討會論文集》下冊，頁794。

〔註19〕參見〔清〕何文煥輯：《歷代詩話》下冊（北京：中華書局，1997年3月），頁769。

〔註20〕〔宋〕郭茂倩編撰：《樂府詩集》第一冊，頁566。標點另據余冠英選註：《樂府詩選》，頁33～34。

〔註21〕同上，《樂府詩選》，頁35。

〔註22〕收入王德毅主編：《叢書集成續編》第二〇一冊（臺北：新文豐出版公司，1989

思想活動；而將這兩元素融入詩歌的敘述，可說是兩漢樂府民歌的一項突破。所以，袁行霈主編的《中國文學史》云：「《詩經》、《楚辭》基本都抒情詩，抒情過程中也時而穿插敘事，但敘事附屬於抒情。兩漢樂府敘事詩的出現，標誌中國古代敘事詩的成熟。」〔註 23〕然而，在公認這些「愛憎分明，傾向強烈」的作品眞實反映了人民的心聲之外，對它們的創作手法，當代學者們的見解卻不儘相同。試舉較具代表性的兩家於下作爲對比。

游國恩等《中國文學史》	袁行霈等《中國文學史》
1. 通過人物的語言和行動來表現人物性格。	1. 詳寫服飾儀仗而略寫容貌形體。
2. 語言樸素自然而帶感情——敘事和抒情融合在一起。	2. 詳於敘事而略於抒情——是一種自覺（區別抒情詩）的創作實踐。
3. 形式自由和多樣。	3. 鋪陳場面、詳寫中間過程而略寫首尾始末。
4. 以寫實主義爲主流，但也有些作品帶有浪漫主義的色彩。〔註 24〕	4. 運用寓言的形式來敘事——爲兩漢樂府詩中重要的「寓言詩」。〔註 25〕

雖然他們指出了兩漢樂府詩的特點，但在參照之下，也突顯了雙方認知上的歧異。首先是「敘事」與「抒情」的問題。這個問題的癥結，在於二者常被預設爲一組對立的概念。西方傳統「文類」（genre）基本上分爲三大類型：（一）史詩／敘事詩（epic or narrative）；（二）抒情詩（lyric）；（三）戲劇（drama）。根據這項古希臘以來的傳統，借歷史資材進行「超越寫實」（案即虛構）描繪的敘事詩，自然有別於作爲陪附的抒情（抒發個人〔或某角色的〕思想感情）詩〔註 26〕。反觀中國，則沒有相同的「文類」概念。且誠如前引龔鵬程〈論詩史〉所言，在我們的詩歌創作中，敘事與抒情一向結合難分；因此，它應該不會「自覺地」傾力於敘事表現，來和抒情詩作區別。甚至強調「融合敘事與抒情」都屬多餘——它指涉此一現象並非常態，而爲兩漢樂府詩特有。

其次是關於「浪漫主義」（romanticism）與「寫實主義」相結合的問題。按照日人廚川白村對西方近代文藝思潮的觀察：「十九世紀前半是是浪漫主義

年 7 月），頁 559。

〔註 23〕袁行霈主編：《中國文學史》上冊，頁 270。

〔註 24〕游國恩等主編：《中國文學史》上冊，頁 186～190。

〔註 25〕袁行霈主編：《中國文學史》上冊，頁 270～274。

〔註 26〕說詳顏元叔主譯：〈論史詩〉，《西洋文學術語叢刊》下冊，頁 795～801。

君臨天下的時代」、「十九世紀中葉以後，是寫實主義、自然主義全盛時期。」〔註27〕亦即後者乃代前者而起。另外在內容上，「浪漫主義」是對十八世紀「理性時代」、「新古典主義」思潮的一種反動。其文學作品的特質可用「解脫」二字來統攝——同時尋求自文學規格化的權威，以及人性的束縛中解脫。而「寫實主義」除了要客觀、忠實地反映人類的存有狀態，它更拒斥浪漫主義某些逃避眞實生活，或予以理想化的傾向。由此可見，兩項主義有其理念的枘鑿之處。故游著指稱〈陌上桑〉從精神到表現手法都具有「明顯的現實主義和浪漫主義相結合的因素」，說法值得懷疑。以〈陌上桑〉爲例，他說：

> 如果沒有疾惡如仇的寫實主義和追求理想的浪漫主義這兩種精神的有機結合，以及寫實主義的精確描繪和浪漫主義的誇張虛構這兩種藝術手法的相互滲透，是不可能塑造出羅敷這一卓越形象的。〔註28〕

引文顯示無論在精神抑或手法方面，游國恩等對寫實主義和浪漫主義的詮釋，毋寧都是蓄意的「誤讀」。哈洛・卜倫《影響的焦慮：詩歌理論》曾說：「誤讀是一種創造性的校正，實際上必然是一種誤釋。」〔註29〕他認爲任何成就斐然的「詩的影響」歷史，都不免是一部焦慮和自我救贖——充滿歪曲和誤解，反常和隨心所欲修正——的歷史。用「精神：疾惡如仇／追求理想」、「手法：精確描繪／誇張虛構」來涵括此二主義，或強調其間的「辯證融合」，都是以偏概全且獨斷（漠視西洋文藝統緒）的詮釋。但這類誤讀卻被眾家文學史沿用不絕。暫不細究這些文學史撰述的後設因素（說詳下文），至少它們透露了對兩漢樂府詩共通的理解：大抵以諷喻（包含疾惡如仇的）精神對人民的生活作逼實描繪。

另外，游著特別標舉「人物性格」的表現；而這點連同前述梁啓超提出的「情節」，再加上「配景」（現代則改稱「氣氛」、「情調」），通常被視爲小說的三大要素〔註30〕。可見近代學者每有借小說視野來分析兩漢樂府詩的傾向——今人楊昌年更指它們早在一千八百多年前，就從「創作手法原理、原

〔註27〕〔日〕廚川白村著，陳曉南譯：《西洋近代文藝思潮》（臺北：志文出版社，1987年6月），頁166。

〔註28〕引文俱見游國恩等主編：《中國文學史》上冊，頁190。

〔註29〕術語說詳〔美〕哈洛・卜倫著，徐文博譯：《影響的焦慮：詩歌理論》（臺北：久大文化股份有限公司，1990年12月），頁3～15，引文見頁30。

〔註30〕〔美〕韋勒克、華倫著，王夢鷗、許國衡譯：《文學論》，頁359。

則、技巧」上實踐了現代「意識流」小說的要旨〔註 31〕。至於袁行霈等所謂「鋪陳場面，詳寫過程」的說法，也有討論的空間。陳平原〈說「詩史」〉曾概括樂府民歌的敘事特色，主要是「場面的描寫與情感的抒發」〔註 32〕。敘事與抒情難以切割的詩風已如前述，無須辭費，而陳氏口中的「戲劇性場面」則值得一辨。因爲突出的「抒情場面」——當內容推進到表現情感的適當時機，就會有一連串由抒情詩構成的「高潮」場面——，可說是中國戲劇的特色〔註 33〕。準此，「戲劇性」也成了解讀樂府詩的途徑。例如北大中文系《新編中國文學史・漢代民歌》在指其「故事性強，在敘事中抒發感情」之後，更補充說：「到了〈陌上桑〉等，就開始進入圍繞一個主題展開情節的敘述，詩中的戲劇性加強了。」〔註 34〕

最後，我們可以檢驗袁行霈等將「寓言詩」當作兩漢樂府重要成分的觀點。其實早在漢代以前，先秦諸子的散文中即有許多寓言故事。所謂「寓言」，簡單地說，寓就是寄，意在此而言寄於彼，以假托虛設的人、事、物來暗示己意。這是莊子肇始的「藉外論之」用言方式。但依照西方文學的定義，「寓言」主要是一種帶有訓誨性質的短篇故事——故事中的動物或無生物每有高度擬人化的表現——；或偉大人物的虛構故事——如傳說、神話之類。因此，虛構性、故事性及訓誨性可說是寓言成立的要件。試觀袁著所舉的「兩漢樂府寓言詩」代表作品鼓吹曲辭〈雉子班〉：

> 「雉子，班如此！之于雉梁。無以吾翁孺，雉子！」知得雉子高蜚止。黃鵠蜚，之以千里王可思。雄來蜚從雌，視子趨一雉。「雉子！」車大駕馬滕，被王送行所中。堯羊蜚從王孫行。〔註 35〕

此詩字面上描寫雉鳥親子死別的哀情；但據郭茂倩的題解，它亦有「避世之士，抗志清霄，視卿相功名猶冰炭之不相入」的用例〔註 36〕。故它可被視爲

〔註 31〕楊昌年：《現代散文新風貌》（臺北：東大圖書股份有限公司，1988 年 2 月），頁 21～33。

〔註 32〕陳平原：〈說「詩史」〉，《中國小說敘述模式的轉變》（北京：北京大學出版社，2004 年 7 月），頁 304。

〔註 33〕說詳呂正惠：〈中國文學形式與抒情傳統〉，《抒情傳統與政治現實》（臺北：大安出版社，1989 年 9 月），頁 166～167。

〔註 34〕北京大學中文系編著：《新編中國文學史》第一冊，頁 175。

〔註 35〕〔宋〕郭茂倩編撰：《樂府詩集》第一冊，頁 230～231。標點另據余冠英選註：《樂府詩選》，頁 7。

〔註 36〕同上。

一首虛構（假托雉鳥）的、蘊含訓誨（寧棄軒冕如敝屣）的故事性（有開端、發展、結尾）作品。而袁著對「寓言」的理解，顯然是以西方文學的定義爲基準。猶有進者，從他舉〈雉子班〉、宋子侯的〈董嬌嬈〉（重點在虛擬花與女子之間的問答）〔註 37〕來表徵寓言詩的兩大類型，且尤重虛構、故事及人物對話，這大抵也是用小說的元素來解讀兩漢的樂府詩。

總之，除卻觀念上的歧見和訛誤，近代學者對兩漢樂府詩的共識可初步整理如下：

1. 以愛憎分明（尤其是疾惡如仇）的態度對百姓的生活作寫實描繪。
2. 沒有固定的章法、句法，長短隨意，整散不拘。特別是雜言體的發展，以及新創的五言詩體，都具有高度的文學史價值。
3. 在敘事上，它們間雜故事、情節、人物性格、對話等元素，並有戲劇性的場面描寫。

同時，由於 2、3 點突出的表現，亦深化了第 1 點的寫實成果。而這個階段性成果的頂點，梁啓超等學者認爲當屬「最具結構性」的〈孔雀東南飛〉。

第三節　最具結構性的寫實詩歌

梁啓超指稱〈孔雀東南飛〉是最具結構性的寫實詩歌，並稱讚它：「寫十幾個人問答語，各人神情畢肖，眞是聖手。」（1978：66）關於這首長達三百五十來句、一千七百多字的詩作，其結構及大意可條理如下：

一、「孔雀東南飛，五里一徘徊。……及時相遺歸。」——以上二十句，頭兩句是「起興」，其下十八句是蘭芝對仲卿訴說苦楚，自請回家。

二、「府吏得聞之，堂上啓阿母。……會不相從許！」——以上三十二句是府吏母子的問答，府吏懇求阿母不要驅逐媳婦，阿母堅決不許。

三、「府吏默無聲，再拜還入户。……久久莫相忘。」——以上三十八句敘府吏向蘭芝傳達母親的意思。府吏表示過些時日將再迎

〔註 37〕如詩十一句起「花→女子→花」的問答：「『何爲見損傷？』『高秋八九月，白露始爲霜。終年會飄墮，安得久馨香？』『秋時自零落，春月復芬芳。何時盛年去，歡愛永相忘？』」詳參〔宋〕郭茂倩編撰：《樂府詩集》第二冊，頁 1034。標點另據余冠英選註：《樂府詩選》，頁 152。

娶，蘭芝則認為不能再回來。

四、「雞鳴外欲曙，新婦起嚴妝。……涕落百餘行。」——以上三十二句敘蘭芝辭阿姥，別小姑，揮涕登車。

五、「府吏馬在前，新婦車在後。……二情同依依。」——以上二十五句敘仲卿和蘭芝在大道口分手，約誓不相負。

六、「入門上家堂，進退無顏儀。……阿母大悲摧。」——以上十五句敘蘭芝返家，初見阿母。

七、「還家十餘日，縣令遣媒來。……不得便相許。」——以上二十三句寫縣令遣媒求婚，蘭芝拒絕。

八、「媒人去數日，尋遣丞請還。……鬱鬱登郡門。」——以上六十二句敘太守遣媒說婚，劉家許婚。

九、「阿母謂阿女，適得府君書。……千萬不復全。」——以上五十四句敘蘭芝含悲做嫁妝，仲卿聞變，與其私會，兩人約定共赴黃泉。

十、「府吏還家去，上堂拜阿母。……漸見愁煎迫。」——以上二十六句敘府吏回家，向阿母拜別，準備自殺。

十一、「其日牛馬嘶，新婦入青廬。……自掛東南枝。」——以上十二句敘男女主人公的死。

十二、「兩家求合葬……。多謝後世人，戒之慎勿忘。」——以上十四句，前十二句寫仲卿夫婦死後景況，末二句則是歌者之辭。

以上段落清楚展現了「引子→開端→發展→高潮結局→尾聲」的結構性，甚至可比擬西方直到十九世紀才底定的戲劇「五階段」（Exposition→Development→Climax→Fall→Close）說。故梁氏「最具結構性」之說信而有徵。但他覺得美中不足的是：「鋪敘過於富麗，稍失寫實家本色。又篇末松梧交枝、鴛鴦對鳴等語，已經攙入象徵法。」（1978：66）而論及寫實表現，劉大杰《校訂本中國文學發展史》謂此詩乃「中國五言敘事詩中獨有的長篇……，是一首純粹寫實的敘事詩。」〔註38〕游國恩等《中國文學史》說它：「是漢樂府敘事詩發展的高峰，也是我國文學史上寫實主義詩歌發展中的重要標誌。」〔註39〕王運熙《樂府詩述論》則揭示其藝術成就曰：「最值得注意的，是它成功地塑

〔註38〕劉大杰：《校訂本中國文學發展史》，頁227～228。
〔註39〕游國恩等主編：《中國文學史》上冊，頁190。

造了幾個典型人物，不但個性鮮明，而且具有很大的概括性。」〔註 40〕裴斐主編的《中國古代文學史》與這些論述聲氣相通，但他進一步將其歸納成四點：

一、〈孔雀東南飛〉最突出的藝術成就是它通過精煉、流暢、生動形象的詩的語言，成功地塑造了幾個鮮明的人物形象，這些人物既有鮮明的個性，又有高度的典型意義。

二、作者以寫小說的方法寫詩，注重人物肖像、心理、行動的刻劃，注重細節描寫，個性化的對話，環境景物的襯托、渲染，以及抒情性的穿插。

三、作品在結構布局方面也很成功。

四、浪漫主義的表現手法，增強了悲劇的感染力。〔註 41〕

其實早在明代，王世貞《藝苑卮言》便作過類似的評論：「質而不俚，亂而能整，敘事如畫，敘情如訴，長篇之聖也。」〔註 42〕大意是說〈孔雀東南飛〉運用質樸的生活語言，亂中有序的結構布局，突出的場面描寫（營造寫實的畫面），將情感細緻地鋪陳，可謂長篇詩體的巔峰之作。清初陳祚明《采菽堂古詩選》稱此詩：「長篇淋漓古致，華采縱橫，所不俟言。佳處在歷述十許人口中語，各各肖其聲情，神化之筆也。」〔註 43〕而隨後沈德潛《古詩源》亦云：「古今第一首長詩也。淋淋漓漓，反反覆覆，雜述十數人口中語，而各肖其聲音面目。」〔註 44〕至於經過西方文藝思潮濡染的近、當代學者，則循前人脈胳，試圖更深入地剖析作品可能的涵蘊。

承上，既然古今學人對〈孔雀東南飛〉爲一首長篇的「寫實的敘事詩」已有某種共識（其異於 epic 處詳參導論），底下便依裴斐歸結的重點再作探討。

（一）裴斐的第一、二點要旨，實不出「以寫小說的方法寫詩」的論題。

〔註 40〕王運熙：《樂府詩述論》（上海：上海古籍出版社，1996 年 6 月），頁 264。

〔註 41〕裴斐主編：《中國古代文學史》上冊（北京：中央民族文學出版社，1996 年 9 月），頁 183～186。

〔註 42〕〔明〕王世貞：《藝苑卮言》，收入丁福保輯《歷代詩話續編》中冊（臺北：木鐸出版社，1996 年 6 月），頁 980。

〔註 43〕〔清〕陳祚明評選，李金松點校：《采菽堂古詩選》上冊（上海：上海古籍出版社，2008 年 12 月），頁 49。

〔註 44〕〔清〕沈德潛注，王蒓父箋註，劉鐵冷校刊：《古詩源箋註》（臺北：華正書局，1986 年 9 月），頁 111。

前文提及以梁啓超爲首的學者，每有移用小說或戲劇的概念來解讀樂府詩的傾向〔註 45〕，此處裴斐則直指古人把詩當小說來寫。不過，他的觀點值得再議。佛斯特《小說面面觀》曾舉小說最精當的定義是：「用散文寫成的某種長度的虛構故事。」〔註 46〕詩的文字（韻文）與散文寫就的小說原有「體製」上的差別，因此各具不同的「體要」，呈現相異的「體貌」〔註 47〕。除非是自覺的、跨領域的創作實驗，否則以小說的方法寫詩——尤其是中國文學——恐將損及傳統上對文體「本色」的要求。另外就西洋文學史而言，小說一般被認爲是比較近代的產物——若深究其前身亦可溯及史詩（epic）——；國人對它的引介自然更晚。率爾指稱兩漢樂府詩全用小說的方法來創作，恐不免干犯邏輯上的「丐題」謬誤。相對之下，梁啓超等學者的進路或許還審愼一些。

（二）從王運熙到裴斐，不少學者都將「典型」人物的塑造視爲兩漢樂府詩的重大表現。「典型」理論在西方可謂源遠流長（創自亞里士多德），作爲一個文學術語，type 概指某種具有類型代表性的小說人物〔註 48〕。而近代把它當成理論的主要概念，且影響較廣者，則當屬「馬克思主義文藝批評」。雖然，上述學者的言論不見得與外來的主張全然合轍——如中國馬克思派對俄國批評傳統的選擇性接受（說詳後章）——；但省察他們運用此術語的情況，取資於「小說」卻是顯而易見的〔註 49〕。

（三）裴斐認爲〈孔雀東南飛〉的故事完整動人，情節環環相扣，通篇波瀾起伏終而攀至高潮，具有強烈的戲劇性。故他進一步將此詩的結構佈局概括爲下列公式：「矛盾的產生——發展——稍緩——繼續發展——再緩解——

〔註 45〕激進者如胡適乾脆說：「〈孔雀東南飛〉一篇是狠好的短篇小說，記事言情，事事都到。」參見氏著：〈論短篇小說〉，《文學改良芻議》（臺北：遠流出版事業股份有限公司，1986 年 2 月），頁 145。

〔註 46〕〔英〕佛斯特著，李文彬譯：《小說面面觀》，頁 16。

〔註 47〕「體製」一詞，大抵是指格律、章句結構等語言形式概念；「體要」爲相應於一種文學體製，最適當的藝術效用及審美標準；而「體貌」，則是作品實現之後整體的美感印象（即其個別風格）。據此，由「體製」規定「體要」，以「體要」規定「體貌」，乃合成完整的「文體」概念。整理自顏崑陽：〈論文心雕龍「辯證性的文體觀念架構」〉，《六朝文學觀念叢論》（臺北：正中書局，1993 年 2 月），頁 94～187。

〔註 48〕Chris Baldick: *The Concise Oxford Dictionary of Literary Terms*. P.231.

〔註 49〕詳參〔荷〕佛克馬、蟻布思著，袁鶴翔等譯：《二十世紀文學理論》（臺北：書林出版有限公司，1995 年 7 月），頁 73～122。

激化——高潮——結局、尾聲。」〔註 50〕富萊達克（Gustav Freytag）論西方傳統戲劇的結構曾提出「五階段」說，依序是：發端——→發展——→高潮（轉捩點）——→下降（定局）——→結束（匯合）。其間，劇情會因隨時發生的衝突昇高，又經逆轉（緩解）下降，然後在結局前達到頂點——劇作家通常不會讓情節直線上昇，而是分段漸昇至高潮〔註 51〕。裴斐的「公式」與此可謂如出一轍。另外，所謂「公式」是指能普遍運用於同類事物的法則。富萊達克的「五階段」說雖是因應五幕劇而設，但亦適用於三、四幕劇。反觀裴斐的「公式」，除了妥善分析〈孔雀東南飛〉的結構佈局之外，卻未必能推及兩漢眾數的樂府詩。是以它作爲「公式」的條件亦略嫌薄弱。

總之，從概述樂府詩的特質、例釋一路到〈孔雀東南飛〉的剖析，可以清楚地發現，學者們逐漸昇高了小說和戲劇元素在作品中的主導性，最後更有「以寫小說的方法來寫詩」之論。不過，若謂移用其它文類的元素來詮釋樂府詩是一種權宜——借助當時較發達的研究成果——，那麼逕指它們以小說的方法寫作、或立下某項戲劇化的公式，就不免過當了。另外猶如前述，即使同屬小說、戲劇，文體上中、西方仍有差異。故對蘊含相彷元素的樂府名篇，陳平原〈說「詩史」〉乃將其偏重「抒情場面」的類型歸納成三點：

1. 以記言爲主：搭配一個敘事架構——但有時僅作爲「起興」的媒介——，引發詩中人物對自身遭遇或世情的狀述。
2. 單一場面的描寫：選擇一個戲劇性的場面，把寫人、記言、敘事整合起來，將作者的情感、理想滲透在故事的客觀敘述中。
3. 眾多場面的疊印：將不同時空下的一連串事件圍繞某個中心人物開展，事件之間表面上有其時間的秩序，但作者關注的不是它們內在推演的邏輯，而是這眾多場面「疊印」造成的整體印象〔註 52〕。

以兩漢樂府詩爲例，如〈上山采蘼蕪〉、〈陌上桑〉等即兼具了第 1、2 點特色。前者聚焦在一個棄婦偶遇前夫的場景，僅透過幾句對話，便深刻反映了一幕小家庭的悲劇；後者自城南採桑著筆，運用生動活潑的語言，展示出

〔註 50〕裴斐主編：《中國古代文學史》上冊，頁 186。

〔註 51〕歸納自張靜二編著：《西洋戲劇與戲劇家》（臺北：翰蘆圖書出版有限公司，2002 年 3 月），頁 147～148、洪炎秋：《文學概論》（臺北：中國文化大學出版部，1988 年 6 月），頁 168～169。

〔註 52〕整理自陳平原：〈說「詩史」〉，《中國小說敘述模式的轉變》，頁 304～305。

羅敷的美貌與堅貞。至於長詩〈孔雀東南飛〉，箇中完整的情節線，則是由若干場面（間雜對話）的疊印，構成一首「批評禮教、爭取婚姻自由的很有力的作品」〔註53〕。而此正是第3點的絕佳示範。在前述從樂府詩中搜尋小說、戲劇元素的趨勢下，陳平原的論點或可提供相對另類，卻同樣奏效的詮釋途徑。

（四）原則上，學者們都肯定〈孔雀東南飛〉是「純粹寫實的敘事詩」；但對篇末的詩句，眾人卻有不一致的風格判讀。該段原文如下：

> 兩家求合葬，合葬華山傍。東西植松柏，左右種梧桐。枝枝相覆蓋，葉葉相交通。中有雙飛鳥，自名爲鴛鴦。仰頭相向鳴，夜夜達五更。〔註54〕

梁啓超指它是偏離寫實本色的「象徵」手法，裴斐等人稱之爲「浪漫主義」的表現；然而，這兩項說法都可再作討論。

首先，梁啓超對「象徵」一詞的理解是有問題的。在他看來，「象徵」僅是「代數符號」，在「於無可比擬中（案指作喻的不近情理），借這種名詞來比擬」（1978：48），是一種訴諸詩人情感的、帶有神秘色彩的操作。但根據西方文學理論，「象徵」的涵義則大抵是：「以此物應於彼物，而此物本身的權利仍被尊重，這恰是個雙重的表現。」〔註55〕同時，它始終蘊藏著「能記」與「所記」（作喻雙方）彼此類似的觀念。故它自非梁氏眼中於義無涉的「代數符號」。其次，鴛鴦和鳴雖可從修辭「工具」上的隱喻轉爲象徵，但此處也可能是過往經驗的翦裁。至於松柏和梧桐枝葉間的覆蓋、交通，實亦尋常園藝造景，不足爲奇。因此，引文可解釋成想望（合乎情理）投射的「未來完成式」——就未來可能發生的情景提出預言——；而「象徵」恐怕不是它唯一，或最佳的註腳。

另外，裴斐認爲本段「男女主人公死後化爲鴛鴦雙飛鳥……」等描寫，顯示了「神奇虛妄的幻想」，完全是「浪漫主義」手法。但檢視詩句，並無鴛鴦即爲人物死後所化的敘述。所以裴斐想當然爾的詮釋是值得懷疑的。同時，恣肆的想像力只是「浪漫主義」成立的條件之一，原文雖挾帶對美好未來的想望，卻不宜逕用「主義」相稱。猶有進者，將詩義像裴氏那樣提昇至「人

〔註53〕劉大杰：《校訂本中國文學發展史》，頁227。

〔註54〕〔宋〕郭茂倩編撰：《樂府詩集》第二冊，頁1038。此編詩名題作〈焦仲卿妻〉。

〔註55〕〔美〕韋勒克、華倫著，王夢鷗、許國衡譯：《文學論》，頁307。

民群眾反對封建禮教、爭取婚姻自由的鬥爭一定會取得最後的勝利。」〔註56〕這種必須藉由犧牲換來的勝利，恐怕不是一般人有勇氣去追尋的。

由此可見，以上指稱〈孔雀東南飛〉的「純粹寫實」裏羼雜了「象徵」或「浪漫主義」手法之說，都有些許認知的瑕疵。究其原因，在梁啓超是對近代西方文學理論的隔膜（受限於時代環境）；而裴斐等，則是爲了將此詩作積極的、社會性的詮釋使然（詳後文）。

總結本節所述，諸位學者對〈孔雀東南飛〉這首「最具結構性的寫實詩歌」的論點，可大致彙整如下：

1. 它是中國文學史上獨特的一首長篇、寫實的樂府敘事詩。
2. 它展現了塑造人物「典型」的非凡成就——促使學者更積極地參考小說和戲劇的元素來作詮釋。
3. 相較於小說對故事和情節的經營，樂府詩往往側重「抒情場面」的表現。而其主要類型有：以記言爲主、單一場面的描寫，以及眾多場面的疊印（〈孔雀東南飛〉屬之）等三種。
4. 雖然〈孔雀東南飛〉通篇大致是寫實文字，但戲劇化的收尾——預言想像中的未來情景——可謂雜揉了浪漫筆觸。惟其無須強解作「象徵法」，也不宜套上「主義」之稱。
5. 它反映了當時普遍的社會現象，堪稱一首批評禮教、爭取婚姻自由的經典作品。

第四節　寫實詩歌發展歷程的高峰

「（最）偉大的現實主義詩人杜甫」此一判斷，幾乎已是時下文學史家的共識（並以之作章節名目）。劉大杰宣稱在唐代「現實主義」的文學風潮裏，以杜甫的成就最大〔註57〕。游國恩則表示：「總結並發揚我國現實主義優良傳統這一歷史任務，是由杜甫來完成的。他把現實主義推向一個新的更高更成熟的階段。」〔註58〕北大中文系《新編中國文學史》也說：「杜甫就是這個詩歌現實主義成熟階段的代表詩人。」〔註59〕其實，雷同的論點在唐代即已產

〔註56〕裴斐主編：《中國古代文學史》上冊，頁186。
〔註57〕劉大杰：《校訂本中國文學發展史》，頁485。
〔註58〕游國恩等主編：《中國文學史》上冊，頁496。
〔註59〕北京大學中文系編著：《新編中國文學史》第二冊，頁166。

生。如孟棨《本事詩・高逸第三》云:「杜逢祿山之難,流離隴蜀,畢陳於詩,推見至隱,殆無遺事,故當時號爲『詩史』。」〔註60〕暫且擱置「詩史」作爲價值觀念的問題〔註61〕,此處至少揭示了杜詩涵具的敘事及寫實特質。

及至近、當代,率先以理論分析杜詩的寫實手法者,梁啓超可謂關鍵的一員。儘管他的「純寫實」、「半寫實」區分純屬無謂(說詳導論)——所舉的描繪妻小容止的詩句,亦當劃歸「摹形寫實」範疇——;但他揭示的「藉由斷片表徵全相」(以個殊、型指涉普遍、群體),確乎是杜詩採取的寫實路數。而當代文學史家也有相彷的觀察結果。故以劉大杰稱歎〈羌村〉、〈北征〉等詩具備「詳細眞實的描寫」、「在現實主義詩歌的創作上得到了很大的成就」〔註62〕帶頭,游國恩亦倡言參破箇中「祕密」,說杜甫這些詩所以千百年來始終能撼動人心,皆因它「善於對現實生活作典型的藝術概括。」〔註63〕北大中文系《新編中國文學史》則在同聲表示「他能夠選取最具有典型意義的事件和人物來作爲題材」(如〈哀江頭〉、〈羌村〉、〈北征〉、「三吏」、「三別」等)之後,更進一步總結道:

> 杜甫詩歌的現實主義,首先是在於杜甫的詩中有廣泛深刻的社會內容,全面地深入地反映了整個時代的面貌。……其次,杜甫吸取了文學遺產中現實主義表現手法,他所運用的高度概括與典型化的手法,使現實主義創作方法達到了相當完善的程度。〔註64〕

由這些論述可見,杜甫所以被視爲寫(現)實主義詩人的指標,主要出於下列思維:(一)中國文學有一脈「現/寫實主義」傳統,而杜甫則將它推向高峰;(二)杜詩的寫實表現,得自他對現實生活(廣泛深刻的社會面貌)典型化的藝術概括;(三)承前,這系作品可舉〈哀江頭〉、〈羌村〉、〈北征〉、「三吏」、「三別」爲代表。以上觀點誠有見地,但亦値得再作探討。

第一點猶如導論所言,文學傳統應顯示出某種共同的創作、批評趨向及風格特徵。以此爲前提,學者們確信中國詩歌具有一「寫實」——冠上「主義」之名只是治絲益棼(說詳導論)——傳統。同時,他們指出這個傳統有

〔註60〕孟棨:《本事詩》,收入丁福保輯:《歷代詩話續編》上册(臺北:木鐸出版社,1988年7月),頁15。
〔註61〕龔鵬程:〈論詩史〉,《詩史本色與妙悟》,頁24～27。
〔註62〕劉大杰:《校訂本中國文學發展史》,頁488～489。
〔註63〕游國恩等主編:《中國文學史》上册,頁488～489。
〔註64〕北京大學中文系編著:《新編中國文學史》第二册,頁160、167。

著清楚的發展脈胳——它濫觴於周代民歌(《詩經》國風中的〈伐檀〉、〈七月〉、〈氓〉等蘊含批判色彩之作可爲代表),及至兩漢樂府取得重大進展(產生如〈婦病行〉、〈孤兒行〉等「緣事而發」,血淚交織的敘事篇章),而建安時期的〈孔雀東南飛〉更一舉攀上「特出的奇峰」(人物、情節等元素的典型化都益趨成熟和完善)。隨後,寫實主義逐漸步入低潮。晉宋之際,是「莊老告退,山水方滋」;梁陳以後則宮體猖獗,流連聲色,脫離普遍的社會景況。直到初唐陳子昂倡導漢魏風骨(〈感遇〉詩三十八首即其實踐),拒斥齊梁的「采麗競繁」,寫實取向的詩歌才稍見復甦。接著,「偉大的浪漫(主義)詩人」李白雖間亦創作了些寫實的詩(如〈古風〉、〈去婦詞〉等),但眞正總結此傳統並賦予突破性進展的,卻是「偉大的寫實詩人」:杜甫。

這可說是文學史的典型論述。另外,他們認爲寫實傳統的高峰決定於歷史與文學發展的必然性,而杜甫所以堪稱此一頂點的代表,便基於上述兩層面的表現。最先是詩人遭逢的歷史處境。由於當時嚴重的種族及社會問題,衰敗的經濟,使得百姓猶如生活在連串的災難之中,「在這樣一個社會基礎上,詩歌中現(寫)實主義就有了一個飛躍的發展,並且達到了成熟的階段。」〔註 65〕於是,爲了用文學完整且深刻地反映時代面貌,杜甫「掌握了利用了當時所有的一切詩體,並創造性地發揮了各種詩體的功能,爲各種詩體樹立了典範。」〔註 66〕特別是他的樂府敘事詩,擺脫了建安以來沿襲古題的習套,直取漢樂府「緣事而發」的精神自創新題(所謂「即事名篇」或「因事命題」),對後世的影響更爲深遠——游國恩甚至說杜甫開闢的這條刻畫人民生活現實的路數,影響「一直貫到清末黃遵憲等詩人的創作中。」〔註 67〕

關於杜甫對此「諷喻寫實」傳統的拓展,胡適《白話文學史上卷》中的專論亦可當作註腳。他舉〈兵車行〉爲例,說它直是「彈劾時政」之作;其云:

> 這樣明白的反對時政的詩歌,《三百篇》以後不曾有過,確是杜甫創始的。古樂府裏有些民歌如〈戰城南〉與〈十五從軍征〉之類,也是寫兵禍的慘酷的;但負責的明白攻擊政府,甚至於直指皇帝說:「邊庭流血成海水,武皇開邊意未已。」這樣的問題詩是杜甫的創

〔註 65〕同上,頁 166。
〔註 66〕游國恩等主編:《中國文學史》上冊,頁 497。
〔註 67〕同上,頁 496。

體。〔註68〕

接著，他表示〈自京赴奉先縣詠懷五百字〉是更偉大的作品。因爲詩人非但將心裏的憤慨盡情傾吐，且直截明白地指摘當時——〈兵車行〉借漢武來說唐事，還算含蓄——的政治社會狀況，故稱得上一篇「空前的彈劾時政的史詩」〔註69〕。而隨後創作的「三吏」、「三別」，亦皆是開風氣之先的「社會問題詩」。暫不細究胡適的「問題詩」、「史詩」等語義清晰與否，至少他爲杜詩的開創性提出了解釋，即：更直截明白地彈劾時政，揭露社會問題。

其次結合二、三點，在文學史家們看來，杜甫的「典型化」敘事詩藝主要是善於選擇和概括有典型意義的人物，透過個殊來指涉普遍。它具體表現在以下幾方面：

（一）對話的運用和人物語言的個性化

爲了讓人物栩栩如生，杜甫汲取漢樂府民歌的創作經驗，靈活運用對話或獨白，並賦予人物語言以突出的個性。這類作品在杜集裏頗多——如〈兵車行〉中行人的告語，便道出了千萬個征夫戍卒的共同遭遇——；而「三吏」、「三別」更是其間的典範。〈石壕吏〉藉一位老嫗的陳詞，控訴了戰爭和兵役如何拆散他們（亦是天下人）的家庭；且爲了讓老伴不至去送死，她只好跟隨徵吏歸營「急應河陽役，猶得備晨炊」。〈新婚別〉則模擬新婚妻子的聲口，初時語帶羞澀，繼之因撫時感事而意轉慘切，或爲離別而滿腹愁緒；這些描寫，都符合人物的特定身分和精神樣貌。故藉由杜詩，讀者猶如面晤一系列具有典型意義的民眾形象：從小兒女到老翁老嫗，囊括了士兵、農民、寡婦、船夫等等。另外，透過杜甫的寫實筆力，我們亦見證了當時的戰亂帶給百姓怎樣的災難。

（二）活用各色俗語

這是杜詩用語的一大特色。游國恩說：「杜甫在抒情的近體詩中即多用俗語，但在敘事的古體詩中則更爲豐富，關係也更爲重要。」〔註70〕由於杜甫的敘事詩常寫民眾的日常生活，採用一些俗語，當能增加作品的眞實性和親切感，且更容易突顯特定人物的神態。比方同樣是呼喚妻子的行爲，在〈病

〔註68〕胡適：《白話文學史上卷・第二編》（唐朝）（臺北：遠流出版事業股份有限公司，1988年9月），頁92～93。

〔註69〕同上，頁96。

〔註70〕游國恩等主編：《中國文學史》上冊，頁491。

後過王倚飲贈歌〉中用的是「喚婦出房親自饌」〔註71〕，但到了〈遭田父泥飲美嚴中丞〉卻用「叫婦開大瓶」〔註72〕；而「叫婦」云云，正是其爲田父的本色。再者〈新婚別〉中新人「生女有所歸，雞狗亦得將」〔註73〕的一段獨白，也是很生動的例子。至如〈前出塞・其六〉劈頭曰「挽弓當挽強，用箭當用長。射人先射馬，擒賊先擒王」〔註74〕，則幾乎是謠諺了。

（三）精當的細節描寫

杜甫擅長捕捉富於表現力的、能夠顯示事物本質和人物精神面貌的細節。這種手法在民間文學裏已有前例——如漢樂府〈孤兒行〉對主人公遭遇的描述——；而杜甫繼承並發揚了此道，他在〈彭衙行〉中寫逃難的顛連之苦說：「癡女饑咬我，啼畏虎狼聞。懷中掩其口，反側聲愈嗔。」〔註75〕於〈石壕吏〉則以「夜久語聲絕，如聞泣幽咽」〔註76〕此一細節來暗示老婦終被押走的悲劇。亦有像〈麗人行〉的「犀筯厭飫久未下，鸞刀縷切空紛綸」〔註77〕，從小動作披露那班貴婦人的驕奢習性。凡此都可見杜甫洞悉人情事變的慧眼，及其藉細節描寫教讀者「見微知著」的創作手法。

猶有進者，以上手法在杜甫的敘事詩中往往同時呈現。

要之，參較本節諸學者對（偉大的）寫實詩人杜甫的評述，可得出下列共識：

1. 杜甫把中國寫實詩歌的傳統推向顛峰，他開創的風格，是在作品中直截明白地彈劾時政，揭露社會問題。
2. 杜詩的寫實詩藝，得自將生活現狀作典型化（且善於選擇有典型意義的人物）的概括，其具體手法約有三點：(1)對話的運用和人物語言的個性化；(2)活用各色俗語；(3)精當的細節描寫——而它們往往同時呈現。
3. 杜集裏「諷喻寫實」詩歌甚多，而遭逢安史之亂創作的〈哀江頭〉、〈羌村〉、〈北征〉、「三吏」、「三別」等，堪稱箇中代表。

〔註71〕〔唐〕杜甫著，〔清〕仇兆鰲注：《杜詩詳注》第一冊，頁199。
〔註72〕同上，第二冊，頁891。
〔註73〕同上，第一冊，頁532。
〔註74〕同上，頁122。
〔註75〕〔唐〕杜甫著，〔清〕仇兆鰲注：《杜詩詳注》第一冊，頁414。
〔註76〕同上，頁530。
〔註77〕同上，頁158。

第五節　寫實詩歌壁壘的完成

白居易向來被視爲繼杜甫而起的最重要的寫實詩人。梁啓超〈中國韻文裏頭所表現的情感〉特別標舉《白氏長慶集》第一類「諷諭」作品——包括十首〈秦中吟〉和五十首〈新樂府〉——云：「這六十首詩，可以說完成寫實派壁壘，替我們文學史吐出光燄萬丈。」（1978：69）所謂「壁壘」原指軍營的外牆，繼而解作陣容或戰事；此外，也用來比喻事物間的對立和界限。故說「完成寫實派壁壘」，即表示建立了某種劃分寫實與非寫實界限的判準。但檢視梁氏的「純寫實」，卻仍止於「純客觀」（不下主觀的批評）此類稍嫌粗略的解釋——「主觀經驗是唯一客觀的經驗」毋寧才是認知心理的運作實情——；而且在他看來，白居易的諷喻詩裏符合這項標準的，也只有〈秦中吟・買花〉、〈新樂府・賣炭翁〉等區區數首。茲援引二詩如下：

> 帝城春欲暮，喧喧車馬度。共道牡丹時，相隨買花去。貴賤無常價，酬直看花數。灼灼百朵紅，戔戔五束素。上張幄幕庇，旁織笆籬護。水灑復泥封，移來色如故。家家習爲俗，人人迷不悟。有一田舍翁，偶來買花處。低頭獨長歎，此歎無人諭。一叢深色花，十户中人賦。
>
> 賣炭翁，伐薪燒炭南山中。滿面塵灰煙火色，兩鬢蒼蒼十指黑。賣炭得錢何所營？身上衣裳口中食。可憐身上衣正單，心憂炭賤願天寒。夜來城外一尺雪，曉駕炭車輾冰轍。牛困人飢日已高，市南門外泥中歇。翩翩兩騎來是誰？黃衣使者白衫兒。手把文書口稱勅，回車叱牛牽向北。一車炭重千餘斤，宮使驅將惜不得。半疋紅紗一丈綾，繫向牛頭充炭直。〔註 78〕

雖然劉大杰走筆及此時也贊同道：「其中秦中吟與新樂府，爲他的代表作」〔註 79〕；但這些都未能闡明「完成寫實派壁壘」的意義，或白居易與其他寫實詩人的差異何在。不過，游國恩另有一個經過增補的說法：

> 白居易是杜甫的有意識的繼承者，也是杜甫之後的傑出的現實主義詩人。他繼承並發展了《詩經》和漢樂府的現實主義傳統，沿著杜甫所開闢的道路進一步從文學理論上和創作上掀起了一個波瀾壯闊的現實主義詩歌的高潮。〔註 80〕

〔註 78〕〔唐〕白居易著，朱金城箋校：《白居易集箋校》第一冊，頁 96、227。
〔註 79〕劉大杰：《校訂本中國文學發展史》，頁 514。
〔註 80〕游國恩等主編：《中國文學史》上冊，頁 517。

據是，我們不妨創造性地將白居易完成的壁壘解讀為：他非但有寫實的作品，更提出了一套與之相表裏的詩歌理論。例如袁行霈《中國文學史》即直言：「重寫實、尚通俗、強調諷諭……白居易提出了系統的詩歌理論，他的〈秦中吟〉、〈新樂府〉等諷諭詩便是在這一理論的指導下創作的。」〔註 81〕這也許逾越了梁啓超文中「壁壘」的詞義——並未超出他對白居易的理解範圍——，卻足以點出白居易與一般寫實詩人的差別。

另外，儘管梁啓超關於寫實的認知有悖於現代學者的驗證，但他對白居易作品的某些觀察仍值得重視。梁氏認為在白傅的諷諭詩裏，不下主觀批評的僅占十分之一，並以〈賣炭翁〉等為代表。論及這首小序標明「苦宮市也」的作品，游國恩也同意道：「此詩不發議論，更沒有露骨的諷刺，是非愛憎即見於敘事之中，這寫法在白居易的諷喻詩裡也是較獨特的。」〔註 82〕學者們的意見顯然一致。猶有進者，游氏乃將白居易諷諭詩的藝術特點概括如下〔註 83〕：

（一）主題的專一與明確

白氏自道〈秦中吟〉是「一吟悲一事」〔註 84〕，其作品不但主題專一，且善於從生活中選取最典型的書寫對象。

（二）運用外貌和心理等細節刻畫來塑造人物形象

如〈賣炭翁〉開頭，只用「滿面塵灰煙火色，兩鬢蒼蒼十指黑」兩句，便勾勒出一個年邁、勞瘁的炭工形貌；接著，再以「可憐身上身正單，心憂炭賤願天寒」來突顯他內心的矛盾。這種表裏兼具的細節刻畫，除了讓人物更加生動、感人，也有助於深化特定（本例為「苦宮市」）的創作主題。

（三）鮮明的對比，特別是階級對比

作者通常先盡情摹寫王公貴冑的糜爛生活，然後在詩末插入一極大反差的社會現實，藉此加重對統治階層的撻伐。如〈輕肥〉描繪大夫和將軍們翩然赴宴，席間「罇罍溢九醞，水陸羅八珍。果擘洞庭橘，膾切天池鱗」；而正當諸公「食飽心自若，酒酣氣益振」時倏地筆鋒一轉，綴上「是歲江南旱，

〔註 81〕袁行霈主編：《中國文學史》上冊，頁 734。

〔註 82〕游國恩等主編：《中國文學史》上冊，頁 525。

〔註 83〕同上，頁 527～529。

〔註 84〕〈傷唐衢二首〉：「遂作〈秦中吟〉，一吟悲一事。」〔唐〕白居易著，朱金城箋校：《白居易集箋校》第一冊，頁 47。

衢州人食人」的生民慘狀〔註 85〕。再如〈歌舞〉在鋪述秋官、廷尉們恣肆貪歡，乃至「日中爲一樂，夜半不能休」之後，卻用「豈知閿鄉獄，中有凍死囚」作對比〔註 86〕。凡此都讓控訴的力道更爲強大。

（四）敘事和議論結合

在這些諷諭詩的結尾，詩人往往跳出敘述脈胳，對所寫的事發表議論或評價。例如〈新豐折臂翁〉詩末「君不聞，開元宰相宋開府，不賞邊功防黷武！又不聞，天寶宰相楊國忠，欲求恩幸立邊功！邊功未立生人怨……」〔註 87〕等句，即是外衍於故事首尾的政教批評。

（五）語言的通俗化

平易近人，原是白詩的一般風格。但他的諷諭詩尤其如此。這大抵是爲了「欲見之者易諭也」。要把詩寫得「易諭」，通俗而不傖俗（甚或饒有餘味），其實並不容易。故劉熙載《藝概》云：「香山用常得奇，此境良非易到。」〔註 88〕袁枚《續詩品》讀罷白詩也說：「意深詞淺，思苦言甘。寥寥千載，此妙誰探？」〔註 89〕而此等筆力，也讓他的諷諭詩廣泛地被接受。

顯然，諷諭詩這些藝術特點都是爲特定內容服務的。但它們的缺陷也許誠如宋張舜民所謂「樂天新樂府幾乎罵」〔註 90〕：語言太盡太露，憤激過之而血肉不足，時或流於枯燥的說教。故在實際批評上，游國恩遂取〈新豐折臂翁〉和杜甫的〈兵車行〉相較，評判兩人寫實手法的歧異。游氏表示，在〈兵車行〉裏作者始終沒開腔，「行人」的話說完，詩也就結束了。反觀〈新豐折臂翁〉，白居易在敘述主人公的談話之後卻補上議論，點破作詩的主旨。而他的結論是：「白詩的諷刺色彩雖然很鮮明，但杜詩寓諷刺於敘事之中，更覺眞摯哀痛，沁人心脾。」〔註 91〕踵繼這項比較，袁行霈分析說杜詩的寫實

〔註 85〕〈輕肥〉，同上，頁 92。
〔註 86〕〈歌舞〉，同上，頁 95。
〔註 87〕〔唐〕白居易著，朱金城箋校：《白居易集箋校》第一冊，頁 166。
〔註 88〕〔清〕劉熙載撰，袁津琥校注：《藝概注稿》上冊（北京：中華書局，2009 年 5 月），頁 314。
〔註 89〕〔清〕袁枚：《續詩品》，收入〔清〕王夫之等撰，丁福保輯：《清詩話》（臺北：木鐸出版社，1988 年 9 月），頁 1036。
〔註 90〕語見〔金〕王若虛：《滹南詩話》，收入丁福保輯：《歷代詩話續編》上冊，頁 526。
〔註 91〕游國恩等主編：《中國文學史》上冊，頁 490。

乃「出之以情」——唯寫所見所感：將生民疾苦的憫懷與個人遭遇的悲愴融為一體，連帶透露諷諭之意——；而白居易則因為「過分重視詩的諷刺功用，從而將詩等同於諫書、奏章，使不少詩的形象性為諷刺性的說理、議論所取代」，以致「對當時和後世都產生了一定的不良影響」〔註 92〕。

準此，就同類作品來看，學者們公認白詩不及杜詩的理由大致是前者：(1)在寫實的敘述之外羼入主觀的批評；(2)以近乎諫書、奏章的文體來達成諷刺目的，偏離了詩的本色。

延續相關探討，劉大杰提出了具有整合性的論述。劉氏強調在「諷諭詩」之外，白居易的「敘事詩」也有很高的成就。他舉新樂府中的〈新豐折臂翁〉（戒邊功也）、〈上陽白髮人〉（愍怨曠也）、〈縛戎人〉（達窮民之情也）等篇為例，說它們全是「通過敘述故事的手法表現出來的」；又表示膾炙人口的〈長恨歌〉與〈琵琶行〉，是樂天敘事詩中的巔峰之作〔註 93〕。而在他看來，〈琵琶行〉比〈長恨歌〉更富於現實意義。因為在中唐的政治社會環境裏，琵琶女的形象和作者的境遇，都有其典型意義，並「反映出被壓迫者的悲慘命運」〔註 94〕。這些說法可解讀為如下要點：(1)白居易的敘事詩與諷諭詩是兩種對立的文體類型，而〈新豐折臂翁〉諸作屬於前者；(2)承上，〈折臂翁〉等篇選擇了典型性的對象，並以敘述故事為創作手法；(3)〈長恨歌〉與〈琵琶行〉並是敘事詩裏的代表作，但後詩藉特定主題反映了當時被壓迫者的疾苦，故更具現實意義。

以上(2)、(3)點可說是學者間普遍的見解；而對第(1)點，眾家的認知卻有異於劉大杰。如北大中文系《新編中國文學史》謂：「白居易諷諭詩的藝術特點，基本上是屬於敘事詩的。」〔註 95〕游國恩更直截宣稱：「（白氏）諷諭詩基本上都是敘事詩。」〔註 96〕據此則白傅自定的「諷諭」類型的詩，都是藉「敘事」手法來表現的。但以〈新豐折臂翁〉為例，劉大杰既在解釋諷諭詩時引過它，卻又說它屬於敘事詩類。在諷諭與敘事對立的前提下，這恐將觸犯自相矛盾的謬誤。故此處的主流論述毋寧較為可取。

本節先前已將「完成寫實壁壘」詮釋為理論與創作的結合，而白居易的

〔註 92〕袁行霈主編：《中國文學史》上冊，頁 734。
〔註 93〕劉大杰：《校訂本中國文學發展史》，頁 516。
〔註 94〕同上，頁 516～517。
〔註 95〕北京大學中文系編著：《新編中國文學史》第二冊，頁 226。
〔註 96〕游國恩等主編：《中國文學史》上冊，頁 528。

詩論主要見於〈與元九書〉、〈新樂府並序〉兩篇文章。〈與元九書〉可說是當時最全面、最具系統且最有力的文學宣言〔註 97〕。此文道出了杜甫、韓愈和柳宗元等人心中所有，但筆下闕如的看法。故劉大杰稱它「可以代表八世紀中期到九世紀中期將近百年的文學運動最進步的主張」〔註 98〕。根據這篇涵括文學本質、功能、文學史、個人創作理念的綱領文字，再加上訴求明確的〈新樂府序〉；於是，文學史家分別對白居易的詩論進行分析、歸納。其中又以劉大杰和游國恩較具代表性。而兩人相彷的意見可彙整如下：

1. 詩歌具有很高的意義與價値，它擔負著「補察時政」、「洩導人情」的重要使命（游氏強調須爲政治服務）。
2. 爲了上述使命，詩歌宜文質並重（「根情，苗言，華聲，實義」），兼顧其思想內容及藝術價値。再者，游氏認爲藉果木生長過程爲喻，重點理當落在成物（以義爲果實）之際。故內容應較形式更具優位性。
3. 文學是生活現狀的反映，故詩人當積極從周遭汲取創作泉源，如實地加以呈現。如〈秦中吟序〉所云：「貞元、元和之際，予在長安，聞見之間，有足悲者，因直歌其事。」〔註 99〕
4. 發揚《詩經》以降迄至杜甫的「美刺」精神，且要有興寄、諷諭的方法和內容，以達到「文章合爲時而著，歌詩合爲事而作」此一反對「爲藝術而藝術」的結論。亦即〈新樂府序〉所謂：「其辭質而徑，欲見之者易諭也；其言直而切，欲聞之者深誡也；其事覈而實，使采之者傳信也；其體順而肆，可以播於樂章歌曲也。總而言之，爲君爲臣爲民爲物爲事而作，不爲文而作也。」〔註 100〕這對於「雕章鏤句」的時代習尚及「溫柔敦厚」、「怨而不怒」的傳統詩教，都是一項變革。

總括本節以梁啓超的白居易「完成寫實派壁壘」爲首的眾家說法，可得出下列結論：

〔註 97〕要言之，〈與元九書〉揭舉的文學（詩）觀包括：一、本質：「根情，苗言，華聲，實義」；二、功用：「補察時政，洩導人情」；三、典範詩人與作品：杜甫，及其〈新安吏〉、〈石壕吏〉、〈潼關吏〉、〈塞蘆子〉、〈留花門〉等詩（「朱門酒肉臭，路有凍死骨」之類的句子尤佳）；四、終極目的：「文章合爲時而著，歌詩合爲事而作」。詳參〔唐〕白居易著、朱金城箋校：《白居易集箋校》第五冊，頁 2789～2805。

〔註 98〕劉大杰：《校訂本中國文學發展史》，頁 512～513。

〔註 99〕〔唐〕白居易著，朱金城箋校：《白居易集箋校》第一冊，頁 80。

〔註 100〕同上，第一冊，頁 136。

（一）白居易是杜甫的有意識的繼承者，他最大的貢獻在於將寫實的理論和創作緊密結合——此即「完成寫實派壁壘」的主要意義。

（二）白氏的寫實作品大抵集中在諷諭詩。這些作品通常以敘述故事的手法來描摹典型人物，而其藝術特點有：(1)主題的專一、明確；(2)兼顧外貌及心理的細緻描寫；(3)營造鮮明的階級對比；(4)在敘事之外平添個人議論；(5)活用通俗的語言。

（三）拿同類作品相較，學者們認爲白詩不及杜詩的理由爲：(1)在寫實的敘述之外羼入主觀的批評；(2)以近乎諫書、奏章的文體來達成諷刺目的，偏離了詩的本色。

（四）白居易的寫實詩論的要旨是：(1)文學應負起「補察時政，洩導人情」的重要使命；(2)詩歌雖講求文質並重，但思想內容卻更具優位性；(3)文學必須反映生活現實；(4)踵繼發端於《詩經》的美刺傳統，作品要富涵興寄、諷諭的方法和內容。

第六節　從寫實到愛國表現

按照語詞的一般義以及前節所作的詮釋，所謂白居易「完成寫實派壁壘」，概指他奠定了此類文體的範疇。然而，縱觀文學史家們的相關論述，卻不約而同在某個環節羼入「愛國」的議題，發展出另一脈詮釋路數。而這項衍變始於對杜甫的評騭。劉大杰聲稱杜甫除了「學習《詩經》、樂府民歌的創作精神，用詩歌來反映眞實生活」、「建立現實主義的詩歌」，並藉作品「表現出深厚的愛國感情和關懷民生的思想」、「發揚了愛國精神」〔註101〕。游國恩說：「高度的愛國精神，是杜甫現實主義詩歌一大特色。」〔註102〕北大中文系《新編中國文學史》推崇杜甫的偉大，在於用詩歌「反映了社會，批評了現實」，且往往寄託著個人「愛國愛民的熱情」〔註103〕。裴斐表示杜詩在「反映了現實社會的黑暗和統治階級的荒淫腐朽」之外，更「包孕著濃郁的、誠摯的忠君愛國感情」〔註104〕。馬積高、黃鈞主編的《中國古代文學史》強調杜詩「繼承《詩經》、漢樂府以來詩歌的寫實傳統」，同時「愛國精神也表現得

〔註101〕劉大杰：《校訂本中國文學發展史》，頁499～501。
〔註102〕游國恩等主編：《中國文學史》上冊，頁496。
〔註103〕北京大學中文系編著：《新編中國文學史》第二冊，頁149。
〔註104〕裴斐主編：《中國古代文學史》上冊，頁324～326。

很突出」〔註 105〕。以上論述顯示了眾學者闡釋杜詩寫實風格的趨向——揭舉其「愛國」的思想內容。

這種情況也表現在對引詩的實際批評上。例如作爲杜甫「諷諭寫實」名篇的「三吏」、「三別」、〈兵車行〉、〈羌村〉、〈北征〉、〈哀江頭〉、〈悲陳陶〉等詩，北大中文系《新編中國文學史》指它們完美發揮了「愛國思想，人道主義精神，以及詩歌的現實主義」，並補充道：「在這裏『忠君』和『愛國』是完全統一的。」〔註 106〕游國恩也說此系列詩篇「具有高度的人民性和愛國精神……並達到了現實主義的高峰」，同時「反映出並歌頌了廣大人民忍受一切痛苦的愛國精神。」〔註 107〕馬積高、黃鈞等則在點明杜甫「忠君」、「愛國」、「愛民」交融的思想之後，強調上述作品間多少流露的對君王的批判，非但無違其忠誠，更蘊含著對國家前途和人民命運的關心〔註 108〕。

從學者們的綜論與實際批評來看，杜甫的寫實作品不僅反映了社會現狀，且往往出自於「愛國」——交融著忠君、愛國、愛民的思想——精神。因此，杜詩在藝術性和社會性評價上可謂都達到了極致。另外，既然白居易是杜甫寫實文體的繼承者，那麼後人理當循著他奠定的「壁壘」來創作。但試觀眾學者的鋪敘脈絡卻不儘如此。而其間的衍變亦可自杜甫談起。游國恩說杜甫傾注愛國精神寫下的現實主義詩歌，「不僅在文學史上而且也在歷史上起著積極的教育作用」；例如「愛國詩人」陸游、顧炎武及民族英雄文天祥，便深受其影響，「創作出許多可歌可泣的愛國詩篇。」〔註 109〕北大中文系《新編中國文學史》說杜詩中的現實主義是唐代以降所有作家學習的典範，特別是「陸游、文天祥等還直接承受了杜甫的愛國精神的影響。」〔註 110〕馬積高、黃鈞也表示宋代眞正能接續杜甫的愛國思想，追摹其文體和手法的，唯有陸游、文天祥。至於明清兩代的景從者，該書列舉了李夢陽、王世貞、陳子龍、顧炎武、黃遵憲等人，並解釋道：「他們或學習杜甫的愛國思想，或學習杜詩的形式技巧，都取得了較高的成就。」〔註 111〕

〔註 105〕馬積高、黃鈞主編：《中國古代文學史》第二冊（臺北：萬卷樓圖書公司，1998 年 8 月），頁 133、147。
〔註 106〕北京大學中文系編著：《新編中國文學史》第二冊，頁 143、153。
〔註 107〕游國恩等主編：《中國文學史》上冊，頁 478、484。
〔註 108〕馬積高、黃鈞主編：《中國古代文學史》第二冊，頁 133～135。
〔註 109〕游國恩等主編：《中國文學史》上冊，頁 496～497。
〔註 110〕北京大學中文系編著：《新編中國文學史》第二冊，頁 167。
〔註 111〕馬積高、黃鈞主編：《中國古代文學史》第二冊，頁 148～149。

顯然，在詮釋杜甫的「諷諭寫實」詩篇時，上述學者不約而同地從中提取了愛國的元素，另行建構一脈傳統。而此傳統亦濫觴自《詩經》、漢樂府民歌的寫實筆法，並在杜甫將愛國情操——劉大杰申明絕非屈原式的「殉情主義」（案在他看來，『愛國詩人』屈原是個『積極浪漫主義者』）——熔鑄於作品，達到形式、內容俱臻完善後，轉向以愛國程度爲評判標準。但若以先前歸納的杜甫的愛國精神（主要內容是忠君、愛民）爲據，那麼，在他身後的文學史中鮮有不愛國的詩人——即便並世的、被稱作「浪漫主義詩人」典型的李白，也具備相同的情感。可見這項判準未儘周延。故此處不妨再檢視學者們徵引的重出對象——如陸游、文天祥、顧炎武等——的生平事蹟：

> 陸游：南宋詩人。越州山陰（今浙江紹興）人，字務觀，號放翁。少受父輩愛國思想熏染。……一生以抗金爲己任。……詩名最著，在南宋四大家中成就最高。雄渾豪放而沉鬱頓挫，內容多鼓吹恢復，洋溢愛國熱情。〔註112〕
>
> 文天祥：南宋文學家、政治家。吉州廬陵（今江西吉安）人字履善，一字宋瑞，號文山。……（兵敗被俘後）堅拒元將張弘範命其招降張世杰，書所作《過零丁洋》詩以明志。祥興二年（1279 年），被送至大都（今北京），作《正氣歌》，爲世傳誦，不屈而死。〔註113〕
>
> 顧炎武：明末清初思想家。昆山（今屬江蘇）人。初名絳……學者稱亭林先生。……清兵南下，嗣母王氏殉國後，又參加昆山、嘉定一帶人民抗清起義。……（終身）不忘復興。晚歲卜居華陰，卒於曲沃。工詩文。……入清後，拒受博學宏詞科。〔註114〕

以上資料透露了額外被設定的條件：即他們都飽經戰亂，甚至亡國之痛。

據是，則中國文學史上的「愛國詩人」，概指一群懷抱忠君、愛民的精神，秉持寫實詩風（以其反映社會現實），且飽經戰亂、乃至銜著亡國哀痛的詩人。這種「寫實」與「愛國」論域的明顯合流，約始於對杜甫的評騭。猶有進者，

〔註112〕文參廖蓋隆、羅竹風、范源主編：《中國人名大辭典・歷史人物卷》（上海：上海辭書出版社，1991 年 2 月），頁 310。又陸游生平詳見〔元〕脫脫等撰：《宋史・傳》第三四冊（北京：中華書局，1985 年 6 月），頁 12057～12059。

〔註113〕同上，頁 75～76。又文天祥生平詳見〔元〕脫脫等撰：《宋史・傳》第三六冊，頁 12533～12540。

〔註114〕同上，頁 487。又顧炎武生平詳見趙爾巽等撰：《清史稿・傳》第四三冊（北京：中華書局，1986 年 8 月），頁 13166～13169。

原先用來尊稱杜詩筆法森嚴的「詩史」一詞，也某種程度地推擴到後代的愛國詩人身上。例如北大中文系《新編中國文學史》在「陸游及其他愛國詩人」一章紹介汪元量時，即採李珏《湖山類稿・跋》所云：「紀其亡國之戚，去國之苦，艱關愁歎之狀，備見於詩。……唐之事紀於草堂，後人以『詩史』目之，水雲之詩，亦宋亡詩史也」作爲論述的主軸〔註 115〕。

凡此可說是由「諷諭寫實」衍生的論述。

小　結

歸納本章各節所述，當代關涉「諷諭寫實」的代表性批評約有如下要義：

（一）「諷諭寫實」的濫觴之作當溯及《詩經》（如《豳風・七月》），而梁啓超標舉的〈孤兒行〉則在敘事表現上更爲精進——它講述一個具有連續情節的故事——；前者具有文學史上的創體之功，後者卻爲詩歌的寫實藝術另闢蹊徑。

（二）兩漢樂府詩的敘事手法漸趨完熟，其展現的特色是：(1)以愛憎分明的態度寫實刻畫百姓的生活；(2)新創的五言詩體及雜言體，具有高度的文學史價值；(3)雜揉故事、情節、人物性格、對話等元素，並有戲劇性的場面描寫。

（三）〈孔雀東南飛〉是詩歌發展前期的一首獨造的寫實的敘事長篇，它的特點有：(1)塑造了典型人物——被當代學者解作小說元素——；(2)交疊數個「抒情場面」——有別於小說對故事和情節的鋪排——，並在寫實的筆法外綴以戲劇性的結尾；(3)反映了當時的社會現象，堪稱一首批評禮教、爭取人權（反抗壓迫）的經典。

（四）「諷諭寫實」詩歌在杜甫筆下攀至顛峰，他的作品直截地彈劾了時政，並揭露普遍的社會問題——例如〈哀江頭〉、〈羌村〉、〈北征〉、「三吏」、「三別」等——；而其寫實詩藝，出自於將生活現狀作典型化（包括選取典型人物）的概括。

（五）白居易除了被視爲杜甫有意識的繼承者，更是「完成寫實派壁壘」

〔註 115〕北京大學中文系編著：《新編中國文學史》第二冊，頁 518～519。引文見〔宋〕汪元量撰，孔凡禮輯校：《增訂湖山類稿》（北京：中華書局，1984 年 6 月），頁 187～188。

的詩人。他的寫實作品大致見諸自定的「諷諭」類型，且通常藉由敘述一個典型人物的故事，來達到「補察時政，洩導人情」的目的——如〈新豐折臂翁〉、〈上陽白髮人〉、〈縛戎人〉等篇。但他在此類創作中時有夾雜太多主觀批評，以及「錯體」（用近乎諫書、奏章之體寫詩）的疵累。

（六）在闡釋「諷諭寫實」詩歌的同時，當代學者每將其與作者的愛國情操合論，於是衍生「愛國詩人」之名，意指：懷抱忠君愛民的精神，秉持寫實詩風（堪稱『詩史』），且飽經戰亂、乃至長銜亡國哀痛的詩人。而它也成了文學史書寫不容忽視的主題。

第四章　寫實藝術之間的「出位」批評

第一節　「出位之思」的意涵及運用

所謂「出位之思」（andersstreben），概指不同的藝術類型卻具有超出各自固有領域，進入對方領域的企圖。省察歷來以此視角提出的文藝批評，錢鍾書〈中國詩與中國畫〉當爲其中的里程碑；而他的基本思路是：

> 一切藝術，要用材料來作爲表現的媒介。材料固有的性質，一方面可資利用，給表現以便宜，而同時也發生障礙，予表現以限制。于是藝術家總想超過這種限制，不受材料的束縛，強使材料去表現它性質所不容許表現的境界。譬如畫的媒介材料是顏色和線條，可以表示具體的迹象，大畫家偏不刻劃迹象而用畫來「寫意」。詩的媒介材料是文字，可以抒情達意，大詩人偏不專事「言志」，而要詩兼圖畫的作用，給讀者以色相。詩跟畫各有跳出本位的企圖。〔註 1〕

儘管這段文字乃針對詩歌和繪畫而發，但它實有更廣的運用空間——比方說，在次一級的範疇裏檢視詩歌與小說之間的異同。另外，若謂詩、畫彼此的「出位」出自於一種同質的藝術觀——二者都具備描寫、再現事物的

〔註 1〕 文據《開明書店二十周年紀念文集》所收初版（上海：開明書店，1947 年）。錢氏後來曾對此文進行過修改，所引段落於晚出的版本中已不復見。轉引自〔日〕淺見洋二著，金程宇、〔日〕岡田千穗譯：《距離與想像——中國詩學的唐宋轉型》（上海：上海古籍出版社，2005 年 12 月），頁 113。

條件，以及爲『情』、『志』服務的功能——；那麼詩與小說之間的「出位」，則是以上述觀念爲前提，進而跨越文類的「體要」來討論描寫與再現的問題。

綜覽前文「摹形寫實」和「諷諭寫實」等章節，學者們的批評亦各有其「出位之思」，且分別涉及詩歌與繪畫、詩歌與小說的領域。故以下即依此二種思路的架構再作闡釋。

第二節　寫實詩歌與繪畫之間的出位

梁簡文帝蕭綱在〈答新渝侯和詩書〉中曾將宮體詩的特點和要求概括爲：「影裏細腰，令與眞類；鏡中好面，還將畫等。」〔註2〕「細腰」、「好面」指的是作品主要的摹寫對象——宮廷女色；而「眞類」、「畫等」則說明它們的美學祈嚮——一種逼眞、如畫的效果。「眞類」（像眞的一樣）的要求，顯然延續著晉宋以來「文貴形似」的風氣，也是文帝君臣的「寓目寫心」（語出蕭綱〈答張纘謝示集書〉）〔註3〕創作主張的必然結果。而這亦與宗炳所謂「應目會心」、「以形寫形，以色貌色」〔註4〕的畫論相通，都強調透過視覺經驗，對客體的外貌作寫實的描繪。大致上，齊梁時代詩歌與繪畫的合流，乃至於「詩中有畫」的現象，便是以此爲基礎產生的。但這只是「詩畫一律」觀念的草創階段而已。

其實無論古今中外，詩、畫之間的比較一直是個討論不歇的課題。就「詩畫一律」的觀點而言，古希臘詩人西蒙尼底斯（Simonides of Ceos）早說：「畫是無聲詩，詩爲有聲畫。」〔註5〕西塞羅《修辭學》也說：「一首詩必須是一幅能說話的畫，一幅畫必須是一首沉默的詩。」〔註6〕賀拉斯（Horace）《詩藝》指稱「詩歌就像圖畫。」〔註7〕而達文西則表示：「如果你稱繪畫爲啞巴

〔註2〕〔明〕張溥輯：《漢魏六朝百三名家集》第四冊，頁3383。

〔註3〕同上，頁3383～3384。

〔註4〕參見〔清〕嚴可均校輯：《全上古三代秦漢三國六朝文》第三冊（北京：中華書局，1995年11月），頁2545～2546。

〔註5〕參見 Jean H. Hagstrum: *The Sister Arts*. (Chicago: The University of Chicago Press, 1958), p.58.

〔註6〕〔古羅馬〕西塞羅著，王曉朝譯：《西塞羅全集卷一・修辭學》（臺北：左岸文化，2005年6月），頁121。

〔註7〕〔古希臘〕亞里士多德、賀拉斯著，羅念生、楊周翰譯：《詩學・詩藝》（北

詩，那麼詩也可以叫作瞎子畫。」〔註8〕可見長久以來詩歌與繪畫便常被視爲「姊妹藝術」。但二者於濫觴之初原屬不同類型的藝術，並非一開始就是這種血緣關係。毋寧說，它們是在某個時間點，以特定的美學和藝術觀爲前提而結成姊妹關係的（說詳後文）。凡此完全是歷史性的產物。猶有進者，儘管藝術發生的源頭可能存在詩歌與繪畫混沌未分的階段，然其與此處「詩畫一律」的認識基礎迥別。畢竟要討論詩歌與繪畫二者是否同質的問題，就必須先將它們區分爲兩種相異的事物；而且，只有在自覺詩、畫屬於不同的藝術類型之後，「詩畫一律」才變成一個值得探究的問題。因此，從某些角度來看，「詩畫一律」與「詩畫異質」論常帶著互爲表裏的關係。

中國自古亦不乏拿詩歌與繪畫作比較，乃至判定二者同質的議論。對此，日本學者淺見洋二在〈關于「詩中有畫」——中國的詩歌與繪畫〉中主張：「中國的詩畫比較論、同質論是在宋代確立的。」〔註9〕但細審全文，這項判斷較精確的解讀（或創造性地誤讀）應該是：直到宋代，多數批評家才對詩、畫的關係表現出充分的自覺，且把它當作主要論題，乃至提出明確的藝術觀點。不過就此論題而言——猶如淺見氏稍後的案語——，宋代主流的觀點只是其中的一種而已。唐張彥遠《歷代名畫記．敘畫之源流》曾引晉陸機語曰：「丹青之興，比雅、頌之述作，美大業之馨香。」〔註10〕大意是說，繪畫與詩歌同爲稱功頌德良好的媒介。雖然淺見洋二認爲此處「已反映出繪畫（『丹青』）與詩歌（『雅頌』）同質的觀念」〔註11〕，但參照陸機底下「宣物莫大於言，存形莫善於畫」〔註12〕——語言（詩歌）、繪畫分別是宣揚事理和記錄形廓的最佳形式——的補述，淺見氏的解讀就值得商榷了。陸機互文的筆法，頂多指涉二者的妙趣相匹敵而已。然而，這種類比卻無妨視爲討論詩、畫關係的先聲。

京：人民文學出版社，1997年12月），頁156。

〔註8〕〔義〕達文西著，雄獅圖書公司編譯：《達文西論繪畫》（臺北：雄獅圖書股份有限公司，1990年6月），頁25。

〔註9〕〔日〕淺見洋二著，金程宇、〔日〕岡田千穗譯：《距離與想像——中國詩學的唐宋轉型》，頁110～111。

〔註10〕〔唐〕張彥遠著，〔日〕岡村繁譯注，俞慰剛譯：《歷代名畫記譯注》（上海：上海古籍出版社，2002年10月），頁11。

〔註11〕〔日〕淺見洋二著，金程宇、〔日〕岡田千穗譯：《距離與想像——中國詩學的唐宋轉型》，頁111。

〔註12〕〔唐〕張彥遠著，〔日〕岡村繁譯注，俞慰剛譯：《歷代名畫記譯注》，頁11。

迄至唐代，已有「書（案指文字）、畫異名而同體」〔註13〕之說；到了宋代，將詩和畫看作「異體而同貌」，乃成爲文人間普遍的觀點。略舉其要者如郭熙《林泉高致集・畫意》論創作哲思道：「更如前人言：『詩是無形畫，畫是有形詩。』」〔註14〕蘇軾〈韓幹馬〉詩曰：「少陵翰墨無形畫，韓幹丹青不語詩。」〔註15〕孔武仲〈東坡居士畫怪石賦〉：「文者無形之畫，畫者有形之文，二者異跡而同趣。」〔註16〕張舜民《畫墁集・跋百之詩畫》：「詩是無形畫，畫是有形詩。」〔註17〕釋德洪覺範（惠洪）《石門文字禪》卷八以〈平沙落雁〉冠首的組詩，其小序亦云：「宋迪作八景絕妙，人謂之『無聲句』。演上人戲余曰：道人能作『有聲畫』乎？因爲之各賦一首。」〔註18〕猶有進者，除了將詩歌稱爲「有聲畫」，「無聲詩」更在繪畫之外被引申來指涉人所面對的眞實山水。例如錢鍪〈次袁尚書巫山詩十二峰二十五韻〉：「終朝誦公有聲畫，卻來看此無聲詩。」〔註19〕陳德武〈望海潮——寄別潯郡魯教諭子振、李訓道宗深〉：「對無聲詩，哦有聲畫，儀形已見端倪。」〔註20〕

由此顯見，中國雖亦早有對詩、畫關係的評述，但直到宋代，它才被多數文人當作一個基源的問題來處理。再者，若把「寫實」因素納入環繞二者同異的言說，則不難發現視覺經驗在其間的優位性。而論及近代學者的批評，本文試將其概括成藝術類型的本體論、視覺心理學、描繪對象的選擇及其涵蘊、形似與神似、乃至寫實與實眞之間的差異等幾個要項，分別進行闡釋。

一、從「詩畫一律」到「詩中有畫」

前文提及，「詩畫一律」論和視覺上的寫實感受密切相關，且通常伴隨著

〔註13〕同上，頁7。

〔註14〕參見〔清〕永瑢、紀昀纂修：《景印文淵閣四庫全書》第八一二冊，頁579。

〔註15〕〔宋〕蘇軾著，〔清〕王文誥輯註，孔凡禮點校：《蘇軾詩集》第八冊，頁2631。

〔註16〕文見《三孔先生清江文集》，收入舒大剛主編：《宋集珍本叢刊》第十六冊（北京：線裝書局，2004年6月），頁33。

〔註17〕參見〔清〕永瑢、紀昀纂修：《景印文淵閣四庫全書》第一一一七冊，頁8。

〔註18〕〔宋〕釋惠洪、晁補之著：《石門文字禪・濟北先生雞肋集》，收入王雲五主編：《四庫叢刊初編縮本》第五十六冊（臺北：臺灣商務印書館，1975年6月），頁76。

〔註19〕參見〔清〕厲鶚輯撰：《宋詩紀事》第三冊（上海：上海古籍出版社，1983年6月），頁1486。

〔註20〕詳參唐圭璋編：《全宋詞》第五冊（北京：中華書局，1986年5月），頁3454。

彼此異質的自覺而生。事實上，〈答新渝侯和詩書〉中要求詩歌「畫等」（如繪畫一般），即預設了二者體類有別。至於「令與眞類」，則是將「形似」視爲詩、畫共通的審美標準。如與蕭綱迭相唱和的庾肩吾〈詠美人看畫應令〉云：「欲知畫能巧，喚取眞來映。並出似分身，相看如照鏡。」〔註 21〕不但同樣描寫宮廷女色，且以鏡象投射爲喻，表明繪畫（包括作爲後設媒材的詩歌）臻於巧妙的判準——逼眞的寫實效果。這種追求「形似」的趨勢，在陸機標舉的畫論（「存形莫善於畫」）之外，亦作爲藝壇掌故見諸《南史・劉瑱傳》：「（齊）有陳郡殷蒨善寫人面，與眞不別。」〔註 22〕《顏氏家訓・雜藝》：「（梁）武烈太子偏能寫眞，坐上賓客，隨宜點染，即成數人，以問童孺，皆知姓名矣。蕭賁、劉孝先、劉靈，竝文學已外，復佳此法。」〔註 23〕《歷代名畫記・梁》：「武帝崇飾佛寺，多命僧繇畫之。時諸王在外，武帝思之，遣僧繇乘傳寫貌，對之如面也。」〔註 24〕而陳代姚最《續畫品》更評定了眾家的畫藝，其論謝赫云：

> 寫貌人物，不俟對看，所須一覽，便工操筆。點刷研精，意在切似，目想毫髮，皆無遺失。麗服靚粧，隨時變改，直眉曲鬢，與時競新。別體細微（案指一種纖細微妙的新風格），多從赫始。……中興以後，象人莫及。〔註 25〕

這種「別體細微」、「如之對面」、「與眞不別」細膩寫實的畫風，顯然與《文心雕龍・物色》所謂「巧言切狀」、「曲寫毫介」的形似文風是一致的。

從山水自然、宮廷景物到女子情貌，齊梁詩人每喜以「如（似）畫」作爲表現的語彙，例如：「連閣翻如畫，圖雲更似眞。」（庾肩吾〈和太子重雲殿受戒〉）〔註 26〕「一嬌一態本難逢，如畫如花定相似。」（傅縡〈雜曲〉）〔註 27〕而同時代的畫家，也特別重視人物的逼實描繪——尤其是嬌豔的女性

〔註 21〕逯欽立輯校：《先秦漢魏晉南北朝詩》下冊，頁 1993。

〔註 22〕〔唐〕李延壽撰：《南史・傳三》第四冊（北京：中華書局，2003 年 6 月），頁 1014。

〔註 23〕〔北齊〕顏之推撰，周法高撰輯：《顏氏家訓彙注》（臺北：中央研究院歷史語言研究所，1993 年 5 月），頁 128。

〔註 24〕〔唐〕張彥遠著，〔日〕岡村繁譯注，俞慰剛譯：《歷代名畫記譯注》，頁 365～366。

〔註 25〕收入〔宋〕董逌等撰：《廣川畫跋》（及其他五種），王雲五主編：《叢書集成簡編》第四九九冊（臺北：臺灣商務印書館，1965 年 12 月），頁 6～7。

〔註 26〕逯欽立輯校：《先秦漢魏晉南北朝詩》下冊，頁 1988～1989。

〔註 27〕同上，頁 2535。

美。是以《續畫品》在謝赫「麗服靚粧」的斷語之外，猶論及沈標的「性尚鉛華」、沈粲的「筆跡調媚，專工綺羅」、焦寶願的「點黛施失，重輕不失」〔註 28〕等。可見當時的風氣如此。故今人李澤厚等的《中國美學史》據之闡釋說：

> 他們就是繪畫上的「宮體」派。宮廷貴族地主們要求畫家以儘可能逼眞的視覺形象，來表現他們在「宮體」詩中以語言「吟咏」著的「神女」、「佳人」以至「孌童」，表現愈逼眞愈好，最好是做到不能「辨僞眞」的地步。〔註 29〕

理論上，詩、畫間的知覺認識原有本質的差異：繪畫的映象得自於觀賞者交接的外部世界，詩歌的映象則是從閱讀者的內心產生——作品中的世界有待讀者的想像予以再現。對此，王力堅《由山水到宮體》更從「藝術表現特徵」進一步指稱：「詩歌應偏重於抒情言志（中國詩傳統尤其是如此）；形似——模擬事物外在形貌，才是繪畫的本位藝術。」〔註 30〕日人利光功《造型藝術——繪畫與雕刻》曾將繪畫的功能分爲三種：再現（representation）、意義表徵（signification）及裝飾（ornamentation）。雖然繪畫經常是上述功能的綜合體，但仍可依其偏重的不同劃分爲：（一）描寫繪畫：指像鏡子和照片般著眼在描寫、再現事物的「相」（picture）；（二）圖像繪畫：藉由幾何圖形和象徵性圖案等代表性的「圖」（figure）進行意義表徵；（三）裝飾性繪畫：以施加於壁畫、布料上的花紋那樣通過「文」（ornament）帶來裝飾效果——等三種類型〔註 31〕。至於詩歌，除了表達作者情志（expression）的核心功能，實則亦具備描寫、再現（representation）現實世界事物的功能。準此，儘管詩和畫的認知基礎有別，但二者俱可藉其「再現」的功能去追求「形似」的效果。

另外，雖則「詩緣情而綺靡，賦體物而瀏亮」（《文賦》）、「繪事圖色，文辭盡情」（《文心雕龍・定勢》）〔註 32〕諸說蔚爲流行，六朝人士卻在詩中發現了同樣的「體物」、「形似」效用——如劉勰所謂「近代以來，文貴形似」、「體

〔註 28〕分見〔宋〕董逌等撰：《廣川畫跋》（及其他五種），王雲五主編：《叢書集成簡編》第四九九冊，頁 6、8、11。

〔註 29〕李澤厚、劉綱紀主編：《中國美學史・第二卷》下冊（臺北：谷風出版社，1987 年 12 月），頁 947。

〔註 30〕王力堅：《由山水到宮體》，頁 203。

〔註 31〕整理自〔日〕淺見洋二著，金程宇、〔日〕岡田千穗譯：《距離與想像——中國詩學的唐宋轉型》，頁 183～184。

〔註 32〕〔梁〕劉勰著，詹鍈義證：《文心雕龍義證》中冊，頁 1119。

物爲妙，功在密附」，或鍾嶸《詩品》對並世詩家「巧構形似」的評隲〔說詳前章〕。從以上論述顯見齊梁時「詩畫一律」的觀點——伴隨著彼此異質的認知——業已產生，意指二者都能描繪、再現事物形相，達到寫實的效果。這是「詩畫一律」論的第一種解釋。

第二種解釋出自錢鍾書的〈中國詩與中國畫〉。根據錢氏的考察，「詩畫一律」應理解成：「在中國傳統裏，最標準的詩風和最標準的畫風是一致的。」而它的眞正涵蘊則是：「中國舊詩和中國舊畫同屬於所謂『南宗』。」〔註 33〕在中國繪畫史上，，「南宗」可說是最有代表性、最主要的流派。它的得名，乃相對於「北宗」而言。董其昌《容臺別集》卷四曾剖析道：

> 禪家有南北二宗，唐時始分。畫之南北二宗，亦唐時分也，但其人非南北耳。北宗則李思訓父子著色山水，……南宗則王摩詰始用渲淡，一變鉤斫之法……。要之摩詰所謂：「雲峰石迹，迥出天機，筆意縱橫，參乎造化」者。〔註 34〕

此論固然深中肯綮，但將「南」、「北」地理環境或思維模式、學風等相較，其例早見於六朝。如《世說新語‧文學第四》第二四則即有「北人學問，淵綜廣博」、「南人學問，清通簡要」、「北人看書，如顯處見月；南人學問，如牖中窺日」〔註 35〕諸語。故唐代禪宗區分南、北，僅是沿襲前朝舊說而已。至於「南宗」畫風，則猶如鄙棄念經、功課，提倡「單刀直入」的南宗禪〔註 36〕——且與南人「清通簡要」的學問路數同轍——，趨向筆墨「從簡」、「用減」、「筆不周」。程正揆《青溪遺稿》對此有精到的評述：

> 論文字者謂增一分見不如增一分識，識愈高則文愈淡。予謂畫亦然。多一筆不如少一筆，意高則筆減。何也？意在筆先，不到處皆筆。繁皴濃染，刻畫形似，生氣漓矣。（卷二二〈題臥游圖後〉）〔註 37〕

〔註 33〕參見錢鍾書著，舒展選編：《錢鍾書論學文選》第六卷（廣州：花城出版社，1990 年 6 月），頁 7。

〔註 34〕〔明〕董其昌：《容臺別集》，收入四庫全書存目叢書編纂委員會編纂：《四庫全書存目叢書‧集部》第一七一冊（臺北：莊嚴文化事業有限公司，1997 年 6 月），頁 723。

〔註 35〕〔南朝宋〕劉義慶撰、〔南朝梁〕劉孝標注，余嘉錫箋疏，周祖謨等整理：《世說新語箋疏》修訂本，頁 216。

〔註 36〕語見〔宋〕普濟著，蘇淵雷點校：《五燈會元》中冊（北京：中華書局，1997 年 10 月）卷九溈山靈祐禪師、卷一一守廓侍者，頁 522、666。

〔註 37〕〔清〕程正揆撰：《青溪遺稿》，收入四庫全書存目叢書編纂委員會編纂：《四

顯見用經濟的筆墨獲致豐富的藝術效果，以損減迹象來增生意境（less is more），即是南宗畫的心法。其次，在董其昌推尊的王維身上，禪、畫、詩三者可謂一脈相通——他不但是南宗畫的創始人，且被視爲「神韻」詩派的祖師及南宗禪最早的信奉者。而服膺同一藝術原理的詩歌，自然也是以「不著一字」、「略具筆墨」爲上乘了。代表性的說法如王士禛云：

「《史記》如郭忠恕畫，天外數峰，略有筆墨，然而使人見而心服者，在筆墨之外也。」右王楙《野客叢書》中語，得詩文三昧；司空表聖所謂「不著一字，盡得風流」者也。（《香祖筆記》卷十）〔註38〕

在《蠶尾文集卷一・芝廛集序》中，他更暢談南宗畫的「理」，並總結說：「非獨畫也，古今風騷流別之道，固不外此」、「論畫也，而通於詩；詩也，而幾於道矣。」〔註39〕

準此，「詩畫一律」的第二種解釋，概指中國傳統的詩、畫皆以「南宗」爲典範風格。然而錢鍾書發現，這項解釋恐怕稍欠周延。因爲祖祧王維的神韻派在舊詩史上並非正統——杜甫才是眾望所歸——，不像南宗在舊畫史上曾占有統治地位。故雙方涵蘊實有不對等的問題。總之依錢氏看來，儘管此論言者甚眾，卻偏離了中國傳統文藝批評的標準：「論畫時重視王世貞（案當爲王士禛）所謂『虛』以及相聯繫的風格，而論詩時卻重視所謂『實』以及相聯繫的風格」〔註40〕。其說值得參考。

至於「詩中有畫」一語，首見於蘇軾〈書摩詰藍關煙雨圖〉：

味摩詰之詩，詩中有畫；觀摩詰之畫，畫中有詩。詩曰：「藍田白石出，玉川紅葉稀。山路元無雨，空翠濕人衣。」此摩詰之詩，或曰非也。好事者以補摩詰之遺。〔註41〕

從東坡的言說出發，錢鍾書認爲「詩中有畫」、「畫中有詩」云云和「詩畫一

庫全書存目叢書・集部》第一九七冊，頁550。

〔註38〕〔清〕王士禛著，袁世碩主編：《王士禛全集》第六冊（濟南：齊魯書社，2007年6月），頁4689。

〔註39〕同上，第三冊，頁1780。

〔註40〕錢鍾書著，舒展選編：《錢鍾書論學文選》第六卷，頁21～22。

〔註41〕〔宋〕蘇軾撰：《東坡題跋》（及其他一種），收入王雲五主編：《叢書集成簡編》第四八六冊，頁94。又關於引文例詩的作者，前人早有裁斷。如宋阮閱《詩話總龜》卷八即謂：「此東坡詩，非摩詰也。」收入吳文治主編：《宋詩話全編》第貳冊，頁1522。而明胡震亨亦指此詩乃坡公「戲爲摩詰之詩，以摹寫摩詰之畫。」參見氏著：《唐音癸籤》卷三十三（臺北：木鐸出版社，1982年7月），頁351。

律」（或『即詩即畫』）的意義迥不相同；前者只是「綜合事實的結論」，後者卻是「懸設一個標準，歸納一條法則」〔註 42〕。故「詩中有畫」的原始義，當解釋爲「詩歌具有造型藝術之繪畫美特徵。」〔註43〕然而，亦有學者用「詩中有畫」一詞來概括宋代確立的「詩畫同質論」。代表性的觀點，如張高評便將它的意蘊區分成三方面：（一）指詩歌營構了生動而具體的形象，富含繪畫之美；（二）謂詩歌創造出鮮明、簡淡的境界，深中水墨山水的畫意；（三）詩歌借鏡繪畫的手法，使作品具有歷歷如繪的「再現」特質〔註 44〕。省察以上內容，其（一）恰合「詩中有畫」的原始義；但（二）、（三）卻與前文「詩畫一律」的涵蘊相同——這兩點毋寧說是「詩中有畫」的引申義或假借義。因此，就術語的清晰性來看，錢鍾書的主張顯然更具優勢。

總之，若謂「詩畫一律」挾帶著積極的後設性質，那麼「詩中有畫」便是個相對寬泛的形容（或判斷）詞彙。它或許以前者的第一項解釋爲基礎，例如從閱讀齊、梁風行的宮體詩（特別是蕭綱〈詠內人晝眠〉、〈孌童〉諸作）中喚起生動的視覺想像，卻因個人的「前見」而褒貶不一。但也可能像蘇軾在〈書摩詰藍關煙雨圖〉中道出「詩中有畫」、「畫中有詩」時那樣，以「詩畫一律」的第二項解釋作爲評騭的前提。

二、從「形似」到「神似」

關於詩、畫的「寫實」涵蘊，原則上可藉環繞「形似」的探討來釐清。首先無論是詩或畫，檢驗該件作品的寫實性，最直接的方法便是拿它與描摹的對象相較（即「喚取眞來映」），視其「形似」的精確度（宛如鏡面映出的分身）來評定。就觀畫行爲而言，作品的色相雖由視覺接收，但箇中意涵卻有賴主體思維的詮釋——此間除了理解力，想像力（imagination）亦至爲關鍵。

其實若無想像力的介入，一件作品幾乎不可能產生。所謂「寫實」的繪

〔註42〕錢鍾書：〈中國詩與中國畫〉，收入木鐸編輯室編：《文學研究叢編第一輯》（臺北：木鐸出版社，1981 年 7 月），頁 77。值得說明的是，錢氏此文雖經數次刪修，但各版本間唯修辭稍異，論旨並無不同。

〔註43〕語出張高評：《宋詩之傳承與開拓——以翻案詩、禽言詩、詩中有畫爲例》（臺北：文史哲出版社，1990 年 3 月），頁 305。另外，張氏將「畫中有詩」解作：「要求繪畫文學化，詩境化，借重詩法爲畫法，使繪畫包孕無窮之情趣。」見同書頁 347。

〔註44〕歸納自同上，頁 305。

畫，通常是「從各種角度觀察再畫」的成果。但即使在作畫當下，從「仔細觀察」到「筆畫在畫面上」之間，那怕只是一秒，也有段記憶（將圖像儲存到腦海）的時間。而想像力就是讓記憶中的圖像趨於「寫實」的觸媒——何況要將三次元的光景化爲二次元的畫面，本有待它的發揮。或者不妨借用徐復觀的說法：藝術之美，必須在對象的「第一自然」（一般形貌）之外，以作者的主觀精神把握其「第二自然」（形、神合一的姿貌）方能成立——儘管此處的想像力由「莊學」來置換〔註 45〕。可見想像力在創作及鑑賞活動中都具有一定的主導性。而在詩歌的範疇裏，這些活動則更形複雜。

在西方，萊辛的《拉奧孔》向來被視爲探討詩、畫關係的經典論著。該書對「形似」議題曾提出獨到的見解。萊辛認爲，當創作者將對象寫（畫）得極其生動，猶如眼前的畫面時，會教人產生一種「逼眞的幻覺」。這種幻覺依來源可分爲「詩中之畫」與「畫中之畫」。前者是種「意象」——詩人用一序列鮮活的畫面，讓讀者在歷覽的過程「意識到這對象比意識到他的語言文字還清楚」——；而後者則是「物質的圖畫」（案以其材料或媒介是物質性的，故名）——相對於詩的路數，畫家僅能繪出凝止的「最後一個畫面」。不過，「畫中之畫」卻是描寫物體美和引起逼眞感的最佳形式，無法拿「詩中之畫」來取代。他從荷馬史詩談起，指詩人雖可用暗示的筆法來創作；但因語言符號本身的特性（須在時間的先後承續中表義），縱有一序列精妙的局部描繪，也難以統合出整體的形相——不若在空間中並列線條、顏色的繪畫藝術。萊辛且舉康斯旦丁・瑪拿賽斯《世界編年史》第一一五七行以下爲例，詩曰：

她是一個美人，膚色美，眉毛也美，
腮幫美，面孔美，大眼睛，雪白皮膚，
眼睛微洼，說不盡的溫柔秀雅，
雙腕皙白，呼吸輕微，儀態萬方，
膚色皎潔，而雙腮卻是玫瑰紅，
容貌令人銷魂，眼睛嬌媚清新，
光輝煥發，天然不假雕飾，
白色的皮膚夾著玫瑰的緋紅，
像發光的象牙用深紅染透，

〔註 45〕徐復觀：〈釋氣韻生動〉，《中國藝術精神》，頁 157、178。

頸項長，白得發光，因此人們

把她叫做天鵝生的美麗的海倫。〔註46〕

依他所見，這種文體不過是一段勞而寡功的演示罷了〔註47〕。據此推論，要從「手如柔荑，膚如凝脂。領如蝤蠐，齒如瓠犀……」等形容中獲得逼眞的幻覺，恐怕是緣木求魚。

但在中國，《詩經・衛風・碩人》卻被推崇是描寫美人的千古絕唱。這與萊辛代表的一系觀點迥異。再者，相對於西方寫實繪畫傳統——特別是「透視法」發達之後——的立體風景，中國畫則如同張彥遠《歷代名畫記・論畫山水樹石》所敘：「群峰之勢，若鈿飾犀櫛，或水不容泛，或人大於山。率皆附以樹石，映帶其地，列植之狀，則若伸臂布指。」〔註48〕訴諸象徵性手法。又如爲了繪出「正確」的寫實肖像，杜勒（Albrecht Dürer, 1471～1528）利用取景框、觀景孔來創作；而號稱「畫絕」的顧愷之，則率意在裴楷的畫像上添鬚，且自詡讓人「定覺益三毛如有神明，殊勝未安時」。倘若顧愷之的作品「體現了他樸素的現實主義美學思想，體現了他對造型藝術的深刻了解」〔註49〕；那麼，此處「現（寫）實主義」的涵蘊，及其對「形似」的企求，必然有別於西方。

顧愷之曾以「千巖競秀，萬壑爭流，草木蒙籠其上，若雲興霞蔚」簡單數語活現會稽山川之美；而在〈神情詩〉中，更表露出他對自然的喜愛和細緻的觀察：

春水滿四澤，夏雲多奇峰。秋月揚明輝，冬嶺秀寒（一作孤）松。〔註50〕

通過「滿、多、揚、秀」等句眼，點染水、雲、月、松等觀賞對象，來體現不同季節的美景。鍾鑅《詩品》評其詩曰：「長康能以二韻答四首之美，……文雖不多，氣調警拔。」〔註51〕另外，《世說・文學》篇注曾引《續晉陽秋》

〔註46〕〔德〕萊辛著，朱光潛譯：《拉奧孔》（合肥：安徽教育出版社，2006年8月），頁122～123。

〔註47〕本段論述歸納自同上，頁82～140。

〔註48〕〔唐〕張彥遠著，〔日〕岡村繁譯注，俞慰剛譯：《歷代名畫記譯注》，頁64～65。

〔註49〕金維諾：〈顧愷之的藝術成就〉，《中國美術史論集》（臺北：明文書局，1984年10月），頁96。

〔註50〕逯欽立輯校：《先秦漢魏晉南北朝詩》中册，頁931。

〔註51〕〔梁〕鍾嶸著，曹旭集注：《詩品集注》，頁255。

所載：

（愷之）爲散騎常侍，與謝瞻連省，夜於月下長詠，自云得先賢風制，瞻每遙贊之。愷之得此，彌自力忘倦。〔註52〕

顯見他對本身的詩才亦甚爲自負。故從山水詩到肖像畫，顧愷之都能以簡約（不惜巧妙地改易眼見物貌）的手法來寫生，卻能教人在「形似」之外更覺傳神。凡此若出於一貫的美學思想，則他於〈魏晉勝流畫贊〉中提出的「遷想妙得」、「神儀在心而手稱其目」〔註53〕等語當可作爲註腳。這些話都某種程度地強調想像的重要性。只是在西方寫實主義麾下，想像乃爲了模擬出分毫不差的逼眞形相；而顧愷之等人意中的想像，則服膺如謝赫所謂「夫象物必在於形似，形似須全其骨氣」、「移其形似，而尙其骨氣，以形似之外求其畫」〔註54〕等主張。這種不離「形似」而追求「神似」（二者無須解作矛盾、對立關係）的美學觀，遂主導了往後詩、畫批評的標準。如葛立方《韻語陽秋》卷十四在節引歐陽修〈盤車圖〉（「古畫畫意不畫形，梅詩咏物無隱情。忘形得意知者寡，不若見詩如見畫。」）〔註55〕及蘇軾〈書鄢陵王主簿所畫折枝〉（「論畫以形似，見與兒童鄰……」）詩後，嘗設問「二公所論，不以形似，當畫何物？」且自對曰：

「非畫牛作馬也，但以氣韻爲主爾。」謝赫云：「衛協之畫，雖不該備形妙，而有氣韻，凌跨雄傑。」其此之謂乎？〔註56〕

他不但抬出歐、蘇兩位文壇領袖來樹立權威，更將其源推溯至謝赫的「氣韻生動」。而宋代以還對謝赫畫論的評價，則可從郭若虛《圖畫聞見誌敘論・論氣韻非師》中「六法精論，萬古不移」〔註57〕之說窺其梗概。

準此，若謂西方歷史一似英國詩人兼評論家斯彭塔（Spender）的觀察：「藝

〔註52〕〔南朝宋〕劉義慶撰，〔南朝梁〕劉孝標注，余嘉錫箋疏，周祖謨等整理：《世說新語箋疏》修訂本，頁275。

〔註53〕參見俞劍華：《中國畫論類編》上卷（北京：人民美術出版社，1986年12月），頁347～350。

〔註54〕〔唐〕張彥遠著，〔日〕岡村繁譯注，俞慰剛譯：《歷代名畫記譯注》，頁56～59。岡村繁譯云：「巧妙地無視對象的『外形寫實』、而只重視內在的『強烈的生命感』。」說法值得參考。

〔註55〕〔宋〕歐陽修著：《歐陽修全集》上冊（臺北：華正書局，1975年4月），頁44。

〔註56〕收入〔清〕何文煥輯：《歷代詩話》下冊（北京：中華書局，1997年3月），頁597。

〔註57〕收入楊家駱主編：《宋人畫學論著》（臺北：世界書局，1975年4月），頁29。

術的發展，爲主是採取擴大寫實主義（案即追求『形似』）的方向」〔註58〕；而中國卻早在魏晉即自覺到：「寫實是藝術修習中的一個過程，而不是藝術之所以爲藝術的本質所在。」〔註59〕甚至有如淺見洋二所言：「僅滿足于『形似』的詩畫觀是否曾經在中國存在過還是個問題。」〔註60〕顯見顧愷之揭舉的「遷想妙得」、「傳神寫照」說——擺脫客體「形似」的羈絆（但非全然無視），並藉主體的想像探求「神似」之境——才是中國藝術精神的勝義。

三、從「山水」到「人物」

高友工〈中國文化史中的抒情傳統〉一文曾說：「中國畫是抒情藝術中最重要的一環」、「（詩書畫）三絕雖是平等的，但實際上是以畫爲中心，而以詩書爲輔。」〔註61〕高氏認爲「內化」和「象意」是「抒情美典」的基本條件，而與它對立（模擬或寫實）的美典則偏重「外觀」和「代表」。依他之見，初期繪畫大抵是種寫實的藝術，其抒情性只能是間接的，因爲：（一）早期畫作多屬人物畫，其目的在於「外現」，缺乏「內省」成分；（二）這些畫在今日固然可視爲古樸、奇拙，但它們原本的理想卻是模仿現實，力求形似。承此，他對中國藝術的演化提出了解釋：

> 眞正使繪畫由寫實轉向抒情實在是逐漸由六朝到五代的一個發展過程。六朝對山水的傾心是先在山水詩中得到體現……當然在繪畫上影響也很深刻，如顧愷之及宗炳都有論著。〔註62〕

可見六朝是繪畫自寫實走向抒情，主題由人物轉向山水的重要時期。而此繪畫的自覺，或謂「藝術自律性的完成」，則可從顧愷之到謝赫一脈相承的創作理論獲得確證。至於高氏指稱水墨畫的目的是創造「物際的意義」（對固定實象所作的一種非直指的意義），「寫意」乃在透顯活潑潑的象外之意云云，不過是追求「神」（似）的另類說法而已。

然而對繪畫主題所反映的創作心理，徐復觀有更深刻的分析。徐氏認爲魏晉以來對美的啓發，主要得自莊學的藝術精神，它追尋的往往是一種主客

〔註58〕引自徐復觀：〈論氣韻生動〉，《中國藝術精神》，頁194。

〔註59〕同上。

〔註60〕〔日〕淺見洋二著，金程宇、〔日〕岡田千穗譯：《距離與想像——中國詩學的唐宋轉型》，頁133。

〔註61〕高友工：〈中國文化史中的抒情傳統〉，《中國美典與文學研究論集》，頁155、164。

〔註62〕同上，頁156。

融合的「物化」意境，或一個安頓身心的所在（或作爲象徵）。此即山水畫迥異於人物畫之處。而他對人物畫的反省是：

> 若以當時的具體人物爲對象，則縱能憑莊學的生活情調上陶冶之力，發現了對象的神，對象的氣韻；但此對象若非被作者所深摯愛慕的父母或女性，則作者的感情，幾乎不可能安放到對象中去，以使作者的精神得到安息與解放。〔註63〕

因此，想在活生生的人物身上發現一個安放自我生命的世界，恐怕是徒勞。同時在他看來，藝術強調變化，要求能擴展作者的胸懷，這在人物畫上都不容恣情揮灑；於是，作品所能涵融的精神意境便受到了限制。故徐氏援引明薛岡「人物禽蟲花草，多出畫工，雖至精妙，一覽易盡」、「畫中惟山水義理深遠，而意趣無窮」，以及文徵明「高人逸士，往往喜弄筆作山水以自娛」諸說爲據，宣稱自然（尤其是自然的山水），才是莊學精神「不期然而然地歸結之地」〔註 64〕。因爲莊子的「物化」觀不但能賦與自然以人格化，亦可賦與人格以自然化；如此，便讓人進一步想在自然的山水中追尋大美，安頓自己的生命。

歸納以上環繞繪畫的論述，可得出下列要點：（一）繪畫藝術發展至六朝後，風格逐漸自寫實走向抒情，主題則由人物轉向山水；（二）這段時期對美的啓發，主要來自莊學的「物化」精神，它讓人得以發現一個安頓身心的世界；（三）承上，此主客融合的意境只能從自然的山水中去追尋——若以具體人物爲對象，除非他是作者深愛的父母或女性，否則情感終將偏枯、失落；（四）山水畫實踐了莊子的藝術精神，誠爲中國繪畫的主流。

反觀詩歌的發展脈胳則與繪畫不儘同步。根據廖蔚卿的〈巧構〉和林文月的〈宮體〉、〈中國山水詩的特質〉諸文，魏晉到六朝也是山水詩、詠物詩和宮體詩相繼成爲詩歌主流——遞進發揮寫實精神——的時期（說詳第二章）；而〈巧構〉更將謝靈運派「巧構形似」的山水詩視爲寫實筆法的先驅。儘管這些文章已就當時文風的嬗變作了普泛（以《文心雕龍》爲準）的解釋；但其他學者對此論題亦不乏獨造的省察。例如高友工便認爲，山水詩所以步上「巧構形似」一途，乃是「詠懷」傳統的內容與形式無法整合之故——濫觴於古詩十九首的「詠懷」體，雖在詩人的立意上決定了一個內省的方向，

〔註63〕徐復觀：〈魏晉玄學與山水畫的興起〉，《中國藝術精神》，頁 227。

〔註64〕同上，頁 228。

卻未能在形構上開創一種相應的形式——；這可說是內省的對立。因此，即使是大謝的山水「還是未能內化，始終是從外觀物」，讀者感受不到詩人「能在一瞬間吸收了外在的山水而化為內在的景境」，其詩中的寫實材料只能以寫實原則來解釋〔註65〕。

不過高氏也表示，這項對立反倒在齊梁時代造就了一種獨特的形式：游戲式的「詠物詩」。而就詩人創作的態度來看，若謂「詠懷」是其生活中不得不作的表現，「詠物」便是刻意地對其身外的特定題目進行描繪，亦即「從『在心為志，發言為詩』的無意而生的活動走向以創造為一種特殊的、獨立的活動。」〔註66〕故依高氏之見，山水詩和詠物／宮體詩的同異如下：（一）它們都程度不等地與「詠懷」體的內省傳統相對立；（二）以大謝為代表的山水詩，雖涵具「感物詠志」的內省元素，卻沒能創造一個相應的形構——此外，箇中景物的描繪率從寫實原則，而非「象意」原則；（三）齊梁的詠物、宮體之作常帶著「游戲」性質，而其細膩寫實的筆致，則出於詩人對文學的自覺——內省轉向肯定形式本身有其存在的理由。以相仿的論點為基礎，徐復觀乃進一步臧否道：

> 由人的自身所形成的美地對象，實際是容易倒壞的；而由自然景物所形成的美的對象，卻不易倒壞；所以前者演變而為永明以後的下流色情短詩；而後者則成為中國以後的美地對象的中心、骨幹。〔註67〕

他強調有了玄學中的莊學向魏晉人士生活的滲透，才使得人本身、乃至山水松竹等自然景物都成為美地對象。但對莊學而言，文學中的山水田園還超越得不純不淨——仍夾雜源自五經，講求實用的人文氣息——；其純淨之姿，只能在以山水畫為主的自然畫中呈現。故他的價值判斷是山水畫高於山水詩，而山水詩又遠勝詠物詩及宮體詩。這或可視為高氏之外的第（四）項論點。

總括前述，儘管高、徐兩位學者已分從詩、畫等領域，對山水與人物的相關問題提出精到的解釋；但其中仍有值得辨析之處。例如徐復觀在論及「人物」時，除了說它無法安放作者的感情，不是理想的繪畫主題；又批評它容

〔註65〕說詳高友工：〈中國文化史中的抒情傳統〉，《中國美典與文學研究論集》，頁146～157；引文見頁157。

〔註66〕同上，頁146～151，引文見頁146。

〔註67〕徐復觀：〈魏晉玄學與山水畫的興起〉，《中國藝術精神》，頁236。

易倒壞，所以演變成永明以後下流、色情的短詩。而這些論斷恐有失當之嫌。首先，徐氏表示描繪對象若非作者深愛的父母或女性，則幾乎不可能安放其感情。細審此語涵蘊，實乃曲折地承認：將感情安放到畫中人物上不僅可能；而當對象是他深愛的父母或女性時，就更無扞格了。徐氏既全盤否決在人身上安頓身心的可能性，卻又把作者「深摯愛慕」的對象當成例外，其陷於邏輯矛盾殆無疑義。再者，依前文所引顧愷之畫裴楷的例子來看，人物畫非但能大獲成功，且對象無須侷限於父母或特定的女子——安放到箇中的感情，亦有親情、愛情之外的選擇。

此外，美地對象容易倒壞與否，跟文學的演變實無關連。而面對宮體（專寫易倒壞的人的自身）詩，若只一味斥之「下流」、「色情」，則不免是擎著道德大旗來抹殺作品的藝術成就了。沈德潛《古詩源・序》曾云：

> 即齊梁之綺縟，陳隋之輕艷，風標品格，未必不遜於唐；然緣此遂謂非唐詩所由出，將四海之水，非孟津以下所由注，有是理哉？……謂漢魏以下，學者不當蒐輯，是懲熱羹而吹虀，見人噎而廢食，其亦翦翦拘拘之見爾矣。〔註68〕

古人早有此等見識，我們豈宜重蹈因噎廢食、妄作裁斷的覆轍呢？

四、從「寫實」到「寫生」

根據前述的批評資料，將詩、畫一併探討，無論在中國或西方都是很早的事。而歷來的批評家也多半著眼在兩種藝術的相似點上。不過，中、外學者運用的觀看方式（或謂選擇的『窺孔』）卻有明顯的差異。

徐復觀在闡釋中國繪畫的特質時，特別舉了歐洲文藝復興時代的繪畫爲比，謂西方對人物的描寫，「是要發現能夠畫出空間地、身體地、物質地映像；及解剖學地正確性的手段。」〔註69〕凡此雖已道出其大旨，但仍值得略事補充。省察文藝復興時代對「詩畫比較」的論證，達文西的《畫論》無疑是箇中翹楚。由於生存在一個宣揚藝術與科學結合的時代，達文西亦熱烈歌頌眼睛及視覺（肉眼是當時唯一的觀察利器），認爲以視覺爲基礎的繪畫最適合描繪物體的形態美，和揭示自然的規律；又因人類的知識大部分來自視覺，而藉眼睛（『最準確／高貴的感官』、『心靈的要道』）來創作的繪畫，便成了認

〔註68〕〔清〕沈德潛注，王蒓父箋註，劉鐵冷校刊：《古詩源箋註》，頁1～2。
〔註69〕引自徐復觀：〈釋氣韻生動〉，《中國藝術精神》，頁196。

識自然和傳遞眞與美的最有力的手段。故他亟稱「繪畫的確是一門科學」、「繪畫被證明是哲學」、「（數學的）天文學不能缺少透視，透視正是繪畫的一個基本要素。」準此，以聽覺及倫理學爲訴求的詩歌，比起繪畫當然是「望塵莫及」了〔註 70〕。

「透視法」可說是歐洲藝術獨具的特色，它讓觀者的那隻眼睛成爲可見世界的中心（一如上帝的位置），並將攝入的表象稱作「現實」。但根據當代學者約翰・伯格（John Berger）的反省，這種透視的原則其實阻絕了視覺的交互性；因爲上帝的位置不需跟別人有關——祂自己就是位置本身。他認爲「透視法」的內在矛盾在於：「它將現實世界的所有影像結構起來，呈現在單一觀者眼前，然而這位觀者和上帝不同，他一次只能呆在一個位置上。」〔註 71〕這種觀看事物、確認現實的方式，長久主導了西方的繪畫藝術——當然也包括寫實主義風起雲湧的時期——，直到照相機發明後才徹底改變。若將此取向與傳統中國繪畫相較，則大致如巫鴻的剖析：

> 文藝復興確立的視覺模式中，自然世界與其圖畫再現相互對稱，二者同等重要；而中國繪畫中占支配地位的模式則是非對稱的，畫家強調的是繪畫形象和眞實世界之間以及繪畫形象彼此之間的隱喻性關聯。〔註 72〕

出於同樣的認知，徐復觀遂沿用既有術語，以「寫實」來統稱西方該類風格表現；並強調其與中國繪畫追尋的「寫生」意境迥別。而在徐氏詮釋下的「（與物）寫生」，乃是「與物傳神」、「遷想妙得」，是「由作者向對象的深入，因而對於對象的形相所給與於作者的拘限性及其虛僞性得到解脫所得的結果。」〔註 73〕故它絕非站在一個精神上的制高點，單向地將事物——其實止是由視覺所得之形——盡收眼底。猶有進者，徐氏認爲上述論點亦適用於文學。

無可諱言，藉「寫生」、「寫實」（主義）之稱來區判中、西方的藝術風格，有其方便性和一定的詮釋效力；但套用這種二分法有時不免流於僵化。

〔註 70〕詳參〔義〕達文西著，雄獅圖書公司編譯：《達文西論繪畫》，頁 19～29，引文分見頁 22、27、25。

〔註 71〕說詳〔英〕約翰・伯格著，吳莉君譯：《觀看的方式》（臺北：麥田出版社，2008 年 3 月），頁 10～43，引文見頁 21。

〔註 72〕〔美〕巫鴻著，文丹譯，黃小峰校：《重屏：中國繪畫中的媒材與再現》（上海：上海人民出版社，2009 年 12 月），頁 21。

〔註 73〕徐復觀：〈釋氣韻生動〉，《中國藝術精神》，頁 195。

事實上，在當代的學者看來，無論是支持者或反對者都經常誤解「寫實主義」的涵義。如琳達·諾克林（Linda Nochoin）便說「是類錯解乃來自於一項執信，那就是堅持以爲知覺活動是『純粹無染』而能不受到時、地的制約」；並斷言道：

> 「寫實主義」這個辭彙確乎完全洩露出的是一種特屬於十九世紀中期的妄想——妄想它業已發現一把鑰匙以解開現實之謎。〔註74〕

可見西方也早在二十世紀前半，就逐漸改變了對「寫實」的看法。據是，則徐復觀對「寫實」（主義）一辭的運用，恐將遭到如下質疑：（一）以偏概全：僅以部分的、陳舊的意義來詮釋「寫實」——或許是囿於時代環境，認知不足〔訛誤〕導致的謬誤；（二）範疇不對等：拿西洋藝術史上某段時期的流派，來和整個中國繪畫傳統作對比。因此，儘管由「寫生」一辭已可窺見中國藝術在描繪上的特色；但若要進一步移用西方的「寫實」概念來作映襯，尚須對其義蘊（系統及傳統上的）有充分的掌握，才不會治絲益棼。

第三節　寫實詩歌與小說之間的出位

梁啓超在《中國韻文裏頭所表現的情感》篇首即表示，希望他的論述能作爲中國和西洋文學比較的基礎，讓後學窺見雙方在文學表現上的差異，進而「知道自己民族的短處去補救他，纔配說發揮民族的長處。」（1978：3）只是受到種族、環境及時代等條件的牽制，梁氏蘊含「深意」的連篇言論，在部分當代學者看來卻是：

> 以梁啓超爲代表的涉及詩歌、散文、小說、戲劇的文學革命的濫觴，重心落在文學的社會作用上，政治功利色彩過濃，對西方文藝理論的認識還比較膚淺，因而沒有深入到文學的本質上來。〔註75〕

這段文字的要點可整理如下：（一）梁氏領頭的文學革命涉及了多種文學體製；（二）他從功能（特別是社會政治上的）來界定文學；（三）因對西方文藝理論的認識較爲膚淺，故其學說並未深入文學的本質。但以上批評實有檢討的空間。

〔註74〕〔美〕Linda Nochlin著，刁筱華譯：《寫實主義》（臺北：遠流出版事業股份有限公司，1998年3月），頁6。

〔註75〕方漢文主編：《東西方比較文學史》下冊（北京：北京大學出版社，2005年8月），頁707。

首先，認爲文學有某種固定的本質，這恐怕就是個迷失。其實在多數情況下，探問文學的本質恰似探問時間的本質，只會墮入和奧古斯丁同樣——沒有人問我，我倒清楚，有人問我，我想說明，便茫然不解了。——的疑惑〔註 76〕。然而，倘若卡西勒（Ernst Cassirer）《人論》的思維方法足爲吾人借鏡，那麼從功能的角度來掌握難以定義的「文學」，便有一定的詮釋效力〔註 77〕。所以，即使梁啓超等人偏好從社會作用來談（或操作）文學，亦不至淪於錯解——且因爲「方法」只是一種建議；它關涉的是效力問題，而非眞僞問題〔註 78〕。故此處或應將討論集中在梁氏的文學革命，檢視他在處理不同體類時可能運用的「出位之思」。

王德威在〈沒有晚清，何來五四？〉中曾指陳晚清最重要的文類當屬小說，他歸結道：

> 稱小說爲彼時最重要的公眾想像領域，應不爲過。藉著閱讀與寫作小說，有限的知識人口虛擬家國過去及未來的種種，而非一種版圖，放肆個人欲望的多重出口。〔註 79〕

韓南（Patrick Hanan）持論與此接近，也表示早在 1902 年梁啓超提出「小說界革命」之前（可上溯五十年），小說即已躍居中國文壇的主流，並展現出活潑的創作和實驗性〔註 80〕。陳平原則懷疑梁氏推崇小說爲「國民（案指西方）之魂」、「文學之最上乘」等言論，是「利用讀者變革現實（的）願望」而「故意製造一個西方國家以小說立國的『神話』」，以遂行「改良群治」的目的〔註 81〕。可見梁氏不但置身在一個小說盛行的環境，更試圖將此文類的重要

〔註 76〕〔羅馬〕奧古斯丁著，周士良譯：《懺悔錄》卷十一第十四節（臺北：臺灣商務印書館，2005 年 7 月），頁 255。朱光潛也曾藉此段文字來指涉藝術的美，參見氏著：《文藝心理學》（臺北：臺灣開明書店，1994 年 7 月），頁 146。

〔註 77〕關於「人是什麼？」這個問題，卡西勒表示：「如果有什麼關於人的本性或『本質』的定義的話，那麼這種定義只能被理解爲一種功能性的定義，而不能是一種實體性的定義。」〔德〕恩斯特．卡西勒著，甘陽譯：《人論》（臺北：桂冠圖書股份有限公司，1994 年 10 月），頁 101～102。而對「文學是什麼？」的探索，亦不妨循此途徑。

〔註 78〕說詳勞思光：〈哲學方法與哲學功能〉，收入馮耀明：《中國哲學的方法論問題》（臺北：允晨文化實業股份有限公司，1989 年 9 月），頁 1～8。

〔註 79〕收入王德威：《如何現代，怎樣文學？》（臺北：麥田出版社，2008 年 2 月），頁 23～42，引文見頁 24。

〔註 80〕說詳〔美〕韓南著，徐俠譯：《中國近代小說的興起》（上海：上海教育出版社，2004 年 5 月），頁 1～8。

〔註 81〕陳平原：《中國現代小說的起點——清末民初小說研究》（北京：北京大學出

性推向極致。但這些外因仍未能確證他借用了小說的觀點來批評其它文類。然而，若要尋求直接證據，則《中國韻文裏頭所表現的情感》間對「寫實派」詩歌的分析，毋寧就是其一。梁氏說演繹該文的一項前提是：「歐洲近代文壇，浪漫派和寫實派迭相雄長。……（我國古代）各大家作品中，路數不同，很有些分帶兩派傾向的。」（1978：57）而他的批評成果可歸納如下表：

寫實的定義	純用客觀、冷靜的態度來描寫他人情感。作法要領是要將外在事物照原樣極忠實地刻畫出來，並儘可能詳盡。
首篇寫實詩歌	無名氏〈孤兒行〉。
最具結構性的寫實詩歌	無名氏〈孔雀東南飛〉（〈焦仲卿妻〉）。
寫實詩歌的創作要訣及典範	以左思〈嬌女詩〉居冠，爲「冷靜觀察，忠實描寫」的代表作。
寫實風格的代表詩人	杜甫。而杜詩更有「純寫實派」（如〈後出塞〉、〈麗人行〉、〈遭田父泥飲美嚴中丞〉）、「半寫實派」（如〈羌村〉、〈北征〉）兩種風格。
寫實傳統壁壘的完成	白居易。以其將理論與創作結合，並藉大量的作品群將寫實詩歌推向高峰。範例爲〈秦中吟・買花〉、〈新樂府・賣炭翁〉等。

若再參照西方對「寫實主義」的普遍解釋（指一種客觀、忠實記錄或反映人類對存有的各種印象的書寫，並以十九世紀中葉以降的小說爲主文類——說詳導論），則謂梁氏移用小說的觀點來批評舊詩，便信而有徵了。這種情況正如王德威的反省：

> 清末文人的文學觀，已漸脫離前此的中土本位架構。面對外來衝擊，是捨是得，均使文學生產進入一國際的（未必平等的）對話的情境。〔註 82〕

儘管梁氏的文學主張多半從屬於更高的政治理念，但其批評手法（示範如何援用寫實主義）卻對後世造成深遠的影響。而他先肯定〈孔雀東南飛〉「寫十幾個人問答語，各人神情畢肖，眞是聖手」（1978：66），接著讚揚左思的〈嬌女詩〉寫實入妙，是描寫自家小兒女的絕唱；最後又推崇杜甫和白居易「對於客觀寫得極忠實極詳盡」（1978：70），筆下的田父、賣炭翁等形象鮮活，堪爲模範；凡此論述，當可視爲人物「典型」研究——儘管稍後的魯迅才明白標舉「典型」（人物）概念——的嚆矢。

版社，2006 年 5 月），頁 4～5。

〔註 82〕王德威：〈沒有晚清，何來五四？〉，《如何現代，怎樣文學？》，頁 28。

從藝術領域來看，「表現」與「再現」通常是兩項不可或缺的因素，且彼此應獲得某種程度的融合與統一，而非對立和割裂。當然，在不同的藝術類型中，這兩項因素毋寧是有所側重的——取決於該類藝術的本質特徵或特殊規律的內在要求。例如長期作爲西方戲劇、小說創作及批評主脈的「典型理論」，追求的即是「再現」的效果；而且，它「在歐洲經歷數千年滄桑而至今未衰」〔註 83〕。相較之下，引領中國詩、畫藝術傳統的，則是著重「表現」的「意境理論」——它「發軔於我國先秦，孕育於魏晉，形成於唐代，宋代之後得到長足的發展，盛行於明清之際。」〔註 84〕這是中西審美趨向上概略的區別。然而，從梁啓超到五四以降的有識之士，或因「話語上的虧欠」、「遲來的現代性」的焦慮〔註 85〕，遂狂熱地推展十九世紀歐洲寫實主義——特別是其中的人道胸懷及控訴精神——來爲中國文學定性。而他們筆下「典型」（人物）的涵義，也大抵不出「現實主義大師」巴爾扎克在《一樁無頭公案·初版序言》中所謂：

> 「典型」指的是人物，在這個人物身上包含著所有那些在某種程度跟它相似的人們最鮮明的個性特徵；典型是類的樣本。〔註 86〕

猶有進者，他們還把「典型」概念納入迥異的思想體系來運用。底下先取「摹形寫實」章節中的代表性論述作爲印證。

裴斐主編的《中國古代文學史》曾謂〈孔雀東南飛〉的藝術要點約有：以寫小說的方法寫詩、塑造了個性鮮明的典型人物，並藉由結構、佈局烘托出特定時空下被壓迫者的悲劇。北大中文系《新編中國文學史》推崇「偉大的現實主義詩人杜甫」的藝術成就時，說他在手法上學習並發展了「民間文學的長篇敘事詩」，讓讀者「看見了這個苦難時代中一系列民眾的形象：有老漢、老媼……士兵、農民、寡婦、船夫等等。他們都是這個時代中在某一方面具有典型意義的人物。」〔註 87〕而劉大杰《校訂本中國文學發展史》則宣稱白居易的敘事詩「如折臂翁、上陽白髮人、縛戎人等篇，都是通過敘述故

〔註 83〕詳參葉紀彬：《中西典型理論述評》（上海：華東師範大學出版社，1993 年 12 月），頁 271～293，引文見頁 272。

〔註 84〕同上，頁 271。

〔註 85〕語出王德威：〈沒有晚清，何來五四？〉，《如何現代，怎樣文學？》，頁 29～30。

〔註 86〕《古典文藝理論譯叢》第十六期（北京：人民文學出版社，1965 年），頁 137。轉引自葉紀彬：《中西典型理論述評》，頁 127。

〔註 87〕北京大學中文系編著：《新編中國文學史》第二冊，頁 157～165。

事的手法表現出來的」；且批評他膾炙人口的〈琵琶行〉云：

> 以琵琶女的淪落身世爲主題，再結合作者自己在政治上所受的迫害，反映出被壓迫者的悲慘命運。……琵琶女的形象和作者的境遇，都是具有典型意義的。〔註88〕

若參照琳達・諾克琳對「寫實主義」作品題材範圍的解析：

> 寫實主義者著重描寫低層，描寫平凡與卑微，描寫社會邊緣人等……，寫實主義者的目標乃是要去轉譯他自身那個時代的風格、思想及面貌於他的藝術當中。〔註89〕

顯然，眾文學史家仍遵循西方「寫實主義」、「典型」的原始義——包括其控訴精神——來行使這些術語。另外，除了裴斐直指〈孔雀東南飛〉的作者以小說筆法寫詩，其他學者偏重敘事、故事元素的批評，毋寧也更接近小說、而非傳統詩學的觀點。復次，猶如梁啓超的文學主張乃出於「愛國之思」，歷來較完整——指在理論與實際批評上較爲統合——的文學史，亦各有思路上的預設。

根據王德威的省察，從晚清到五四，再到三〇年代以迄現在，論者屢屢依照史料勾勒出一個（或數個）文學由舊翻新的「情節」——汗牛充棟的文學史著作可爲其證——；但那往往是過度簡化事態、削足適履的結果。他認爲在文學的範疇裏，「劇烈而龐雜的進化法則，無法由達爾文或馬克思來預告。」〔註90〕若以時下強調「複雜性」和「不可預測性」——例如巴克（Per Bak）的「沙堆假說」〔註91〕——的新思維來檢視文學史的嬗變，則王德威的省察無疑具有高度（且更具現代性）的詮釋效力。值得注意的是，他點出達爾文和馬克思並非毫無用心；因爲，前引劉大杰及北大中文系的著作，便是奉行此二家學說的代表。

前章述及，歷來文學史家在詮釋「諷諭寫實」類型的詩篇時，每有萃取其中「愛國」元素來發揮的傾向。以「現實主義的偉大詩人」杜甫爲例，劉

〔註88〕劉大杰：《校訂本中國文學發展史》，頁516～517。

〔註89〕〔美〕Linda Nochlin著，刁筱華譯：《寫實主義》，頁31。

〔註90〕王德威：〈沒有晚清，何來五四？〉，《如何現代，怎樣文學？》，頁31。

〔註91〕簡言之，丹麥學者巴克的「沙堆假說」，是指面對一粒粒築起的沙堆，任何知識都無法預測它何時會崩塌。說詳〔美〕喬舒亞・庫珀・雷默著，杜默譯：《不可思議的年代》（臺北：行人文化實驗室，2009年10月），頁76～85、90＝94。

大杰即稱其作品是「愛國思想和濟世精神的具體表現」〔註 92〕，北大中文系也說：「愛國愛民的感情，充滿字裡行間」、「愛國思想，人道主義精神，以及詩歌的現實主義，在這裏得到完美的發揮。」〔註 93〕凡此詮釋可謂與梁啓超聲氣相通，卻又同中有異——這可從各家的哲學預設來作區判。如劉大杰便把詩歌的興衰歸因於「進化的歷史性」。他追附王國維在《人間詞話》中融匯西方思想後揭示的「進化論的文學發展觀」〔註 94〕，並進一步闡釋道：

> 文學雖是人類的精神生產，然其本身，卻也正如一種有機體的生物，他的發展也可以看出由形成至於全盛衰老以及殭化的過程……。四言詩萌芽於周初……而衰於秦漢。後代雖偶有作者，即使費盡了心力，終無法挽回那已成的衰頹。辭賦的命運也是如此……。〔註 95〕

然後將它推及所有詩體及文類。但依龔鵬程的研究，劉氏之說完全是套用達爾文、史賓格勒（Oswald Spangler）一脈——從生物進化論到生物有機循環的歷史決定論——的思維，來解釋文學的變遷〔註 96〕。姑且不論此脈主張「科學命定論」的西方源頭，最終何以變成一種極端反理智主義的哲學；本文認爲，劉氏的操作恐怕涉及了些許謬誤。首先，用單一理論來概括複雜的文學（史）現象，其詮釋效力是值得懷疑的，因爲：（一）文體的興衰很難化約成單一的進化論，也無從預示其終極結果；（二）即便我們可以追本溯源，重新排列組合某些促使文學變化的因素，也不能想像、或保證其完滿的再現〔註 97〕。另外，將生物進化的法則——建立在生物類比和決定論者的假定上——移植到人文創造的範疇，也有適用性的問題。畢竟「一文化生老病死，

〔註 92〕劉大杰：《校訂本中國文學發展史》，頁 486、492。

〔註 93〕北京大學中文系編著：《新編中國文學史》第二冊，頁 141、143。

〔註 94〕劉氏徵引的段落是：「蓋文體通行既久，染指遂多，自成陳套。豪傑之士，亦難於中自出新意，故往往遁而作他體，以發表其思想感情。一切文體所以始盛終衰者，皆由於此。」王國維著，滕咸惠校注：《人間詞話新注》（臺北：里仁書局，1987 年 8 月），頁 122。「進化論的文學發展觀」一詞出自校注者，見頁 19。又王國維的《人間詞話》如何借鏡西學，乃至於促成後來的文學革命，可參葉嘉瑩：《王國維及其文學批評》（臺北：源流文化事業有限公司，1982 年 4 月），頁 212～213、263～270。

〔註 95〕劉大杰：《中國文學發達史》（臺北：臺灣中華書局，1973 年 4 月），頁 328。

〔註 96〕龔鵬程：〈試論文學史之研究——以劉大杰《中國文學發展史》爲例〉，《文學散步》（臺北：漢光文化事業股份有限公司，1991 年 10 月），頁 250～252。

〔註 97〕此二點改易自王德威對「現代性」的省察。見氏著：〈沒有晚清，何來五四？〉，《如何現代，怎樣文學？》，頁 30。

一文化繼之重演，如此循環不已」云云，並未被公認爲歷史發展的鐵律。故在當代學者看來，雜揉愛國情操、十九世紀小說觀及達爾文進化論的劉書，就不免「徘徊搖擺於個人浪漫與社會寫實之間」了〔註 98〕。

至於「北京大學中文系文學專門化 55 級集體編著」的《中國文學史》，無疑是那個年代「學術大躍進」的一個範本。它的論述特色，是「隨時能將問題拔高到無產階級與資產階級兩條路線鬥爭上」，並「堅定地站在民間立場，努力闡明民間文學在中國文學史中的決定性作用。」〔註 99〕舉杜甫爲例，其人其詩的偉大處即被解釋成：

> （他）意識到統治者的荒淫生活是建築在對老百姓的殘酷剝削上……且自覺地起來爲老百姓鳴不平。……他最優秀的現實主義詩篇，幾乎都是用百姓的口語來寫的。〔註 100〕

又論及宋初的詩文革新，也不外是「代表中下階層利益的文學集團對大官吏大貴族文學集團的競爭」〔註 101〕。然而，作者群恪遵的與其說是蘇聯馬克思批評，毋寧說是它的中國官方理論版本——雙方最主要的差別，在於後者無需受到文藝復興以來的藝術，以及十月革命前的俄國文學的束縛。就文本來看，它的確偏離了馬克思所謂「物質生產和藝術創造發展不平衡」，或恩格斯提出的「世界觀與作品之間的差異」等說法，將文藝評論建立在一個基本信念（毛澤東路線）上：階級鬥爭乃是人類生命中最基本的要素；而文學，也應爲政治鬥爭服務〔註 102〕。但時至今日，學人在重讀此編後的持平之論是:「回頭去看被清洗得如此乾淨的文學史，到底覺得它過於單純、過於理想化……不足以教人了解然後熱愛偉大祖國豐富的文化遺產。」〔註 103〕準此，則北大

〔註 98〕龔鵬程：〈試論文學史之研究——以劉大杰《中國文學發展史》爲例〉，《文學散步》，頁 252。

〔註 99〕戴燕：〈守護民間——重讀紅皮本《中國文學史》〉，《文學史的權力》（北京：北京大學出版社，2004 年 6 月），頁 200、202。

〔註 100〕北京大學中文系編著：《新編中國文學史》第二冊，頁 149～163。

〔註 101〕同上，頁 413。

〔註 102〕以上論點歸納自〔荷〕佛克馬、蟻布思著，袁鶴翔等譯：《二十世紀文學理論》，頁 73～122。另值一提的是，根據伊格頓的觀察，相較於中國馬克思主義左右政局的態勢，西方馬克思主義則因爲政治上的孤立無援，以致「最終多半都帶有學院、幻滅與政治無能的色彩，像是充滿戰鬥力的革命份子的鄉紳後代。」參見〔英〕泰瑞．依格頓著，李尚遠譯：《理論之後》（臺北：商周出版，2005 年 4 月），頁 46～47。

〔註 103〕戴燕：〈守護民間——重讀紅皮本《中國文學史》〉，《文學史的權力》，頁 204。

本闡釋「寫實」詩歌的方式略同於劉書——側重愛國思想及小說敘述手法——，只是將哲學預設換成馬克思主義而已。

綜理本節論述，可見從梁啓超以迄於當代的文學史著作，在闡釋本國的「寫實」詩歌時，往往先確立個人的哲學預設或特定訴求，然後借取小說的敘事特點來分析作品。而這種批評路數，若按文學史性、社會性以及藝術性等三項評價標準（說詳「諷諭寫實」章節）來看，詩藝的考量就只能退居末位了。

第四節　寫實主義的誤讀與誤判

前節述及，近代中國之所以狂熱地引介西方的文藝思想，概與「話語上的虧欠」、「遲來的現代性」（王德威語）等自覺息息相關。而流行於十九世紀的寫實主義，更以其蘊含的人道襟懷及控訴精神，被移來作爲中國文學在創作及批評上的主脈。根據王氏的觀察，中國文學現代性的推展，大抵是因應外來政治、技術的「現代化」而起，但並未形成一種前後因果的必然性——儘管深受西方現代思潮的衝擊，卻衍生出獨樹一格的內容，不能嵌入『西方文學進化論時間表』〔註104〕來評斷。誠然，王氏之說具有高度的詮釋效力；但檢視其論述重心，毋寧落在後設層面，對當時中國文學追逐現代性的實際操作，及後續的發展概況，難免顯得著墨不足。故在肯定王說的前提下，我們尚可提出進一步的闡釋。

關於近代中國推展「寫（現）實主義」概念的情形，楊春時、劉連杰合著的〈現實主義、浪漫主義在中國的誤讀與誤判〉〔註105〕一文（以下簡稱爲〈現實〉）的反省，足爲補充王說的起點。依〈現實〉之見，受到爭取現代性、建立現代民族國家等目標的牽制，使得作爲現代性產物的歐洲浪漫主義、寫實主義思潮，在中國傳播與接受的過程間發生了誤讀，並在面對中國文學問題時造成誤判。而這一系列訛誤又應從抽離思潮原處的歷史條件談起。

首先，所謂「現代性」（modemity）指的是十九世紀上半葉，由於近代工業的發展，傳統社會的農業文明逐漸被現代城市文明取代的景況。但這種變遷同時帶來負面的影響——城市生活束縛了人的自由，科學擯斥了人的靈

〔註104〕語見王德威：〈沒有晚清，何來五四？〉，《如何現代，怎樣文學？》，頁41。
〔註105〕楊春時、劉連杰：〈現實主義、浪漫主義在中國的誤讀與誤判〉，《社會科學戰線》第四期（長春：社會科學戰線雜誌社，2007年7月），頁100～107。

性，高貴精神不敵世俗的價值。而文學上的浪漫主義思潮，即是對現代性的第一次反動；它「以想像、激情甚至神秘主義和病態的頹廢情緒來對抗理性的現實；以理想和詩意來對抗世俗的生活。」〔註106〕其根源祧自歐洲中世紀的希伯來文化傳統和貴族精神。至於十九世紀下半葉崛起的寫實主義，則是對現代性的第二次反動。它訴諸人道主義及平民精神，並藉客觀的寫實手段，來揭露資本主義社會如何斲喪了人性。準此，儘管寫實派對浪漫派的主張提出了某些鍼砭——反對其逃避現實生活，或予以理想化的傾向——；但雙方共同的、首要的課題，卻在批判現代性過度發展衍生的災難上。故前文梁啓超所謂「歐洲近代文壇，浪漫派與寫實派迭相雄長」的狀述，恐怕無法顯現二股思潮較完整的涵蘊。而自梁氏以降對「寫實」論題的誤讀與誤判，可重新整理如下：

一、誤　讀

（一）五四以前的傳播、接受，都忽略了寫實主義爲一種文學思潮，而不僅是文學功能的描述。

（二）五四時期，由於中國特殊的啓蒙語境（科學至上），遂將寫實主義解讀成一種科學方法——確切而言，它依據的是實證主義哲學；但學者們卻將其與提倡「科學」（實爲生理學）方法的「自然主義」混爲一談。

（三）承上，論者皆忽略了寫實主義的根本思想，在於揭露並批判現代性帶來的社會問題，反倒將它轉換爲爭取現代性的「啓蒙主義」（以反抗封建體制爲首務）。同樣地，對浪漫主義的認識也僅止於表面的理想性，及粗淺的美學風格特徵而已。

（四）五四以降，在「革命古典主義」的語境下，浪漫及寫實主義的誤讀約有兩種：(1)僅將其視爲「創作方法」的運用，取消了生成的歷史規定性；(2)把兩者當作一種意識形態化的原則，或特定世界觀的體現——如謂二思潮各屬唯心及唯物主義等。

（五）承前，隨著對蘇聯文藝理論的移植，寫實主義被認定是唯物主義反映論的延伸，是最正確的「創作方法」；而浪漫主義則依其世界觀的先進或落後，又有積極和消極浪漫主義的區分。另外，爲了在批判現實之外表現更高的理想性，左翼文學群體遂援引「社會主義現實主義」——以社會主義精

〔註106〕同上，頁100。

神對現實作客觀的描寫——作爲理論主軸。凡此舉措，最終更演變成「革命現實主義與革命浪漫主義相結合」的創作方法。

二、誤　判

（一）將五四文學定性爲寫（現）實主義與浪漫主義。至於五四的文論家何以將批判封建體制的啓蒙主義，稱爲反抗現代性的寫實主義，其原因大抵如下：(1)歐洲寫實主義在時間上距五四較近，並有眾多的大文學家和經典作品背書，較易樹立權威性；(2)受到進化論的影響，遂比照歐洲文學思潮的演變順序（即王德威所謂的『西方文學進化論時間表』）來界定中國文學的歷史——且爲了迎頭趕上西方，唯有先推展（誤讀的）寫實主義；(3)深受俄國十九世紀文學（特別是啓蒙主義下的）影響，卻把它當作是寫實主義所致。

（二）五四以後，將「革命古典主義」定性爲「革命寫（現）實主義」，且是寫實主義最高的發展階段。由於寫實主義爲批判資本主義而生，革命古典主義打著反抗帝國主義旗號，故很容易認爲二者具有一致性。然而，除了前述對寫實主義的誤讀，學者們也忽略了西方「新古典主義」所屬的歷史語境與中國迥異——它訴諸貴族精神，並爲中央集權的封建王朝（民族國家雛形）服務。而這些錯誤更在毛澤東爲其注入理想性，標舉「革命現實主義與革命浪漫主義相結合」之後，長久地壟斷文壇〔註107〕。

省察前節主要的批評資料，大抵都挾帶著這些誤讀和誤判。不過，與其在眞僞判斷上檢討它們犯了先驗的謬誤還是後驗的訛誤，對於「誤讀」，此處實可作更積極的、正面的解釋。例如，哈洛・卜倫（Harold Bloom）在《影響的焦慮：詩歌理論》中即說：

> 誤讀是一種創造性的校正，實際上必然是一種誤釋。一部成果斐然的「詩的影響」的歷史……乃是一部焦慮和自我拯救之漫畫的歷史，是歪曲和誤解的歷史，是反常和隨心所欲的修正的歷史。〔註108〕

因此，儘管以梁啓超爲代表的五四之前的學者，普遍地「對西方文藝理論的認識還比較膚淺」——僅視其爲創作手法——；但這種現象，或許也跟他們爲了儘速改造民族文化，無暇在世用之外深究文學的本質有關——如梁氏的小說革命，即以『改良群治』終極目的。至於五四以後的發展，除了沿續對

〔註107〕毛氏之說略見同上，頁106。

〔註108〕〔美〕哈洛・卜倫著，徐文博譯：《影響的焦慮：詩歌理論》，頁30。

寫實主義的誤讀，劉大杰套用達爾文、史賓格勒的學說作爲論述架構，「北京大學中文系文學專門化 55 級」和游國恩等，則遵循中國官方版本的馬克思文藝理論（也是一種『創造性的誤讀』）進行書寫。而隨著這些著作接連成爲學界指定的教材，更左右了後人對中國文學的認知。

關於劉大杰以進化論、生物有機循環的歷史決定論來建構中國文學史，其得失前節已作過反省；但北大中文系 55 級和游國恩等所走的階級鬥爭（實爲毛澤東）路線，卻值得在此提出更嚴密的分析。根據佛克馬、蟻布思二人的觀察，影響中國文學研究最鉅的「毛澤東路線」，奠定於毛氏 1942 年的延安文藝座談會的講話（以下簡稱爲〈講話〉）〔註 109〕。而依王瑤之見，〈講話〉不但是「『五四』以來革命文藝運動實踐經驗的科學總結與集中概括」，且是「馬克思列寧主義在中國的運用和發展」〔註 110〕。他認爲〈講話〉的基本精神，可從五個方面來理解〔註 111〕：

（一）關於文藝與人民的關係

由五四開始，中國現代文學史的主要發展趨向，是「追求和探索如何使文學更好地更有效地爲人民服務」；因此，它提出「注意社會問題，同情於『被損害者與被污辱者』」的主張。到了二〇年代末期，「表同情於無產階級的社會主義的寫實主義的文學」的口號成爲創作的準則。而隨後發表的〈講話〉，更點明文藝服務的對象應「以工農兵爲主體」，寫出「能夠引起群眾的愛和憎，感動、理解或共鳴」的作品。

（二）關於新文學的革命現實主義傳統

〈講話〉豐富並拓展了五四以降的革命現（寫）實主義——基本精神是藝術必須反映現實生活，重視其眞實性——的傳統。它強調最高的文藝在形式上應是現實主義的，在內容上是社會主義的。準此，毛氏移用了蘇聯作家協會對「社會主義現實主義」創作方法的規範：

> 要求藝術家從現實的革命發展中眞實地、歷史地和具體地去描實現

〔註 109〕毛澤東：〈在延安文藝座談會上的講話〉，收入中國科學院文學研究所馬克思主義文藝理論叢書編輯委員會編：《毛澤東論文藝》（北京：人民文學出版社，1958 年 12 月），頁 51～85。又佛克馬、蟻布思的論述詳參二氏合著，袁鶴翔等譯：《二十世紀文學理論》，頁 95～104。

〔註 110〕王瑤：〈《在延安文藝座談會上的講話》在現代文學史上的歷史意義〉，《中國文學：古代與現代》（北京：北京大學出版社，2008 年 5 月），頁 46。

〔註 111〕以下五點歸納自同上，頁 46～72。

> 實。同時藝術描寫的眞實性和歷史具體性必須與用社會主義精神從思想上改造和教育勞動人民的任務結合起來。〔註 112〕

總之，作家要「學習馬克思列寧主義和學習社會」，才能體現正確的思想傾向性和藝術眞實性的統一。

（三）關於「文藝問題上的兩條戰線鬥爭」

爲了反對政治觀點錯誤的藝術品，同時反對只有政治正確而沒有藝術力量的所謂「標語口號式」的傾向，〈講話〉發動的戰線有二：(1)對錯誤思想進行鬥爭——以擴大無產階級的思想陣地；(2)對忽視藝術質量的作品進行鬥爭——作家要豐富自身的學養（縱橫古今中外），才能更有效地爲社會主義服務。

（四）關於繼承和發揚民族傳統

現代文學在發展中學習和借鑒外國進步文學，此乃痛感祖國思想文化的落後所採取的一種自覺行動；而它與繼承、發揚民族傳統的需求並不衝突。〈講話〉提醒作家既要學習過去一切優秀的文化遺產，又必須使之具備現代化、民族化的特點——決不能盲目地『硬搬和模仿』外國文學——，以達到「古爲今用，洋爲中用」的目標。

（五）關於文藝隊伍問題

〈講話〉提出「文藝界統一戰線」之論——即無產階級作家應在不同範圍、不同層次上與廣大作家進行團結並展開鬥爭。但由於「毛澤東同志對當代的作家、藝術家以及一般知識份子缺少充分的理解和應有的信任」〔註 113〕，民主主義文學遂被排除在整個革命文藝的版圖之外——如奉行〈講話〉者對巴金作品的多次批判——，阻礙了社會主義文學的蓬勃發展。故王瑤建議，無產階級的文藝隊伍應適度擴編，與民主主義者結成反封建、反迷信落後的思想聯盟。

按照戴燕的觀察，堅決地「守護民間」且「隨時能將問題拔高到無產階級與資產階級兩條路線鬥爭上」的「紅皮本」，無疑是貫徹〈講話〉精神的產品。它成書的「原因動機」（because motive）〔註 114〕，是要以青年學子的

〔註 112〕同上，頁 55。

〔註 113〕胡喬木：〈當前思想戰線的若干問題〉，引自同上，頁 71。

〔註 114〕由過去的客觀經驗（歷史、事件等）所決定的稱爲「原因動機」。說詳〔奧〕

「革命積極性」，去推翻某些身爲「大批判」對象的老教授（『資產階級專家』）所發「你們能破不能立！」的譏刺，傾力「把紅旗插上中國文學史的陣地」〔註 115〕。而其具體操作，是高舉社會主義現（寫）實主義的大旗重構中國文學經典——另一種強義的誤讀及誤判。然而，隨著政治情勢的轉變，以「紅皮本」爲祖本的繼起之作，也各自進行了論述的調適。它們的差異，可從對「偉大的浪漫主義詩人李白」的批評中窺見梗概。如「紅皮本」云：

> 劉大杰把李白說成是「天才、詩人、神仙、豪俠、隱士、酒徒、流浪者、政治家的總匯」，絲毫不從階級觀點上去分析，於是掉入不可知論的泥坑，實際上是對我們偉大詩人的一種誣蔑，另外，他讚揚李白描寫貴族公子生活的〈少年行〉，讚揚「我醉君復樂，陶然共忘機」的消極醉酒思想，也說明了資產階級學者自己的趣味……。〔註 116〕

作爲過渡的「白皮本」謂：

> 李白將我國古典詩歌中的浪漫主義推到了最高峰……他的筆接觸到專制社會生活的各個方面：從邊塞的戰士到江南的礦工和漁女，從普通的縴夫到皇帝和貴妃，天上的神仙、日月星辰、歷史上的帝王將相，都一齊在他筆尖下旋轉。這說明，李白把浪漫主義與現實主義緊密地結合起來了。浪漫主義也是一種反映現實的方法，特別是積極浪漫主義，需要人們對現實採取批評的態度，因此它就要有現實生活的基礎。〔註 117〕

定本「藍皮本」則說：

> 他的政治上的遠大抱負，他對祖國和人民的熱愛，對權貴勢力，對封建社會一切壓迫和羈束毫不調和的叛逆態度，正是他詩歌浪漫主義精神的主要表現。……他有一些作品可以說是寫實主義的，例如那些描繪揭露黑暗現實面貌、幻想成分較少的作品就屬於這一類。〔註 118〕

舒茲著，盧嵐蘭譯：《舒茲論文集》（第一冊）（臺北：桂冠圖書股份有限公司，1992 年 5 月），頁 92。

〔註 115〕事件始末詳參戴燕：〈守護民間——重讀紅皮本《中國文學史》〉，《文學史的權力》，頁 199～201。

〔註 116〕轉引自同上，頁 201。

〔註 117〕北京大學中文系編著：《新編中國文學史》第二冊，頁 133。

〔註 118〕游國恩等主編：《中國文學史》上冊，頁 465。

「紅皮本」對劉大杰個人及其著述的批判，顯是〈講話〉「文學即武器」戰線的延伸〔註 119〕。而稍後敦請游國恩、林庚、吳組緗等人（原爲鬥爭的對象）參與修編的「白皮本」，除了依舊堅守毛澤東的理論，已不再費心聲討學界的老教授——僅籠統表示『有些人』忽略了積極浪漫主義原本即有反抗現實的一面〔註 120〕。此外在評騭李白的詩藝時，也改取〈夢遊天姥吟留別〉、〈古風・西上蓮花山〉、〈蜀道難〉、〈擣衣篇〉、〈去婦詞〉、〈長相思〉等作品爲重心。於是，李白在中國文學史上的崇高地位，被歸因爲「創造了浪漫主義的境界去表達民眾的生活理想和願望」；即便是他筆下奇險的山川，也無不「融和著強烈的愛國感情」〔註 121〕。

至於長期作爲中國大陸文學史教材權威的「藍皮本」，則進一步刪節了「白皮本」枝蔓的修辭——如屢稱李白的詩歌是『我國詩壇的奇光』、『世界的奇珍異寶』〔註 122〕——；同時，爲了呼應左翼文學從創作方法談「革命現實主義與革命浪漫主義相結合」的傾向，削弱「白皮本」挾帶的過激論點，遂改稱李白「在一定程度上體現了浪漫主義和寫實主義的結合」〔註 123〕。

從「紅皮本」、「白皮本」到「藍皮本」，儘管它們都奉〈講話〉爲文藝理論的終極標準，其間「爲政治鬥爭服務」的操作卻有遞減的跡象。但不變的是，「寫實主義」始終被誤讀成一種純粹的創作方法——它既與反「現代性」的思潮無關，且必須結合社會主義才能展現價值。另外，循此觀點來詮釋中國文學史，最終亦造成了連番的誤判。然而猶如哈洛・卜倫之見，所謂誤讀、誤判毋寧都是「創造性的校正」；因此，在明白上述文學史撰寫的「目的動機」（in-order-to motive）〔註 124〕後，我們不妨換個角度看待這些泛政治化的論述。畢竟建構忠於黨的精神的「寫實概念」（包括系統及傳統），才是當時中

〔註 119〕參與撰寫「紅皮本」的王水照乃更作一文，將劉大杰打成「四人幫」的同夥，說他的論述「是反對和取消毛澤東同志的上述正確標準」（案指〈講話〉）。參見氏著：〈中國文學史編寫工作的教訓——評新編《中國文學發展史》〉（唐代部分），《唐宋文學論集》（濟南：齊魯書社，1984 年 7 月），頁 123～145，引文見頁 135。

〔註 120〕北京大學中文系編著：《新編中國文學史》第一冊，頁 108。

〔註 121〕同上，第二冊，頁 134。

〔註 122〕同上，頁 135。

〔註 123〕游國恩等主編：《中國文學史》上冊，頁 473。

〔註 124〕由行動未來欲實現的目的所構成的稱爲「目的動機」。〔奧〕舒茲著，盧嵐蘭譯：《舒茲論文集》（第一冊），頁 91～92。

國作家、批評家們的用心所在〔註 125〕。

小　結

回顧本章從「出位之思」來檢視當代環繞「寫實」論題的批評，其中的要點可概括如下：

（一）中國（一如西方）自古即有拿詩歌與繪畫作比較，並視爲同質的評論。但對其顯現出高度自覺，進而當成一項根本的論題，卻要等到宋代；且它主要是藉「詩畫一律」論被探討的。

（二）所謂「詩畫一律」大致有兩種解釋：(1)指二者都能描繪、再現事物形貌，達到寫實的效果；(2)就中國傳統的審美觀而言，它傾向以「南宗」爲典範風格——特別是在繪畫領域。相對之下，「詩中有畫」則屬於較寬泛的批評。

（三）若謂西方藝術的發展，乃是以闡揚寫實主義（追求『形似』）爲主要方向；那麼擺脫「形似」的羈絆，並藉主體的想像去探訪「神似」之境，才是中國藝術精神的勝義。

（四）六朝可說是中國藝術風格轉變的關捩時期，而徐復觀與高友工亦曾分別自繪畫、詩歌領域，對作品的表現（從山水到人物）提出獨到的解析：

徐復觀：繪畫進路	1. 畫風自寫實走向抒情，主題則由人物轉向山水。 2. 當時對美的啓發，主要來自莊學的「物化」精神，讓人得以發現一個安頓身心的世界。 3. 承上，此一主客融合的意境只宜從自然山水中去追尋。 4. 山水畫實踐了莊子的藝術精神，允稱中國繪畫的主流。 5. 在藝術價值上，山水畫高於山水詩，而山水詩又遠勝詠物、宮體詩。
高友工：詩歌進路	1. 山水詩和詠物／宮體詩都某種程度地與「詠懷」的內省傳統對立。 2. 以大謝爲代表的山水詩，雖有「感物詠志」的元素，卻沒能創造出相應的形構。 3. 詠物、宮體之作雖帶著「遊戲」性質，但其細膩寫實的筆致，則出於詩人對文學形式的自覺。

（五）詩歌與小說之間的「出位」批評，當以梁啓超作爲前期的代表，其後則多見於文學史著作。此路批評模式是先確立哲學預設或特定訴求，再借取小說的敘事特點來詮釋詩歌；而通常，社會性的意義也是他們首要的判準。

〔註 125〕以研究「古代最偉大的現實主義詩人：杜甫」的論文爲例，王水照〈杜甫思想簡評〉想要「從杜甫的政治理想來看他的思想的階級屬性」，還得先重申馬克思主義精神，引用毛澤東「各種思想無不打上階級的烙印」之語來作基準。文收氏著：《唐宋文學論集》，頁 53～54。

第五章　結　論

回顧本文的研究，可從底下幾個層面試加總結：（一）辨明由批評資料的取捨衍生的詮釋效力問題；（二）整合關涉「寫實概念」的批評成果；（三）檢討本文在研究上可能的限制及其發展性。

第一節　本文的詮釋效力問題

對本文在批評資料上的選取，或有出自「乞求論點」、「範疇不對等」及「訴諸權威」等邏輯上的質疑；凡此值得辨明於下。

首先猶如首章所述，儘管本文援引的批評皆移用了西方的「寫實」之名，但它並非先作結論後找證據（『乞求論點』）的舉措。因為在中國的傳統詩歌裏，原本就蘊藏了豐富的寫實風格的作品，故此處不過是藉一個較具現代意義的名稱，來整理既存文獻，增進讀者建構文學知識的效率而已。例如《詩經》中的〈碩人〉以細膩筆觸再現了一幅栩栩如生的美女圖像，〈七月〉詳盡地刻畫出豳地農民（或說被奴役）的生活境況；若參考「寫實」的普遍定義——強調忠實反映——，則將二詩各視為「摹形寫實」與「諷諭寫實」風格的典範，誠可謂適得其所。

其次，按照劉若愚《中國文學理論》揭示的架構，本文「摹形寫實」與「諷諭寫實」章節裏主要的批評資料，便有範疇上的歧異——前者概屬一 B、二 B（文學批評、文學批評的批評）；後者多歸入一 A（文學史）。然而，本文除了未設定兩種寫實類型在內涵或外延上相頡頏，資料較多元的分布也不足為病。其實這種非對稱的分布，毋寧更貼近現代「複雜理論」學者對事物的觀點——承認它們內在秩序的複雜性及發展趨向的難以預測。當然，由此亦可窺見批評家們多元的寫實認知。

另外，「訴諸權威」的謬誤總發生在強勢地引用個人（乖違眾議）的意見上。反觀本文非但不偏採一家之言，所收者也都是可受公評的專家論見，再作集體參較；故實無此病。但有必要補充解釋的是，這些批評何以別具「代表性」。在「摹形寫實」章節裏，作爲研究主軸的是梁啓超《中國韻文裏頭所表現的情感》、廖蔚卿〈從文學現象與文學思想的關係談六朝巧構形似之言的詩〉、林文月〈宮體詩人的寫實精神〉、蔡英俊〈「情景交融」的理論基礎（下）:「物色」與「形似」〉，再酌參王力堅《由山水到宮體》、洪順隆《由隱逸到宮體》等著作中關涉「寫實」的論述。此處取材的標準，在於對「寫實」議題有無清晰的核心意識；而上列諸家誠爲當代批評中較突出、且兼具開創性者。

至於「諷諭寫實」章的論據，除了梁啓超的作品，主要還有劉大杰《中國文學發展史》、北京大學中文系文學專門化 55 級集體編著《中國文學史》（以下省稱「北大本」）〔註 1〕、游國恩等主編《中國文學史》、袁行霈主編《中國文學史》以及裴斐主編《中國古代文學史》等。徵引文學史的考量，乃因它「在研究中國文學的人，是一門最主要的科目」（見首章梁容若語）；而選用上述書籍的理由，則是它們在才、學、識（包括解釋文學演化的哲學預設）的整體表現較爲一貫，堪稱特定思維下的代表作。以劉大杰《中國文學發展史》爲例〔註 2〕，董乃賦說它「運用新尖理論，貫注現代意識」（案指達爾文進化論），是「文學史撰作的一座豐碑」〔註 3〕。戴燕謂「北大本」不但堅決「守護民間立場」，並充溢著「向資產階級學術思想展開不調和的鬥爭」的信念〔註 4〕——當然，也成了貫徹中國馬克思主義的範本。李琨（元尚）指稱游國恩等主編之作，是「完成文學史教科書『大一統』使命的權威版本」；另在

〔註 1〕考察「北大本」的祖本於 1958 年 9 月面世，俗稱「紅皮本」。而高雄復文圖書出版社《新編中國文學史》的底本，當是以「紅皮本」爲基礎作修訂，在 1959 年 9 月出版的「白皮本」。由於此編與前著差異有限，且仍署名「北京大學中文系文學專門 1955 級集體編著」，故視爲一體當無不宜。

〔註 2〕本著以華正書局《校訂本中國文學史》爲主，台灣中華書局《中國文學發達史》爲輔。

〔註 3〕董乃賦：〈劉大杰文學史研究的成就和教訓〉，收入陳平原主編：《中國文學研究現代化進程二編》（北京：北京大學出版社，2005 年 1 月），頁 255～256。

〔註 4〕戴燕：〈守護民間——重讀紅皮本《中國文學史》〉，《文學史的權力》，頁 203。

思想背景上，「其中『左』的味道，在今天看來還是『濃得化不開』」〔註5〕。袁行霈主編的《中國文學史》則於近年來頗有取代游著，成爲最通行教材的跡象（在對岸尤爲普遍）。此著的特點是對文學史作爲一門學科的意義，及其運用的方法學展現更充分的自覺；而書中以相對勢力間的「不平衡」——包括文體發展、朝代和地域等——當作文學演進的主因，可說與馬克思「物質生產和藝術創造發展不平衡」的觀點血脈相連〔註6〕。最後由裴斐領銜的《中國古代文學史》，除了篤信「審美與功利追求之二律背反」是貫穿中國文學的鐵律〔註7〕，對個別作品時也每有獨到的、系統化（明顯移用西方文論）的詮釋。

準此，本文選擇上述作品爲批評範例當無不宜。

第二節　本文研究成果的統合

自從陳世驤提出「抒情傳統」來概括中國文學的特質，環繞這個觀點的研究——涵蓋了比較文學、文學史、美學、傳統詩學，乃至於發生學與本體論等——便層出不窮地面世，儼然成了論述上的主流。不過中國文學絕非只有抒情傳統，就「美典」而言，它兼具抒情與敘事兩種（高友工語）；從書寫形式來看，它蘊含了抒情與寫實之分（且彼此衝突。蔡英俊語）。此外，敘事與寫實也往往合流——例如藉細膩的敘事手法展現寫實效果。根據本文對當代重要批評的彙整，中國雖未見符合西方定義的史詩、長篇敘事詩（Epic），但寫實詩歌的存在殆無可疑。而論及這些批評關涉的範疇，則尚可區判爲：（一）「摹形寫實」：細膩描繪事物情態的作品；（二）「諷諭寫實」：反映世間黑闇或人心幽怨的作品。

「摹形寫實」詩歌的興盛，可舉魏晉的山水詩和宋齊的宮體詩、詠物詩爲代表。由於談玄、佞佛和及時行樂的風氣，加上「緣情」說的提出——即牟宗三所謂「智悟」與「藝術」境界的調適——，促使當時的文人追求純粹

〔註5〕另據著者的描述，此書從1963年以來至少已發行了185萬套，影響層面極大，且近日猶修訂再版，堪稱「五十年磨一書」。參見李琨（元尚）（2009）。〈《中國文學史》的定本藍皮本〉。元尚博客。[Online]. Available: http://blog.sina.com.cn/s/blog_53a049410100fzxu.html (2009. 12.17)。又此處引用已徵得作者同意。

〔註6〕說詳袁行霈主編：《中國文學史》上冊，頁1～12。

〔註7〕語見裴斐主編：《中國古代文學史》上冊，頁5。

的美感經驗。若就詩風的遷變來看，大抵是從混融「美的品鑒」與「具體智悟」的山水詩，走向全然耽於美趣的宮體詩、詠物詩。又「巧構形似之言」（特別是謝靈運派）的山水詩，概以「體物＋寫物＋感物詠志」爲基型；而宮體詩與詠物詩則承續其間的寫實筆意，描繪出栩栩如生的人物圖像。但二者仍有如下差異：（一）宮體詩不具備「感物詠志」的要素；（二）山水詩多泛寫開闊的自然景致，宮體詩則每聚焦於閨閣內的特定事物；（三）山水詩多展現出與書寫對象和諧共生的狀態，宮體詩卻往往摻雜著個人的情欲；（四）山水詩的寫實特點在於多元地運用感官經驗，宮體詩則常偏重視覺的意象。至於六朝時期涉及寫實詩歌的理論，主要是以「物色」與「形似」觀念來統攝的——前者指的是自然景物的姿貌，或引申爲情景交會時獨運的匠心；後者是對景物外觀逼肖的描繪，或表示一種駕御寫實文字的技藝——惟其有時缺乏「文已盡而意有餘」的韻致。且這些觀念的影響直到南宋中晚期才被「情景交融」取代。

濫觴於《詩經》的「諷諭寫實」詩歌（可舉〈七月〉爲代表），其敘事手法發展至兩漢樂府詩時漸臻完熟，並展現如下特點：（一）以愛憎分明的態度對百姓生活作寫實刻畫；（二）新創五言詩體且活用雜言體；（三）雜揉故事、情節、人物性格及對話諸元素，間有戲劇性的場面描寫。而〈孔雀東南飛〉不但將上述特點發揮得淋漓盡致，更塑造了典型人物（被當代學者解作小說筆法），以高度的劇劇張力交疊數幕「抒情場面」（異於小說情節和故事的線性鋪陳），貫徹了諷諭的精神。迨及唐朝，「諷諭寫實」詩歌在杜甫筆下攀至顛峰，繼而由白居易完成其「壁壘」（提出相表裏的文學理論）。二人作品的共同處是直截彈劾時政，揭露普遍的社會問題，並將生活現狀作典型化（包括設定典型人物）的概括；惟白詩或有夾雜過多主觀批評，乃至於「錯體」的瑕疵。另外，伴隨此類詩歌衍生的尙有「愛國詩人」一名——意指懷抱忠君愛民的精神，秉持寫實詩風，且飽經戰亂或長銜亡國哀痛的詩人——；而它也成了文學史書寫不容忽視的主題。

若再以「出位之思」來檢視兩類寫實詩歌的批評，則「摹形」每與繪畫合論，「諷諭」多取小說齊談。「詩畫一律」論關乎對藝術本質的思考，它的解釋概有：（一）指兩者都能寫實地描繪、再現事物的形貌；（二）在中國主流的審美傳統下，「南宗」堪稱其典範風格——特別是繪畫領域。猶有進者，若謂西方藝術乃以發揚寫實主義（追求『形似』）爲趨向；那麼，擺脫純粹「形似」的束縛，透過主體的想像去探訪「神似」之境，才是中國藝術精神的精義。故依徐復觀之見，山水畫的價值高於山水詩，山水詩又遠勝宮體詩、詠物詩。然而，高友工卻認爲這些被判爲最下的、帶著遊戲性質的詩，雖與「詠懷」的內省傳統不侔，其細膩寫實處仍顯現了對文學形式高度的自覺。至於詩歌與小說間的「出位」批評，在梁啓超之後多散見於文學史著作。他們的的操作模式是先確立哲學預設，再借用小說的敘事特點來詮釋詩歌。而社會性的意義通常是他們主要的判準。

第三節　本文可能的限制與發展性

對於引發學術界連續討論的「抒情傳統」觀念，其中較具代表性的研究，據張淑香的整理有：

（一）陳世驤〈中國的抒情傳統〉：採取比較文學及文學史的宏觀視野。

（二）高友工〈文學研究的美學問題（上）：美感經驗的定義與結構〉、〈文學研究的美學問題（下）：經驗材料的意義與解釋〉：運用傅瑞（Northrop Frye）與耶考布森（Roman Jakobson）的理論，來探討中國文學與藝術的「抒情美典」問題。

（三）蔡英俊《比興物色與情景交融》：統合中國傳統詩學中比興、物色與情景交融的批評，藉以觀察中國抒情美學在時序上的演變過程。

（四）呂正惠〈物色論與緣情說〉：深入剖析六朝抒情美學的特質。

（五）張淑香〈抒情傳統的本體意識──從理論的「演出」解讀「蘭亭集序」〉：從發生學與本體論的觀點來思考構成抒情傳統的因緣〔註8〕。

由此可見，當代對「抒情傳統」的研究涵蓋了比較文學、文學史、美學、傳統詩學以及本體論等範疇。而在「寫實」傳統獲得確證（包括擁護「抒情傳統」者的肯定）的前提下，本文亦嘗試從上述範疇對「寫實」論題進行詮釋。大略言之，本文以「摹形寫實」與「諷諭寫實」兩類型爲主軸，比較了中西藝術精神的差異，闡釋了文學史與文學批評中相關的論述；並就「詠懷」的內省傳統如何轉向純粹美的追求，及文學（本體論）自覺與社會性判準的

〔註8〕以上整理自張淑香：《抒情傳統的省思與探索》，頁41～42。

消長提出分析。但是，因本文的研究側重在理論批評，故對作品的實際批評便略顯不足——多延用代表性批評所引的例詩——；而若要讓「寫實傳統」的立論基礎更爲穩固，自當對文學史再作通盤的檢視，藉由可觀的寫實詩例奠定其譜系。另外，前文雖曾排解此間批評的「代表性」疑慮；惟任何選擇皆難免有遺珠棄璧，故筆者也應承擔所有資料去取的得失。

其實，「摹形寫實」與「諷諭寫實」之分雖已涵範了本論題絕大多數的批評資料；但箇中仍有少許不易歸類的例子。試看「偉大的現實主義詩人杜甫」的幾首詩：

（一）崢嶸赤雲西，日腳下平地。柴門鳥雀噪，歸客千里至。妻孥怪我在，驚定還拭淚。世亂遭飄蕩，生還偶然遂。鄰人滿牆頭，感歎亦歔欷。夜闌更秉燭，相對如夢寐！

（二）晚歲迫偷生，還家少歡趣。嬌兒不離膝，畏我復卻去。憶昔好追涼，故繞池邊樹。蕭蕭北風勁，撫事煎百慮。賴知禾黍收，已覺糟牀注。如今足斟酌，且用慰遲暮。

（三）群雞正亂叫，客至雞鬭爭。驅雞上樹木，始聞扣柴荊。父老四五人，問我久遠行。手中各有攜，傾榼濁復清。莫辭酒味薄，黍地無人耕。兵革既未息，兒童盡東征。請爲父老歌，艱難愧深情。歌罷仰天歎，四座涕縱橫。（〈羌村〉三首）

……潼關百萬師，往者散何卒！遂令半秦民，殘害爲異物。況我墮胡塵，及歸盡華髮。經年至茅屋，妻子衣百結。慟哭松聲回，悲泉共幽咽。平生所嬌兒，顏色白勝雪。見耶背面啼，垢膩腳不襪。床前兩小女，補綻才過膝。海圖坼波濤，舊繡移曲折。天吳及紫鳳，顚倒在裋褐。老夫情懷惡，嘔泄臥數日。那無囊中帛，救汝寒凜慄？粉黛亦解苞，衾裯稍羅列。瘦妻面復光，癡女頭自櫛。學母無不爲，曉妝隨手抹。移時施朱鉛，狼藉畫眉闊。生還對童稚，似欲忘飢渴。問事競挽鬚，誰能即嗔喝？翻思在賊愁，甘受雜亂聒。新歸且慰意，生理焉能說？……（〈北征〉節引）〔註9〕

劉大杰藉這些作品來突顯杜甫的描寫如何「詳細眞實」；而胡適卻指它們在寫實之外別具「說笑話和打油詩的風趣」，並謂上述〈北征〉引文與左思的〈嬌女〉詩一脈相承，不同的是前者「在極愁苦的境地裏，卻能同小兒女開玩

〔註9〕〔唐〕杜甫著，〔清〕仇兆鰲注：《杜詩詳注》，頁391～394、397～400。

笑……，（這）便是老杜的特別風趣。」〔註10〕

但依據本文的分類，〈嬌女〉詩歸入「摹形寫實」，杜詩則多爲「諷諭寫實」的典範。而上引諸詩的兩屬狀況，只能說是作者性格的某個側面（『特別的風趣』：自我調侃，苦中作樂）與其作品「沉鬱頓挫」的總體風格之間偶爾的不一致。胡適對此有段精當的詮釋：

> 老杜並不是終日拉長了面孔，專說忠君愛國話的道學先生。他是一個詩人，骨頭裏有點詩的風趣；他能開口大笑，卻也能吞聲暗哭。正因爲他是個愛開口笑的人，所以他的吞聲哭使人覺得格外悲哀，格外嚴肅。〔註11〕

可見有效的分類仍不免存在盲點。尤其是面對像杜甫這樣「能所不能，無可無不可」的大詩人時，任何界定的斷言，想必都無法全然周延。

復値一提的是，當代學人尚有從詩歌對日常生活的刻畫，來詮釋寫實之義者。例如呂正惠〈杜詩與日常生活〉與吉川幸次郎《宋詩概說‧宋詩與日常生活》二文，即是箇中的代表。

呂正惠曾在〈杜詩與日常生活〉中指出，近代文學史家和詩評家著重的「寫實傾向」和「口語色彩」，應該納入杜甫所奠定的「日常生活詩歌傳統」來理解。另外，論及杜甫作爲韓、白兩派乃至於兩宋詩人的共同導師，也不妨從這點重新定位。依呂氏之見：「一般人稱他爲詩史，注重的是他對國家大事的反映，其實，他所記綠的個人生活比起他記載的國家大事，只有更豐富。」〔註12〕而杜甫記錄個人生活的方式，是「把日常生活的細節，前人不輕易甚至不肯寫進詩中的，毫不避忌的寫進去」〔註13〕。故呂氏連綴杜甫在兩段時間——肅宗乾元二秋天從秦州到成都的逃難，和代宗大曆元年起定居住夔州的時期——創作的一系列詩題（多涉營屋、耕種等細節瑣事），強調箇中異於盛唐氣象的、眞實的生活滋味。茲以其羅列的第二段時期的詩題爲例：

> 信行遠修水筒、催宗文樹雞柵、驅豎子摘蒼耳、種萵苣；園官送菜、園人送瓜、課伐木、張望補稻畦水歸、張望督促東渚耗稻；課

〔註10〕胡適：《白話文學史上卷‧第二編》（唐朝），頁98～100。

〔註11〕同上，頁109。

〔註12〕文收呂正惠：《杜甫與六朝詩人‧附錄》（臺北：大安出版社，1989年5月），頁204。

〔註13〕同上，頁205。

> 小樹鋤斫果林、寒雨朝行視園樹、茅堂檢校收稻、刈稻了詠懷。〔註 14〕

最後，呂氏評論道：「單看詩題，就令人有一種新異之感。這樣的寫生活的瑣事，這樣的開拓詩歌的題材，是其他盛唐詩人所不能夢想得到的。」〔註 15〕

承襲上述對日常生活的關切和興趣，吉川幸次郎宣稱「爲了要盡量反映多方面的現實」，宋人的作法是：

> 從前詩人加以忽略或視而不見的日常瑣務，或者，雖非故意忽略，只因爲司空見慣，被認爲過於普通平常而不能入詩的身邊雜事，宋人卻大量地積極地用作詩的題材。〔註 16〕

這種「日常生活的意識」，可謂與杜甫一脈相承。然而，據此能否斷言「杜甫是一個綿延不絕的傳統（案指以詩歌寫實地描述日常生活）的建立者」〔註 17〕，或逕指宋詩的特質云：「一言以蔽之，就是對日常生活的注意觀察」〔註 18〕？

實則從發生意義來看，《詩經》中歌詠的便多屬日常的題材，六朝的陶淵明也有不少狀述自己家庭及身邊雜事的作品，故杜甫並不算是「開拓者」〔註 19〕。而杜甫描寫日常生活的詩，其重要性恐亦不及歷來被推崇的寫實名篇。米蘭・昆德拉云：「每個小說家的作品都包含著並不言明的對小說歷史的看法和對於什麼是小說的見解。」〔註 20〕這句話同樣適用於詩歌，且不妨增益爲：每個詩人的作品都暗藏著他對詩歌本質和詩學傳統的理解；此外，他以寫出心目中的「好詩」爲創作目標——蓄意作「壞詩」者稱不上真正的詩人。杜甫曾用「沉鬱頓挫」（〈進鵰賦表〉）來概括個人的詩風〔註 21〕。它除了是自詡之語，更是杜甫對「什麼是（好）詩？」的回覆——詩歌應寓有深刻

〔註 14〕以上見〔唐〕杜甫著，〔清〕楊倫箋注：《杜詩鏡銓》卷十三、十六、十七（臺北：華正書局，1990 年 9 月），頁 621～626；760～764、771～773；814～815、852～853、863～864。

〔註 15〕呂正惠：《杜甫與六朝詩人・附錄》，頁 204。

〔註 16〕〔日〕吉川幸次郎著，鄭清茂譯：《宋詩概說》（臺北：聯經出版事業公司，1988 年 9 月），頁 18。

〔註 17〕呂正惠：《杜甫與六朝詩人・附錄》，頁 201。

〔註 18〕〔日〕吉川幸次郎著，鄭清茂譯：《宋詩概說》，頁 18。

〔註 19〕呂正惠：《杜甫與六朝詩人・附錄》，頁 201。

〔註 20〕〔捷克〕米蘭・昆德拉著，孟湄譯：《小說的藝術・前言》（香港：牛津大學出版社，2000 年），頁 v。

〔註 21〕〔唐〕杜甫著，〔清〕仇兆鰲注：《杜詩詳注》第三冊，頁 2171～2173。

的諷諭意義〔註 22〕。故呂正惠在承認「盛唐詩人有一種什麼是詩，什麼不是詩的自覺或不自覺的成見存於心中」〔註 23〕的事實之際，不忘爲他徵引的兩首「日常生活的詩」（〈與任城許主簿遊南池〉、〈對雨書懷走邀簿主簿〉）辯解道：「詩並不特別的好，但卻有一點親切感。」〔註 24〕但這些教人略感親切卻「不特別好」的作品，顯然不屬於杜甫自豪的「沉鬱頓挫」類型。畢竟，詩的語言有別於日常語言，詩中的人情是昇華過的情感，景物也是想像再造的「第二自然」。因此，若說呂氏所舉諸詩的經典性堪與〈羌村〉、〈三吏〉、〈三別〉等名篇相提並論——尤其是當內容涉及『諷諭寫實』時——，只怕有違大多數人（包括杜甫）的審美評價。

另外，吉川幸次郎爲證明宋詩如何接近日常生活，在文章開頭便引了他眼中「相當顯著」的例子——蘇軾〈小兒〉詩：

> 小兒不識愁，起坐牽我衣。我欲嗔小兒，老妻勸：「兒癡。兒癡君更甚，不樂愁何爲。」還坐愧此言，洗盞當我前。大勝劉伶婦，區區爲酒錢。〔註 25〕

細玩此詩的敘述口吻，不但彷彿於杜甫〈北征〉中的「寫實」段落，甚至可謂與左思的〈嬌女詩〉（隸屬『摹形寫實』）聲氣略同〔註 26〕。既然這種筆法其來有自，便不足標舉爲宋詩獨造的特質；而宋詩的基本特質，無寧在後設層次的「通過知性的反省而產生形式的覺知和義理的追求」〔註 27〕之上。

職是，本文雖無意忽視杜甫以至宋詩延續「日常生活詩歌傳統」的寫實

〔註 22〕張安祖〈杜甫「沉鬱頓挫」本義探原〉一文認爲，杜甫所謂「沉鬱頓挫」只是強調自己的作品寓有深刻的諷諭意義而已，未必是風格的概括。此說亦值得參考。原載《文學遺產》2004 年第三期。另見中國社會科學院文學研究所主辦：《中國文學網》。[Online]. Available: http://www.literature.org.cn/Article.aspx?ID= 8320 (2003.11.14)。

〔註 23〕呂正惠：《杜甫與六朝詩人・附錄》，頁 205。

〔註 24〕同上。

〔註 25〕〔宋〕蘇軾著，〔清〕王文誥輯註，孔凡禮點校：《蘇軾詩集》第二冊，頁 631。

〔註 26〕詩曰：「瘦妻面復光，癡女頭自櫛。學母無不爲，曉妝隨手抹。移時施朱鉛，狼籍畫眉闊。……」參見〔唐〕杜甫著，〔清〕仇兆鰲注：《杜詩詳注》第一冊，頁 400。又「寫實」之評出自蕭滌非：〈我國詩歌史上的一顆明珠——談左思的《嬌女詩》〉，《漢魏六朝詩歌鑒賞集》，頁 261～262。

〔註 27〕龔鵬程：〈知性的反省——宋詩的基本風貌〉，收入蔡英俊主編：《中國文化新論文學篇二——意象的流變》（臺北：聯經出版事業公司，1989 年 8 月），頁 307。

表現（《詩經》中的民歌和陶淵明已發其端），而未作細論的理由是：（一）該類型作品大多不是杜甫自認或公推的代表作，亦不足爲宋詩的基本風貌定調；（二）寫實效果無需悖離詩的語言去尋求；（三）杜甫的「敘事詩人與小說家的本事」〔註28〕在「寫實詩歌傳統」中已有出色的發揮；（四）宋人的「敘述體詩」宜另從「傳達理智」、「顯耀才智」的方向來掌握〔註29〕；（五）因研究範疇和進路的設定，這脈傳統在本文的架構裏不易獲得進一步的釐清——內涵、外延和本論題有所重疊。

囿於個人才學，以上研究必有涉獵偏狹或未竟深造之處，亟待來日續事增補。不過，就「中國古典詩論中的寫實概念」而言，相信本文已提出一定程度的清晰闡釋。

〔註28〕呂正惠：《杜甫與六朝詩人·附錄》，頁211。

〔註29〕語出〔日〕吉川幸次郎著，鄭清茂譯：《宋詩概說》，頁11～17。

參考書目

說明：本參考書目於古籍先以經、史、子、集四部分類爲序，次按朝代、姓氏筆畫排列；現代專〔編〕著、單篇論文諸類則依姓氏筆畫排列，僅標外文者另從字母爲序。

壹、專　著

一、古代典籍

（一）經　部

1. 〔漢〕毛亨傳、鄭玄箋，〔唐〕孔穎達等正義，《詩經注疏》。影嘉慶二十年南昌府學重刊宋本。臺北：藝文印書館，1989 年 1 月。
2. 〔漢〕許慎著，清段玉裁注，《圈點段注說文解字》。臺北：書銘出版公司，1992 年 9 月。
3. 〔漢〕劉熙撰，〔清〕畢沅疏證，《釋名疏證》。臺北：廣文書局，1995 年版。
4. 〔晉〕郭璞注，〔宋〕邢昺疏，《爾雅注疏》。影嘉慶二十年南昌府學重刊宋本。臺北：藝文印書館，1989 年 1 月。
5. 〔清〕姚際恆，《詩經通論》。臺北：河洛圖書出版社，1980 年 8 月。
6. 〔清〕吳闓生評注，《詩義會通》。臺北：臺灣中華書局印行，1970 年 2 月。

（二）史　部

1. 〔漢〕司馬遷著，〔日〕瀧川龜太郎注，《史記會注考證》。臺北：洪氏出版社，1986 年 9 月。
2. 〔漢〕班固撰，〔唐〕顏師古注，《漢書》。北京：中華書局，1987 年 12 月。

3. 〔梁〕沈約撰，《宋書》。北京：中華書局，2003 年 10 月。
4. 〔唐〕李延壽撰，《南史》。北京：中華書局，2003 年 6 月。
5. 〔唐〕李百藥撰，《北齊書》。北京：中華書局，1983 年 10 月。
6. 〔元〕脱脱等撰，《宋史》。北京：中華書局，1985 年 6 月。
7. 趙爾巽等撰，《清史稿》。北京：中華書局，1986 年 8 月。

（三）子　部

1. 〔北齊〕顏之推撰，〔清〕趙曦明注、盧文弨補注，周法高補正，《顏氏家訓彙注》。臺北：中央研究院歷史語言研究所，1993 年 5 月。
2. 〔唐〕張彥遠著，〔日〕岡村繁譯注，俞慰剛譯，《歷代名畫記譯注》。上海：上海古籍出版社，2002 年 10 月。
3. 〔宋〕釋惠洪、晁補之著，《石門文字禪・濟北先生雞肋集》。收入王雲五主編《四庫叢刊初編縮本》第五十六冊。臺北：臺灣商務印書館，1975 年 6 月。
4. 〔宋〕普濟著，蘇淵雷點校，《五燈會元》。北京：中華書局，1997 年 10 月。
5. 〔宋〕郭熙，《林泉高致集》。收入〔清〕永瑢、紀昀纂修《景印文淵閣四庫全書》第八一二冊。臺北：臺灣商務印書館，1986 年 3 月。
6. 〔宋〕董逌等撰，《廣川畫跋》（及其他五種）。收入王雲五主編《叢書集成簡編》第四八六冊。臺北：臺灣商務印書館，1965 年 12 月。
7. 〔宋〕蘇軾，《東坡題跋》（及其他一種）。收入王雲五主編《叢書集成簡編》第四八六冊。臺北：臺灣商務印書館，1965 年 12 月。
8. 〔清〕孫詒讓撰，孫啓治點校，《墨子閒詁》。北京：中華書局，2010 年 5 月。

（四）集　部

1. 〔晉〕陸機著，楊牧校釋，《陸機文賦校釋》。臺北：洪範書店，1985 年 4 月。
2. 〔宋〕劉義慶撰，〔梁〕劉孝標注，余嘉錫箋疏，周祖謨等整理，《世說新語箋疏修訂本》。上海：上海古籍出版社，1996 年 8 月。
3. 〔梁〕鍾嶸著，曹旭集注，《詩品集注》。上海：上海古籍出版社，1996 年 8 月。
4. 〔梁〕劉勰著，〔清〕黃叔琳注、紀昀評，《文心雕龍注》。收入楊家駱主編《文心雕龍注等六種》。臺北：世界書局，1966 年 2 月。
5. 〔梁〕劉勰著，周振甫注，《文心雕龍注釋》。臺北：里仁書局，1984 年 5 月。
6. 〔梁〕劉勰著，詹鍈義證，《文心雕龍義證》。上海：上海古籍出版社，

1994 年 9 月。

7. 〔梁〕蕭統編，〔唐〕李善注，《文選》。臺北：文津出版社，1987 年 7 月。
8. 〔唐〕白居易著，朱金城箋校，《白居易集箋校》。上海：上海古籍出版社，1988 年 12 月。
9. 〔唐〕杜甫著，〔清〕仇兆鰲注，《杜詩詳注》。臺北：里仁書局，1980 年 7 月。
10. 〔唐〕杜甫著，〔清〕楊倫箋注，《杜詩鏡銓》。臺北：華正書局，1990 年 9 月。
11. 〔唐〕李白著，詹鍈主編，《李白全集校注彙釋集評》。天津：百花文藝出版社，1996 年 12 月。
12. 〔唐〕李商隱著，〔清〕馮浩箋注，《玉谿生詩集箋注》。臺北：里仁書局，1981 年 8 月。
13. 〔唐〕〔日〕遍照金剛撰，盧盛江校考，《文鏡祕府論彙校彙考》。北京：中華書局，2006 年 4 月。
14. 〔唐〕韓愈撰，錢仲聯編，《韓昌黎詩繫年集釋》。臺北：學海出版社，1985 年 1 月。
15. 〔唐〕釋皎然著，許清雲輯校，《皎然詩式輯校新編》。臺北：文史哲出版社，1984 年 3 月。
16. 〔宋〕王直方等撰，郭紹虞輯，《宋詩話輯佚》。臺北：華正書局，1981 年 12 月。
17. 〔宋〕孔武仲等，《三孔先生清江文集》。收入《宋集珍本叢刊》第十六冊。北京：線裝書局，2004 年 6 月。
18. 〔宋〕朱熹集注，《楚辭集注》。臺北：文津出版社，1987 年 10 月。
19. 〔宋〕汪元量撰，孔凡禮輯校，《增訂湖山類稿》。北京：中華書局，1984 年 6 月。
20. 〔宋〕和峴等撰，唐圭璋編，《全宋詞》。北京：中華書局，1986 年 5 月。
21. 〔宋〕洪邁，《容齋隨筆》。上海：上海古籍出版社，1996 年 3 月。
22. 〔宋〕胡仔，《苕溪漁隱叢話》。臺北：長安出版社，1978 年 12 月。
23. 〔宋〕孫光憲等撰，程毅中主編，《宋人詩話外編》。北京：新華書店，1996 年 3 月。
24. 〔宋〕孫光憲等撰，吳文治主編，《宋詩話全編》。南京：江蘇古籍出版社，1998 年 12 月。
25. 〔宋〕郭茂倩編撰，《樂府詩集》。臺北：里仁書局，1981 年 3 月。
26. 〔宋〕黃裳，《演山集》。收入〔清〕永瑢、紀昀纂修《景印文淵閣四庫全書》第一一二〇冊。臺北：臺灣商務印書館，1986 年 3 月。
27. 〔宋〕張舜民，《畫墁集》。收入〔清〕永瑢、紀昀纂修《景印文淵閣四庫全書》第一一一七冊。臺北：臺灣商務印書館，1986 年 3 月。
28. 〔宋〕歐陽修，《歐陽修全集》。臺北：華正書局，1975 年 4 月。
29. 〔宋〕歐陽修等撰，郭紹虞撰，《宋詩話考》。臺北：漢京文化事業有限公司，1983 年 1 月。
30. 〔宋〕蘇軾著，〔清〕王文誥集註，孔凡禮點校，《蘇軾詩集》。北京：中華書局，1987 年 10 月。
31. 〔宋〕嚴羽著，郭紹虞校釋，《滄浪詩話校釋》。臺北：里仁書局，1987 年 4 月。
32. 〔明〕胡震亨，《唐音癸籤》。臺北：木鐸出版社，1982 年 7 月。
33. 〔明〕高棅，《唐詩品彙》。臺北：學海出版社，1983 年 7 月。
34. 〔明〕張以寧等撰，吳文治主編，《明詩話全編》。南京：江蘇古籍出版社，1997 年 12 月。
35. 〔明〕許學夷著，杜維沫點校，《詩源辯體》。北京：人民文學出版社，1987 年 10 月。
36. 〔明〕張溥輯，《漢魏六朝百三名家集》。臺北：文津出版社，1979 年 8 月。
37. 〔明〕董其昌，《容臺別集》。收入四庫全書存目叢書編輯委員會編《四庫全書存目叢書》集部第一七一冊。臺南：莊嚴文化事業公司，1997 年 6 月。
38. 〔明〕鍾惺、譚元春合編，《古詩歸》。收入四庫全書存目叢書編輯委員會編《四庫全書存目叢書》集部第三三七冊。臺南：莊嚴文化事業公司，1997 年 6 月。
39. 〔清〕王士禛著，袁世碩主編，《王士禛全集》。濟南：齊魯書社，2007 年 6 月。
40. 〔清〕王士禛，《帶經堂詩話》。臺北：廣文書局，1971 年 11 月。
41. 〔清〕王士禛，《池北偶談》。臺北：漢京文化事業有限公司，1984 年 5 月。
42. 〔清〕王阮亭選，黃香石評，吳退庵、胡甘亭輯註，《唐賢三昧集箋註》。臺北：廣文書局，1968 年 11 月。
43. 〔清〕王夫之等撰，丁福保輯，《清詩話》。臺北：木鐸出版社，1988 年 9 月。
44. 〔清〕方東樹，《昭昧詹言》。臺北：廣文書局，1962 年 8 月。
45. 〔清〕尤侗，《尤西堂雜組》。臺北：河洛圖書出版社，1978 年 5 月。

46. 〔清〕毛先舒等撰，郭紹虞編，《清詩話續編》。臺北：藝文印書館，1985年9月。
47. 〔清〕宋長白，《柳亭詩話》。收入王德毅主編《叢書集成續編》第二〇一冊。臺北：新文豐出版公司，1989年7月。
48. 〔清〕沈德潛注，王蒓父箋注，劉鐵冷校刊，《古詩源箋注》。臺北：華正書局，1986年9月。
49. 〔清〕沈德潛，《唐詩別裁集》。上海：上海古籍出版社，1992年7月。
50. 〔清〕沈德潛，《歸愚文鈔》。中央研究院傅斯年圖書館藏沈歸愚詩文全集本。收入吳宏一、葉慶炳編輯《清代文學批評資料彙編》。臺北：成文出版社有限公司，1979年9月。
51. 〔清〕何文煥輯，《歷代詩話》。北京：中華書局，1997年3月。
52. 〔清〕袁枚，《隨園詩話》。臺北：漢京文化事業有限公司，1984年2月。
53. 〔清〕徐釚等撰，杜松柏主編，《清詩話訪佚初編》。臺北：新文豐出版公司，1987年6月。
54. 〔清〕陳祚明評選，李金松點校，《采菽堂古詩選》。上海：上海古籍出版社，2008年12月。
55. 〔清〕陳沆，《詩比興箋》。臺北：藝文印書館，1970年9月。
56. 〔清〕康熙御製，王全等點校，《全唐詩》。北京：中華書局，1992年10月。
57. 〔清〕董誥等編，《全唐文》。北京：中華書局，1987年2月。
58. 〔清〕程正揆，《青溪遺稿》。收入收入四庫全書存目叢書編輯委員會編《四庫全書存目叢書》集部第一九七冊。臺南：莊嚴文化事業公司，1997年6月。
59. 〔清〕厲鶚輯，《宋詩紀事》。上海：上海古籍出版社，1983年6月。
60. 〔清〕劉熙載撰，袁津琥校注，《藝概注稿》。北京：中華書局，2009年5月。
61. 〔清〕嚴可均校輯，《全上古三代秦漢三國六朝文》。北京：中華書局，1995年11月。
62. 丁福保輯，《歷代詩話續編》。臺北：木鐸出版社，1996年6月。
63. 余冠英選註，《樂府詩選》。香港：世界出版社印行，1956年6月。
64. 逯欽立輯校，《先秦漢魏晉南北朝詩》。北京：中華書局，2006年1月。

二、現代專著

（一）文學史、批評史及藝術史

1. 王忠林等，《增訂中國文學史初稿》。臺北：福記文化圖書有限公司，1985

年5月。
2. 王瑤，《中古文學史論》。臺北：長安出版社，1986年6月。
3. 王金凌，《中國文學理論史——六朝篇》。臺北：華正書局，1988年4月。
4. 王鍾陵，《中國中古詩歌史》。淮陰：江蘇教育出版社，1988年5月。
5. 王運熙、顧易生主編，《中國文學批評通史》。上海：上海古籍出版社，1996年12月。
6. 方漢文主編，《東西方比較文學史》。北京：北京大學出版社，2005年8月。
7. 〔日〕吉川幸次郎著，劉向仁譯，《中國詩史》。臺北：明文書局，1983年4月。
8. 朱東潤，《中國文學批評史大綱》。臺北：臺灣開明書店，1984年2月。
9. 李曰剛，《中國詩歌流變史》。臺北：文津出版社，1987年2月。
10. 李澤厚、劉綱紀主編，《中國美學史》。臺北：谷風出版社，1987年12月。
11. 孟瑤編著，《中國文學史》。臺北：大中國圖書公司，1980年3月。
12. 金維諾，《中國美術史論集》。臺北：明文書局，1984年10月。
13. 林同華，《中國美學史論集》。臺北：丹青圖書有限公司，1988年。
14. 周勛初，《中國文學批評小史》。臺北：崧高書社，1985年7月。
15. 胡適，《白話文學史上卷》。臺北：遠流出版事業股份有限公司，1988年9月。
16. 胡雲翼著，江應龍校訂，《增訂本中國文學史》。臺北：三民書局股份有限公司，1989年9月。
17. 馬積高、黃鈞主編，《中國古代文學史》。臺北：萬卷樓圖書公司，1998年8月。
18. 華仲麐，《中國文學史論》。臺北：臺灣開明書店。1985年10月。
19. 袁行霈主編，《中國文學史》。臺北：五南圖書出版公司，2003年1月。
20. 許仁圖編著，《新編中國文學史》。原北京大學中文系文學專門1955級集體編著「白皮本」。高雄：復文圖書出版社，1989年11月。
21. 葉朗，《中國美學史大綱上卷》。臺北：滄浪出版社，1986年9月。
22. 葉慶炳，《中國文學史》。臺北：臺灣學生書局，1992年9月。
23. 張松如主編，鍾優民撰寫，《中國詩歌史・魏晉南北朝》。長春：吉林大學出版社，1989年12月。
24. 張少康，《中國文學理論批評史》。北京：北京大學出版社，2006年7月。
25. 陳平原，《中國散文小說史》。上海：上海人民出版社，2005年6月。

26. 陳良運，《中國詩學批評史》。南昌：江西人民出版社，2007 年 3 月。
27. 梁容若，《中國文學史研究》。臺北：三民書局印行，1990 年 2 月。
28. 黃保眞、成復旺、蔡鍾翔著，《中國文學理論史》。臺北：洪葉文化事業有限公司。1993 年 12 月。
29. 陸侃如、馮沅君，《中國詩史》。濟南：山東大學出版社，1996 年 3 月。
30. 郭紹虞，《中國文學批評史》。臺北：文史哲出版社，1990 年 7 月。
31. 郭預衡主編，《中國古代文學史長編》。上海：上海古籍出版社，2007 年 4 月。
32. 葉慶炳，《中國文學史》。臺北：臺灣學生書局，1992 年 9 月。
33. 陳平原，《二十世紀中國小說史・第一卷（1897～1916 年）》。北京：北京大學出版社，1997 年 7 月。
34. 陳國球編，《中國文學史的省思》。臺北：書林出版有限公司，1994 年 12 月。
35. 陳國球，《文學史書寫形態與文化政治》。北京：北京大學出版社，2004 年 3 月。
36. 葛路，《中國古代繪畫理論發展史》。臺北：華正書局，1987 年 5 月。
37. 游國恩等主編，《中國文學史》。臺北：五南圖書出版公司，1990 年 11 月。
38. 裴斐主編，《中國古代文學史》。北京：中央民族文學出版社，1996 年 9 月。
39. 蔡鎭楚，《中國詩話史》。長沙：湖南文藝出版社，1988 年 5 月。
40. 劉大杰，《校訂本中國文學發展史》。臺北：華正書局，1991 年 7 月。
41. 劉大杰，《中國文學發達史》。臺北：臺灣中華書局，1973 年 4 月。
42. 鄭振鐸，《插圖本中國文學史》。臺北：莊嚴出版社，1991 年 1 月。
43. 謝旡量，《中國大文學史》。臺北：臺灣中華書局，1983 年 12 月。
44. 蕭滌非，《漢魏六朝樂府文學史》。北京：人民文學出版社，1998 年 6 月。
45. 戴燕，《文學史的權力》。北京：北京大學出版社，2004 年 6 月。
46. 羅根澤，《樂府文學史》。臺北：文史哲出版社，1981 年 3 月。
47. 羅根澤，《中國文學批評史》。臺北：學海出版社，1990 年 2 月。
48. 羅宗強，《唐詩小史》。西安：陝西人民出版社，1987 年 9 月。

（二）文學及藝術本論

1. 毛澤東，《毛澤東論文藝》。北京：人民文學出版社，1958 年 12 月。
2. 木鐸編輯室編，《文學研究叢編第一輯》。臺北：木鐸出版社，1981 年 7 月。

3. 王水照，《唐宋文學論集》。濟南：齊魯書社，1984 年 7 月。
4. 王瑤，《中國文學：古代與現代》。北京：北京大學出版社，2008 年 5 月。
5. 王夢鷗，《文學概論》。臺北：藝文印書館，1987 年 8 月。
6. 王夢鷗，《古典文學論探索》。臺北：正中書局，1987 年 8 月。
7. 王夢鷗，《傳統文學論衡》。臺北：時報文化出版企業有限公司，1991 年 4 月。
8. 王夢鷗，《中國文學理論與實踐》。臺北：時報文化出版企業有限公司，1995 年 11 月。
9. 王建元，《現象詮釋學與中西雄渾觀》。臺北：東大圖書股份有限公司，1992 年 8 月。
10. 王運熙，《漢魏六朝唐代文學論叢》（增補本）。上海：復旦大學出版社，2002 年 5 月。
11. 王瓊玲、胡曉眞主編，《經典轉化與明清敘事文學》。臺北：聯經出版事業股份有限公司，2009 年 8 月。
12. 〔法〕丹納著，傅雷譯，《藝術哲學》。北京：人民文學出版社，1996 年 6 月。
13. 〔美〕M. H.艾布拉姆斯著，酈稚牛、張照進、童慶生譯，王寧校，《鏡與燈——浪漫主義文論及批評傳統》北京：北京大學出版社，1989 年 12 月。
14. 〔美〕卡勒著，李平譯，《文學理論》。香港：牛津大學出版社，1998 年。
15. 〔德〕本雅明著，〔美〕漢娜・阿倫特編，張旭東、王斑譯，《啓迪：本雅明文選》。香港：牛津大學出版社，1998 年。
16. 朱立元、李鈞主編，《二十世紀西方文論選》。北京：高等教育出版社，2002 年 6 月。
17. 朱立元，《接受美學導論》。合肥：安徽教育出版社，2004 年 11 月。
18. 朱光潛，《文藝心理學》。臺北：臺灣開明書店，1994 年 7 月。
19. 〔古羅馬〕西塞羅著，王曉明譯，《西塞羅全集卷一・修辭學》。臺北：左岸文化，2005 年 6 月。
20. 〔法〕米・杜夫海納著，韓樹站譯，陳榮生校，《審美經驗現象學》。北京：文化藝術出版社，1996 年 8 月。
21. 李辰冬，《文學欣賞的新途徑》。臺北：三民書局股份有限公司，1986 年 8 月。
22. 李正治主編，《政府遷臺以來文學研究理論及方法之探索》。臺北：臺灣學生書局，1988 年 11 月。
23. 李福順編著，《蘇軾與書畫文獻集》。北京：榮寶齋出版社，2008 年 6 月。

24. 呂正惠，《抒情傳統與政治現實》。臺北：大安出版社，1989 年 9 月。
25. 沈謙，《文心雕龍之文學理論與批評》。臺北：華正書局，1990 年 7 月。
26. 何金蘭，《文學社會學》。臺北：桂冠圖書公司，1989 年 8 月。
27. 〔美〕巫鴻著，文丹譯，黃小峰校，《重屏：中國繪畫中的媒材與再現》。上海：上海人民出版社，2009 年 12 月。
28. 〔荷〕佛克馬、蟻布思著，袁鶴翔等譯，《二十世紀文學理論》。臺北：書林出版有限公司，1995 年 7 月。
29. 〔日〕岡村繁著，陸曉光譯，《漢魏六朝的思想與文學》。上海：上海古籍出版社，2009 年 5 月。
30. 林同華，《美學心理學》。杭州：浙江人民出版社，1987 年 10 月。
31. 林明德策畫，《中國文學新詮釋——關涉與意涵》。臺北：立緒文化事業有限公司，2006 年 8 月。
32. 周英雄，《結構主義與中國文學》。臺北：東大圖書股份有限公司，1992 年 8 月。
33. 胡適，《文學改良芻議》。臺北：遠流出版事業股份有限公司，1986 年 2 月。
34. 俞劍華，《中國畫論類編》。北京：人民美術出版社，1986 年 12 月。
35. 洪炎秋，《文學概論》。臺北：中國文化大學出版部，1988 年 6 月。
36. 姚一葦，《藝術的奧祕》。臺北：臺灣開明書店。1988 年 11 月。
37. 姚一葦，《欣賞與批評》。臺北：聯經出版事業公司，1989 年 7 月。
38. 〔美〕韋勒克、華倫著，王夢鷗、許國衡譯，《文學論》。臺北：志文出版社，1990 年 5 月。
39. 〔美〕哈洛・卜倫著，徐文博譯，《影響的焦慮：詩歌理論》。臺北：久大文化股份有限公司，1990 年 12 月。
40. 〔美〕哈羅德・布魯姆著，朱立元、陳克明譯，《比較文學影響論——誤讀圖示》。臺北：駱駝出版社，1992 年 1 月。
41. 〔美〕哈羅德・布魯姆著，吳瓊譯，《批評、正典與預言》。北京：中國社會科學出版社，2000 年 10 月。
42. 〔英〕約翰・伯格著，吳莉君譯，《觀看的方式》。臺北：麥田出版社，2008 年 3 月。
43. 柯慶明，《境界的再生》。臺北：幼獅文化事業公司，1993 年 12 月。
44. 柯慶明，《中國文學的美感》。臺北：麥田出版社，2006 年 1 月。
45. 〔德〕H. R.姚斯、R. C.霍拉勃著，周寧、金元浦譯，滕守堯審校，《接受美學與接受理論》。瀋陽：遼寧人民出版社，1987 年 9 月。
46. 徐復觀，《中國文學論集》。臺北：臺灣學生書局，1990 年 3 月。

47. 徐復觀，《中國文學論集續篇》。臺北：臺灣學生書局，1984 年 9 月。
48. 徐復觀，《中國藝術精神》。臺北：臺灣學生書局，1992 年 7 月。
49. 徐復觀著，劉桂榮編，《游心太玄》。北京：北京大學出版社，2009 年 1 月。
50. 孫康宜，《抒情與描寫》。臺北：允晨文化實業股份有限公司，2001 年 9 月。
51. 孫康宜，《文學的聲音》。臺北：三民書局股份有限公司，2001 年 10 月。
52. 高辛勇著，《形名學與敘事理論——結構主義的小説分析法》。臺北：聯經出版事業公司，1987 年 12 月。
53. 高友工，《中國美典與文學研究論集》。臺北：國立臺灣大學出版中心，2004 年 3 月。
54. 梁啓超，《飲冰室專集》。臺北：臺灣中華書局，1978 年 4 月。
55. 許文雨，《文論講疏》。臺北：正中書局，1985 年 8 月。
56. 許世瑛，《中國文法講話》。臺北：臺灣開明書店，1994 年 9 月。
57. 張淑香，《抒情傳統的省思與探索》。臺北：大安出版社，1992 年 3 月。
58. 張少康，《文心與書畫樂論》。北京：北京大學出版社，2006 年 12 月。
59. 葉嘉瑩，《王國維及其文學批評》。臺北：源流文化事業有限公司，1982 年 4 月。
60. 葉紀彬，《中西典型理論述評》。上海：華東師範大學出版社，1993 年 12 月。
61. 葉維廉，《從現象到表現》。臺北：東大圖書股份有限公司，1994 年 6 月。
62. 陳世驤，《陳世驤文存》。臺北：志文出版社，1972 年 7 月。
63. 陳國球，《鏡花水月——文學理論批評論文集》。臺北：東大圖書股份有限公司，1987 年 12 月。
64. 陳國球編，《香港地區中國文學批評研究》。臺北：臺灣學生書局，1991 年 5 月。
65. 陳燕，《清末民初的文學思潮》。臺北：華正書局，1993 年 9 月。
66. 陳平原，《中國現代學術之建立》。北京：北京大學出版社，2005 年 1 月。
67. 陳平原主編，《中國文學研究現代化進程二編》。北京：北京大學出版社，2005 年 1 月。
68. 黃偉倫，《魏晉文學自覺論題新探》。臺北：臺灣學生書局，2006 年 7 月。
69. 〔德〕萊辛著，朱光潛譯，《拉奧孔》。合肥：安徽教育出版社，2006 年 8 月。
70. 〔德〕黑格爾著，朱孟實譯，《美學》。臺北：里仁書局，1983 年 3 月。

71. 曾祖蔭，《中國古代美學範疇》。臺北：丹青圖書有限公司，1987 年 4 月。
72. 傅庚生，《中國文學欣賞舉隅》。臺北：國文天地雜誌社，1990 年 4 月。
73. 傅抱石，《中國繪畫理論》。臺北：里仁書局，1995 年 4 月。
74. 程正民、程凱，《中國現代文學理論知識體系的建構——文學理論教材與教學的歷史沿革》。北京：北京大學出版社，2005 年 11 月。
75. 〔奧〕舒茲著，盧嵐蘭譯，《舒茲論文集》(第一冊)。臺北：桂冠圖書股份有限公司，1992 年 5 月。
76. 〔美〕琳達・諾克林（Linda Nochlin）著，刁筱華譯，《寫實主義》。臺北：遠流出版事業股份有限公司，1998 年 3 月。
77. 楊家駱主編，《宋人畫學論著》。臺北：世界書局，1975 年 4 月。
78. 楊義，《中國敘事學》。嘉義：南華管理學院，1998 年 6 月。
79. 楊牧，《隱喻與實現》。臺北：洪範書店，2001 年 3 月。
80. 〔義〕達文西著，雄獅圖書公司編譯，《達文西論繪畫》。臺北：雄獅圖書股份有限公司，1990 年 6 月。
81. 〔美〕雷內・韋勒克著，張金言譯，《批評的概念》。杭州：中國美術學院出版社，1999 年 12 月。
82. 廖蔚卿，《六朝文論》。臺北：聯經出版事業公司，1985 年 9 月。
83. 蔡英俊主編，《中國文化新論文學篇一——抒情的境界》。臺北：聯經出版事業公司，1989 年 8 月。
84. 蔡英俊主編，《中國文化新論文學篇二——意象的流變》。臺北：聯經出版事業公司，1989 年 8 月。
85. 蔡源煌，《當代文學論集》。臺北：書林出版有限公司，1986 年 8 月。
86. 蔡源煌，《從浪漫主義到後現代主義》。臺北：雅典出版社，1998 年 3 月。
87. 鄭樹森、周英雄、袁鶴翔合編，《中西比較文學論集》。臺北：時報文化出版企業有限公司，1986 年 8 月。
88. 鄭樹森編，《現象學與文學批評》。臺北：東大圖書股份有限公司，1991 年 4 月。
89. 〔日〕廚川白村著，陳曉南譯，《西洋近代文藝思潮》。臺北：志文出版社，1987 年 6 月。
90. 劉介民，《比較文學方法論》。臺北：時報文化出版企業有限公司。1990 年 5 月。
91. 劉若愚著，杜國清譯，《中國文學理論》。臺北：聯經出版事業公司，1991 年 10 月。
92. 劉昌元，《西方美學導論》。臺北：聯經出版事業公司，1994 年 6 月。
93. 穆克宏、郭丹編著，《魏晉南北朝文論全編》。南京：江蘇教育出版社，

1996 年 12 月。

94. 錢鍾書著，舒展選編，《錢鍾書論學文選》。廣州：花城出版社，1990 年 6 月。
95. 賴賢宗，《意境美學與詮釋學》。北京：北京大學出版社，2009 年 10 月。
96. 顏崑陽，《莊子藝術精神析論》。臺北：華正書局，1985 年 7 月。
97. 顏崑陽，《六朝文學觀念叢論》。臺北：正中書局，1993 年 2 月。
98. 羅根澤，《羅根澤古典文學論文集》。上海：上海古籍出版社，1985 年 7 月。
99. 羅宗強，《羅宗強古代文學思想論集》。汕頭：汕頭大學出版社，1999 年 11 月。
100. 〔美〕羅伯特·休斯著，劉豫譯，《文學結構主義》。臺北：桂冠圖書股份有限公司，1995 年 1 月。
101. 龔鵬程，《文學批評的視野》。臺北：大安出版社，1990 年 1 月。
102. 龔鵬程，《文學散步》。臺北：漢光文化事業公司，1991 年 10 月。
103. 龔鵬程，《文學與美學》。臺北：業強出版社，1995 年 1 月。
104. 〔美〕Rudolf Arnheim 著，李長俊譯，《藝術與視覺心理學》。臺北：雄獅圖書公司，1982 年 9 月。
105. 〔英〕Terry Eagleton 著，文寶譯，《馬克思主義與文學批評》。臺北：南方叢書出版社，1987 年 10 月。
106. 〔英〕Terry Eagleton 著，吳新發譯，《文學理論導讀》。臺北：書林出版有限公司，1994 年 3 月。
107. 〔法〕Robert Escarpit 著，葉淑燕譯，《文學社會學》。臺北：遠流出版事業股份有限公司，1995 年 2 月。
108. 〔美〕David Couzens Hoy（霍伊）著，陳玉蓉譯，《批評的循環》。臺北：南方叢書出版社，1988 年 8 月。
109. 〔英〕John D. Jump 主編，顏元叔主譯，《西洋文學術語叢刊》。臺北：黎明文化事業公司，1978 年 2 月。
110. 〔美〕Frank Lentricchia & Thomas Mclaughlin 編，張京媛等譯，《文學批評術語》。香港：牛津大學出版社，1994 年。
111. 〔美〕Bates Lowry 著，杜若洲譯，《視覺經驗》。臺北：雄獅圖書股份有限公司，1985 年 7 月。
112. 〔英〕Michael Payne 著，李奭學譯，《閱讀理論：拉康、德希達與克麗絲蒂娃導讀》。臺北：書林出版有限公司，1996 年 9 月。
113. 〔美〕James Phelan, Peter J. Rabinowitz 主編，申丹、馬海良、寧一中、喬國強、陳永國、周靖波譯，《當代敘事理論指南》。北京：北京大學出版社，2007 年 9 月。

（三）分體文學理論、批評及作品

1. 〔日〕小川環樹著，譚汝謙編，譚汝謙、陳志誠、梁國豪譯，《論中國詩》。香港：中文大學出版社，1997 年。
2. 〔法〕巴爾扎克著，傅雷譯，《歐也妮・葛朗台／高老頭》。杭州：浙江文藝出版社，1991 年 12 月。
3. 王國維著，滕咸惠校注，《人間詞話新注》。臺北：里仁書局，1987 年 8 月。
4. 王運熙，《樂府詩述論》。上海：上海古籍出版社。1996 年 6 月。
5. 王力堅，《由山水到宮體》。臺北：臺灣商務印書館，1997 年 12 月。
6. 王國瓔，《中國山水詩研究》。北京：中華書局，2007 年 8 月。
7. 王德威，《如何現代，怎樣文學？》。臺北：麥田出版社，2008 年 2 月。
8. 王德威，《茅盾，老舍，沈從文：寫實主義與現代中國小說》。臺北：麥田出版社，2009 年 7 月。
9. 古添洪，《記號詩學》。臺北：東大圖書有限公司，1984 年 7 月。
10. 古添洪，《不廢中西萬古流——中西抒情詩類及影響研究》。臺北：臺灣學生書局，2005 年 4 月。
11. 朱光潛，《詩論》。臺北：正中書局，1988 年 11 月。
12. 〔日〕吉川幸次郎著，鄭清茂譯，《宋詩概說》。臺北：聯經出版事業公司，1988 年 9 月。
13. 〔義〕安貝托・艾柯著，黃寤蘭譯，《悠遊小說林》。臺北：時報文化出版企業股份有限公司，2000 年 11 月。
14. 〔捷克〕米蘭・昆德拉著，孟湄譯，《小說的藝術》。香港：牛津大學出版社，2000 年。
15. 〔美〕伊恩・P・瓦特著，高原、董紅鈞譯，《小說的興起》。北京：三聯書店，2003 年 9 月。
16. 邱燮友，《中國歷代故事詩》。臺北：三民書局股份有限公司，1985 年 3 月。
17. 呂正惠，《唐詩論文選集》。臺北：長安出版社，1985 年 4 月。
18. 呂正惠，《杜甫與六朝詩人》。臺北：大安出版社，1989 年 5 月。
19. 〔英〕佛斯特著，李文彬譯，《小說面面觀》。臺北：志文出版社，1995 年 12 月。
20. 〔古希臘〕亞里士多德著，姚一葦譯註，《詩學箋註》。臺北：臺灣中華書局，1993 年 8 月。

21. 〔古希臘〕亞里士多德、賀拉斯著，羅念生、楊周翰譯，《詩學・詩藝》。北京：人民文學出版社，1997 年 12 月。
22. 周振甫，《周振甫論古代詩詞》。南京：江蘇教育出版社，2005 年 11 月。
23. 洪順隆，《從隱逸到宮體》。臺北：文史哲出版社，1984 年 7 月。
24. 洪順隆，《抒情與敘事》。臺北：黎明文化事業股份有限公司，1998 年 12 月。
25. 馬茂元，《古詩十九首探索》。臺北：純眞出版社，1988 年 11 月。
26. 馬持盈註譯，《詩經今注今譯》。臺北：臺灣商務印書館，1991 年 10 月。
27. 〔美〕哈洛・卜倫著，徐文博譯，《影響的焦慮：詩歌理論》。臺北：久大文化股份有限公司，1990 年 12 月。
28. 孫作雲，《詩經與周代社會研究》。北京：中華書局，1966 年 4 月。
29. 袁行霈，《中國詩歌藝術研究》。臺北：五南圖書出版公司，1989 年 5 月。
30. 袁愈荌，《詩經藝探》。貴陽：貴州人民出版社，1998 年 5 月。
31. 高友工、梅祖麟著，李世耀譯，武菲校，《唐詩的魅力》。上海：上海古籍出版社，1989 年 11 月。
32. 康來新，《發跡變泰——宋人小說學論稿》。臺北：大安出版社，2010 年 4 月。
33. 黃永武、張高評編著，《宋詩論文選輯》（一）。高雄：復文圖書出版社，1988 年 5 月。
34. 張夢機，《近體詩發凡》。臺北：臺灣中華書局，1975 年 8 月。
35. 張夢機，《鷗波詩話》。臺北：漢光文化事業公司，1984 年 11 月。
36. 張夢機，《讀杜新箋——律髓批杜詮評》。臺北：漢光文化事業公司，1987 年 3 月。
37. 張夢機，《詩學論叢》。臺北：華正書局，1993 年 5 月。
38. 張高評，《宋詩之傳承與開拓——以翻案詩、禽言詩、詩中有畫為例》。臺北：文史哲出版社，1990 年 3 月。
39. 張高評編，《宋詩綜論叢編》。高雄：麗文文化事業股份有限公司，1993 年 10 月。
40. 張高評，《宋詩之新變與代雄》。臺北：洪葉文化事業有限公司，1995 年 9 月。
41. 張明高、鬱沅，《六朝詩話鉤沉》。北京：中國廣播電視出版社，1997 年 3 月。
42. 張健編著，《元代詩法校考》。北京：北京大學出版社，2001 年 9 月。
43. 張靜二編著，《西洋戲劇與戲劇家》。臺北：輸蘆圖書出版有限公司，2002

年 3 月。
44. 張伯偉，《全唐五代詩格彙考》。南京：鳳凰出版社，2005 年 1 月。
45. 郭紹虞，《中國詩的神韻、格調及性靈說》。臺北：華正書局，1975 年 4 月。
46. 葉慶炳，《唐詩散論》。臺北：洪範書店有限公司，1987 年 1 月。
47. 葉嘉瑩，《中國古典詩歌評論集》。臺北：桂冠圖書股份有限公司 1991 年 7 月。
48. 葉維廉，《比較詩學》。臺北：東大圖書股份有限公司，1988 年 6 月。
49. 陳文華，《杜甫傳記唐宋資料考辨》。臺北：文史哲出版社，1987 年 11 月。
50. 陳子展撰述，《詩經直解》，范祥雍、杜月村校閱。臺北：書林出版有限公司，1992 年 8 月。
51. 陳子展撰述，《詩三百解題》。上海：復旦大學出版社，2001 年 10 月。
52. 陳國球，《唐詩的傳承——明代復古詩論研究》。臺北：臺灣學生書局，1990 年 9 月。
53. 陳平原，《中國小說敘述模式的轉變》。北京：北京大學出版社，2004 年 7 月。
54. 陳平原，《中國現代小說的起點——清末民初小說研究》。北京：北京大學出版社，2006 年 5 月。
55. 陳家煌，《白居易詩人自覺研究》。高雄：國立中山大學文學院，2009 年 6 月。
56. 許總，《唐詩體派論》。臺北：文津出版社，1994 年 10 月。
57. 〔日〕淺見洋二著，金程宇、〔日〕岡田千穗譯，《距離與想像——中國詩學的唐宋轉型》。上海：上海古籍出版社，2005 年 12 月。
58. 〔日〕萩原朔太郎著，徐復觀譯，陳淑女校訂，《詩的原理》。臺北：臺灣學生書局，1989 年 1 月。
59. 楊義，《李杜詩學》。北京：北京出版社，2001 年 3 月。
60. 〔法〕福樓貝著，胡品清譯，《波法利夫人》。臺北：志文出版社，1990 年 1 月。
61. 雷家驥，《孔雀東南飛箋證》。臺北：蘭臺出版社，2008 年 6 月。
62. 趙謙，《唐七律藝術史》。臺北：文津出版社，1992 年 9 月。
63. 蔡英俊，《比興、物色與情景交融》。臺北：大安出版社，1990 年 8 月。
64. 蔡英俊，《中國古典詩論中「語言」與「意義」的論題——「意在言外」的用言方式與「含蓄」的美典》。臺北：臺灣學生書局，2001 年 4 月。
65. 〔匈〕盧卡奇著，楊恆達編譯，丘爲君校訂，《小說理論》。臺北：唐山出版社，1997 年 7 月。
66. 〔日〕靜永健著，劉維治譯，《白居易寫諷諭詩的前前後後》。北京：中華書局，2007 年 10 月。
67. 簡明勇，《杜甫詩研究》。臺北：學海出版社，1984 年 3 月。
68. 〔美〕韓南著，徐俠譯，《中國近代小說的興起》。上海：上海教育出版社，2004 年 5 月。
69. 顏崑陽，《古典詩文論叢》。臺北：漢光文化事業公司，1987 年 3 月。
70. 顏崑陽，《李商隱詩箋釋方法論》。臺北：臺灣學生書局，1991 年 3 月。
71. 羅聯添，《唐代文學論集》。臺北：臺灣學生書局，1989 年 5 月。
72. 龔鵬程，《江西詩社宗派研究》。臺北：文史哲出版社，1983 年 10 月。
73. 龔鵬程，《讀詩隅記》。臺北：華正書局，1987 年 8 月。
74. 龔鵬程，《詩史本色與妙悟》。臺北：臺灣學生書局，1993 年 2 月。

（四）義理及其它

1. 王邦雄、岑溢成、楊祖漢、高柏園編著，《中國哲學史》。臺北：國立空中大學，1995 年 8 月。
2. 〔美〕孔恩著，程樹德、傅大為、王道還、錢永祥譯，《科學革命的結構》。臺北：遠流出版事業股份有限公司，1994 年 7 月。
3. 〔義〕艾柯等著，〔英〕柯里尼編，王宇根譯，《詮釋與過度詮釋》。香港：牛津大學出版社，1995 年。
4. 牟宗三，《增訂九版歷史哲學》。臺北：臺灣學生書局，1988 年 8 月。
5. 牟宗三，《才性與玄理》。臺北：臺灣學生書局，1993 年 2 月。
6. 牟宗三，《中國哲學十九講》。臺北：臺灣學生書局，1993 年 12 月。
7. 〔英〕吉爾伯特・萊爾著，劉建榮譯，余國良校閱，《心的概念》。臺北：桂冠圖股份有限公司，1993 年 7 月。
8. 岑溢成，《大學義理疏解》。臺北：鵝湖出版社，1991 年 10 月。
9. 余英時，《歷史與思想》。臺北：聯經出版事業公司，1992 年 4 月。
10. 李天命，《語理分析的思考方法》。臺北：鵝湖出版社，1993 年 4 月。
11. 沈清松編，《中國人的價值觀——人文學觀點》。臺北：桂冠圖書股份有限公司，1994 年 8 月。
12. 何秀煌，《記號・意識與典範——記號文化與記號人性》。臺北：東大圖書股份有限公司，1999 年 10 月。
13. 〔英〕帕瑪著，嚴平譯，《詮釋學》。臺北：桂冠圖書股份有限公司，1995 年 4 月。
14. 〔德〕柯勒著，李姍姍譯，《完形心理學》。臺北：桂冠圖書股份有限公司，1998 年 2 月。

15. 〔美〕A. P.馬蒂尼奇編，牟博、楊音萊、韓林合等譯，《語言哲學》。北京：商務印書館，1998 年 2 月。
16. 袁保新，《老子哲學之詮釋與重建》。臺北：文津出版社，1991 年 9 月。
17. 唐君毅，《中國文化之精神價值》。臺北：正中書局，1992 年 10 月。
18. 高宣揚，《羅素哲學概論》。臺北：遠流遠流出版事業股份有限公司，1991 年 12 月。
19. 高宣揚，《解釋學簡論》。臺北：遠流出版事業股份有限公司，1994 年 6 月。
20. 〔英〕泰瑞・伊格頓著，李尚遠譯，《理論之後》。臺北：商周出版／城邦文化事業股份有限公司，2005 年 4 月。
21. 〔德〕恩斯特・卡西勒著，甘陽譯，《人論——人類文化哲學導引》。臺北：桂冠圖書股份有限公司，1994 年 10 月。
22. 〔法〕笛卡兒著，錢志純、黎惟東譯，《方法導論・沉思錄》。臺北：志文出版社，1996 年 11 月。
23. 勞思光，《思想方法五講新編》。香港：中文大學出版社，1998 年。
24. 〔瑞士〕費爾迪南・德・索緒爾著，沙・巴利、阿・薛斯藹編，弘文館出版社編輯部譯，《普通語言學教程》。臺北：弘文館出版社，1985 年 10 月。
25. 〔美〕喬舒亞・庫珀・雷默著，杜默譯，《不可思議的年代》。臺北：行人文化實驗室，2009 年 10 月。
26. 〔羅馬〕奧古斯丁著，周士良譯，《懺悔錄》。臺北：臺灣商務印書館，2005 年 7 月。
27. 〔美〕愛德華・希爾斯著，傅鏗、呂樂譯，《論傳統》。臺北：桂冠圖書股份有限公司，1992 年 5 月。
28. 劉康，《對話的喧聲——巴赫汀文化理論述評》。臺北：麥田出版有限公司，1995 年 5 月。
29. 〔法〕德勒茲著，陳蕉譯，《法蘭西斯・培根：感官感覺的邏輯》。苗栗：桂冠圖書股份有限公司，2009 年 3 月。
30. 〔英〕羅素著，何保中、陳俊輝、張鼎國、莊文瑞合譯，《西方的智慧》。臺北：業強出版社，1996 年 4 月。
31. 龔鵬程，《文化符號學》。臺北：臺灣學生書局，1992 年 8 月。
32. 龔鵬程，《思想與文化》。臺北：業強出版社，1995 年 1 月。
33. 〔美〕Irving M. Copi 著，張身華譯，《邏輯概論》。臺北：幼獅文化事業公司，1995 年 8 月。

（五）工具書

1. 丁福保編，《佛學大辭典》。臺北：天華出版公司，1984 年 8 月。
2. 〔德〕布魯格編著，項退結編譯，《西洋哲學辭典》。臺北：華香園出版社，1992 年 8 月。
3. 〔美〕艾布拉姆斯著，吳松江等編譯，《文學術語詞典第七版》。北京：北京大學出版社。2009 年 5 月。
4. 〔英〕安東尼・弗盧主編，黃頌杰等譯，《新哲學詞典》。上海：上海譯文出版社，1992 年 1 月。
5. 朱賢智主編，《心理學大詞典》。北京：北京師範大學出版社，1991 年 1 月。
6. 姜椿芳總編，《中國大百科全書・外國文學》。北京：中國大百科全書出版社，2004 年 8 月。
7. 廖蓋隆、羅竹風、范源主編，《中國人名大辭典・歷史人物卷》。上海：上海辭書出版社，1991 年 2 月。

（六）英文著作

1. M. H. Abrams: *A Glossary of Literary Terms. Seventh Editon.* 北京：外語教學與研究出版社，2004 年 8 月。
2. Chris Baldick: *The Concise Oxford Dictionary of Literary Terms*. New York: Oxford University Press, 1990.
3. Per Bak: *How Nature Works*. New York: Oxford University Press, 1997.
4. Umberto Eco: *The Role of the Reader*. Bloomington: Indiana University Press, 1984.
5. Jean H. Hagstrum: *The Sister Arts. Chicago*: The University of Chicago Press, 1958.
6. Roman Jakobson: *Language in Literature*. London: The Belknap Press of Harvard University Press, 1987.
7. Douwe Fokkema & Elrud Ibsch: *Theories of Literature in the Twentieth Century*. New York: St. Martin's Press, 1979.

貳、單篇論文

1. 李珉（元尚），〈《中國文學史》祖本紅皮本〉。元尚博客。
[Online]. Available: http://blog.sina.com.cn/s/blog_53a049410100fzxu. html (2009.12.17)。
2. 李珉（元尚），〈《中國文學史》的過渡本白皮本〉。元尚博客。
[Online]. Available: http://blog.sina.com.cn/s/blog_53a049410100fzxu. html (2009.12.17)。

3. 李琨（元尚），〈《中國文學史》的定本藍皮本〉。元尚博客。[Online]. Available: http://blog.sina.com.cn/s/blog_53a049410100fzxu. html (2009.12.17)。
4. 岑溢成，〈「生之謂性」試論〉。《鵝湖學誌》第一期。臺北：文津出版社，1988 年 5 月。
5. 岑溢成，〈嵇康的思維方式與魏晉玄學〉。《鵝湖學誌》第九期。臺北：東方人文學術研究基金會，1992 年 12 月。
6. 岑溢成，〈魏晉「言意之辨」的兩個層面〉。《鵝湖學誌》第十一期。臺北：東方人文學術研究基金會，1993 年 12 月。
7. 岑溢成，〈詭辭的語用學分析〉。收入香港科技大學人文學部主編，《邏輯思想與語言哲學》。臺北：臺灣學生書局，1997 年 12 月。
8. 林文月，〈宮體詩人的寫實精神〉。收入鄭騫等著《中國古典文學論叢冊一：詩歌之部》。臺北：中外文學月刊社，1985 年 3 月。
9. 林文月，〈中國山水詩的特質〉。收入鄭騫等著《中國古典文學論叢冊一：詩歌之部》。臺北：中外文學月刊社，1985 年 3 月。
10. 〔美〕南西・阿姆斯壯（Nancy Armstrong）著，馮品佳譯，〈何謂寫實主義中的眞實？〉。《中外文學》第三十卷第十二期（2002 年 5 月）。
11. 張安祖，〈杜甫「沉鬱頓挫」本義探原〉。原載《文學遺產》2004 年第三期。另收中國社會科學院文學研究所主辨，中國文學網。[Online]. Available: http://www.literature.org.cn/Article.aspx?ID=8320 (2003.11.14)。
12. 勞思光，〈哲學方法與哲學功能〉。收入馮耀明《中國哲學的方法論問題》。臺北：允晨文化實業股份有限公司，1989 年 9 月。
13. 楊春時、劉連杰，〈現實主義、浪漫主義在中國的誤讀與誤判〉。收入《社會科學戰線》第四期。長春：社會科學戰線雜誌社，2007 年 7 月。
14. 廖蔚卿，〈從文學現象與文學思想的關係談六朝巧構形似之言的詩〉（上、下）。收入鄭騫等著《中國古典文學論叢冊一：詩歌之部》。臺北：中外文學月刊社，1985 年 3 月。
15. 廖啓宏，〈論中國詩歌的寫實傳統——從梁啓超《中國韻文裏頭所表現的情感》談起〉。收入《長庚科技學刊》第五期（2006 年 12 月）。
16. 蕭滌非，〈我國詩歌史上的一顆明珠——談左思的《嬌女詩》〉。收入人民文學出版社編輯部編《漢魏六朝詩歌鑑賞集》。北京：人民文學出版社，1985 年 7 月。
17. 顏崑陽，〈論詩歌文化中的「託喻」觀念——以《文心雕龍爲討論起點》〉。收入國立成功大學中文系編《魏晉南北朝文學與思想學術研討會論文集》第三輯。臺北：文津出版社，1997 年 9 月。
18. 顏崑陽，〈從「言意位差」論先秦至六朝「興」義的演變〉。《清華學報》

第二十八卷第二期（1998 年 6 月）。

19. 顏崑陽，〈論「典範模習」在文學史建構上的「漣漪效用」與「鍊接效用」〉。收入輔仁大學中國文學系、中國古典文學研究會主編《建構與反思——中國文學史的探索學術研討會論文集》下冊。臺北：臺灣學生書局，2002 年 7 月。

20. 龔鵬程，〈區域特性與文學傳統〉。收入中國古典文學研究會主編《古典文學》，第十二集。臺北：臺灣學生書局，1992 年 10 月。